새로운 종의 탄생

그것들

그것들 새로운 종의 탄생

초판 1쇄 발행 2018년 7월 17일
개정 1쇄 발행 2020년 8월 3일

지은이 전건우 외
펴낸이 김순일
펴낸곳 미래문화사
신고번호 제2014-000151호
신고일자 1976년 10월 19일
주 소 경기도 고양시 덕양구 고양대로 1916번길 50 스타캐슬 3동 302호
전 화 02-715-4507 / 713-6647
팩 스 02-713-4805
이메일 mirae715@hanmail.net
홈페이지 www.miraepub.co.kr
블로그 blog.naver.com/miraepub

ISBN 978-89-7299-521-0 03810

• 이 도서의 국립중앙도서관 출판예정도서목록(CIP)은 서지정보유통지원시스템 홈페이지
(http://seoji.nl.go.kr)와 국가자료종합목록 구축시스템(http://kolis-net.nl.go.kr)에서
이용하실 수 있습니다. (CIP제어번호 : CIP2020030411)

새로운 종의 탄생

그것들

전건우 정해연
김이환 인기영
한차현 정명섭
임태운

에오스

차례

| 해설 |

현대인의 우울한 자화상 혹은 지독한 악몽

김봉석(문화평론가)

21세기의 시작과 함께 좀비는 대중문화의 주류이자 중요한 아이콘이 되었다. 뱀파이어, 늑대인간, 프랑켄슈타인 등 수많은 공포물의 캐릭터 중에서도 마이너였던 좀비. 잔인하고 지저분한 특성 때문에 마니아의 열광적 지지를 받으면서도 지하실에 갇혀 있던 좀비는 이제 무차별적인 살인마, 세뇌된 군중의 은유만이 아니라 매력적인 연인과 강력한 전사 등의 다양한 캐릭터로 확장되고 있다.

좀비는 누구인가

좀비(Zombie)를 사전에서 찾아보면 1. 죽은 자를 되살아나게 하는 영력(서인도제도 원주민의 미신), 그 힘으로 되살아난 무의지의 인간 2. (무의지적, 기계적인 느낌의) 무기력한 사람, 멍청이, 라고 되어 있다. 좀비의 시원은 할리우드 영화에서도 자주 등장했던 부두교의 주술이다. 정말로 죽은 시체를 깨어나게 하는 것은 아니다. 약물을 이용하여 산 사람을 죽은 것처럼 보이는 가사 상태에 빠트린다. 장례를 치른 후에 파내서 깨어나게 한다. 그리고 약물의 힘으로 주체적인 의지와 생각이 상실된 인간을 노예처럼 부린다. 일부 무당은 저주를 걸어 산 사람을 좀비로 만드는 것이 가능하다고 주장하기도 한다. 이처럼 좀비의 원형은 카리브해 지역 원시 종교인 부두교의 무당이 만들어낸 시체 같은 사람이었다.

좀비는 20세기 들어 태어난 캐릭터라고 할 수 있다. 뱀파이어나 늑대인간의 기원은 고대 이전까지 거슬러 올라가고, 프랑켄슈타인의 괴물은 근대 과학의 발명품이다. 골렘을 비롯하여 영혼이 없는 인형과 요괴, 요정, 괴물도 오래된 민담과 설화 등에 등장한다. 중동 지역의 구울은 좀비와 뱀파이어의 중간 정도 되는 존재다. 좀비는 미국 남부의 괴담에 종종 등장하다가 할리우드 영화에 등장하면서 대중적으로 알려진다. 초기는 살아 있는 시체, 자아가 없는 인간 정도였지만 시간이 흐르면서 다양한 유형으로 발전해왔다.

할리우드 영화인 〈화이트 좀비〉(1932), 〈나는 좀비와 함께 걸었다〉(1943) 등의 공포 영화에 등장하는 좀비는 무당의 저주 때문에 살아 있는 시체가 된 인간이다. 인간성과 의식이 박탈된 시체 같은 존재를 좀비라 칭했고, 시체에 부적을 붙여 움직이게 만드는 중국의 강시와는 다른 유형이었다. 〈좀비의 왕〉(1941), 〈좀비의 역병〉(1966) 등에서 초자연적인 괴물로 발전해가던 좀비는 조지 A. 로메로의 '데드 3부작' 〈살아 있는 시체들의 밤〉(1968), 〈시체들의 새벽〉(1978), 〈죽음의 날〉(1985)에 이르러 구체적 캐릭터로서 완성된다.

알 수 없는 이유로 깨어난 시체들, 어기적거리며 탐욕스럽게 인육을 찾아 헤매는 좀비, 좀비에게 물리면 이어서 좀비가 되는 사람들, 사랑하는 이가 좀비가 되었을 때의 슬픔과 두려움, 바이러스처럼 급속도로 증식하며 다가오는 종말의 공포, 매스미디어에 세뇌되어 주체적인 사고력을 잃은 현대인에 대한 은유, 좀비보다도 야비하고 잔인한 인간에 대한 절망 등등 좀비물의 모든 것이 데드 3부작에 담겨 있다.

좀비가 무적인 이유는 막강한 능력 때문이 아니라 끊임없이 수를 늘려가기 때문이다. 인간이 완전히 사라질 때까지 좀비는 늘어날 수밖에 없다. 또한 좀비의 공포는 어떤 대화도 불가능한 비이성적인 집단이라는 점에 있다. 인간의 살점을 뜯어 먹는 잔인한 살육자들. 그들은 십자가로 퇴치할 수도 없고 제물로 대신할 수도 없다. 최후의 인간까지 잡아먹히지 않는 한 좀비는 포기하지 않는다. 그것은 1950년대에 유행했던 외계의 침공에 대한 공포가 내부의 공포로 바뀐 것이었다. 1950년대의 공포는 핵전쟁이었고, 평온한 사회를 외부에서 공격하거나 잠입하는 외계인과 괴물 혹은 공산주의자를 두려워했다. 좀비는 세계 어디에나 있는 공동묘지에서부터 시작된다. 또는 눈에 보이지 않는 바이러스에 감염되면 내 곁의 누구나 좀비가 될 수 있다.

잔인한 고어 장면으로 인기를 끈 좀비 영화가 서구에서 인기를 얻은 것에는 종교적 이유도 있다. 종말의 날에 시체들이 깨어난다는 계시록 구절이다. '살아난 시체' 좀비의 출현은 바로 종말의 예고다. 인간의 패배는 이미 결정된 것이고, 천년왕국이 도래하기 전에 지상에 남은 모든 인간은 죽음을 맞이해야만 한다. 또한 조지 로메로는 좀비 영화에 정치적 의미를 분명하게 부여했다. 데드 3부작의 2편 〈시체들의 새벽〉에서 좀비들은 쇼핑센터로 몰려든다. 좀비가 인간일 때의 습관을 반복하는 것인데, 대량 소비의 물결에서 허우적거리는 현대인의 은유다. 폭주족들이 무참하게 좀비를 박살내고 괴롭히는 모습을 보면 한편으론 현대인이 얼마나 가련한 존재인지 깨닫게 된다. 주체적인 판단과 지향 없이 선전 선동과 광고에 휘둘리다가 끝내는 폭력적인 국가정책과 범죄의 희생자가 되는 현대인. 좀비는 종말의 날에 깨어나는 시체들만이 아니라 각종 이데올로기와 종교, 매스미디어에 현혹되어 좀비처럼 살아가는 현대인을 은유하는 것이기도 하다.

조지 로메로는 좀비의 거의 모든 것을 정립했다. 물질문명의 포로가 되어 기계처럼 반복 행동만을 일삼는 좀비만이 아니라 마지막 남은 지상의 자원을 독점하는 세력에 맞서 스스로 학습이 가능한 좀비까지 〈죽음의 날〉과 〈랜드 오브 더 데드〉에서 보여주었다. 소설 원작인 영화 〈웜 바디스〉에서는 뇌를 먹은 R이 죽은 자의 기억을 전수 받는다. 그것은 죽은 가족이나 적의 시신을 먹은 식인 부족이 죽은 자의 지혜와 힘, 용기를 물려받았다고 생각한 것과 흡사하다. 좀비를 인류학적으로 분석한 책 《나는 좀비를 보았다》에는 좀비를 만드는 약에 반드시 인간의 유골이 들어가야 한다는 말이 나온다. 조지 로메로가 이미 예견했듯이, 좀비는 단지 죽음의 상태에 머무르는 존재를 넘어 진화의 가능성 또한 내포하고 있다.

리처드 매드슨의 소설 《나는 전설이다》에서 종말 이후의 지구를 지배하는 존재가 흡혈귀라고 설정이 되어 있지만 읽다 보면 좀비와 흡사한 존재들이 나온다. 영화 〈나는 전설이다〉와는 다른 결말을 가진 원작은 인간이 모두 멸종하고 단 하나 주인공만 남은 상황을 그린다. 흡혈귀 혹은 좀비들이 끊임없이 인간인 그를 죽이기 위해 공격한다. 마침내 그는 잡히고, 이제 인류의 역사는 끝나려 한다. 그건 슬픔이나 세상의 종말이 아니다. 다만 우리가 알고 있는 세계의 종언일 뿐이다. 과거 공룡이 그랬듯이 앞으로 인간이 사라지고 새로운 종이 지구를 접수하는 것이다. 마지막 인간인 그는 새로운 종족의 전설이 된다. 흡혈귀이건 좀비이건 새로운 지배자가 된 그들은 아득한 과거를 떠올리며 이야기할 것이다. 거인들을 물리치고 하늘의 주인이 된 제우스의 신화를 그리스인들이 이야기하듯.

좀비 VS 인간

인간이 멸망한다면 이유는 여러 가지가 있을 것이다. 급격한 기후변화, 소행성 충돌, 핵전쟁, 거대한 지각변동 등등. 다양한 가능성 중에 21세기 들어 유력하게 떠오른 것은 바이러스 감염이다. 1994년 미국에서 출간된 《핫 존 : 에볼라 바이러스 전쟁의 시작》은 영화 〈아웃브레이크〉 등을 만들게 했고, 21세기 이후 사스와 메르스 등 신종 유행병이 전 세계를 공포에 떨게 했다. 스티븐 소더버그의 〈컨테이전〉은 공기로 감염되고 치사율이 높은 바이러스가 전파되기 시작하면 견고해 보이는 현대 문명이 어떻게 순식간에 마비될 수 있는지를 잘 보여주는 영화다. 중세가 몰락한 하나의 이유로 흑사병의 창궐을 드는 것처럼.

바이러스 감염과 좀비는 무슨 관계가 있을까? 언뜻 생각하면 좀비는 깨어난 시체이기 때문에 초자연적인 현상이다. 종말의 날이 왔을 때 죽은 자들이 깨어나는 것 정도. 하지만 21세기 들어 다양한 면모의 캐릭터로 진화한 좀비의 세계는 영역을 계속 넓히고 있다. 좀비 바이러스는 대니 보일의 〈28일 후〉(2002) 이후 대세가 되어버렸다. 〈28일 후〉에서는 좀비라는 단어 대신 분노 바이러스를 이야기한다. 분노 바이러스에 감염되면 이성을 잃고 공격적으로 변해 사람을 습격하고 물어뜯는다. 광견병 비슷할 수도 있고 전혀 다른 무엇일 수도 있다. 분노 바이러스에 감염된 인간의 극단적 공격성 때문에 감염 속도가 빨라지고 순식간에 문명이 몰락할 수도 있다.

사실 〈28일 후〉가 처음이라고 하기는 힘들다. 좀비의 근원은 주술과 마법에서 시작하여 정부의 비밀 실험, 우주에서 날아온 전파의 영향 등 다양한 이유가 있었다. 좀비가 들어 있던 밀폐된 통에서 나온 가스를 접촉한 후 좀비가 되는 영화도 있다. 그럼에도 〈28일 후〉가 등장하면서 좀비 캐릭터가 더욱 현실적으로 대중에게 다가왔고, 다양한 가능성을 열어주었다는 점은 분명하다. 21세기가 되면서 좀비는 공포물의 한 장르가 아니라 그 자체로 하나의 장르를 형성할 정도로 광범위해졌다. 좀비를 소재로 호러, 재난물, 사회 드라마, 포스트 아포칼립스, 심지어 멜로까지도 가능해졌다.

〈28일 후〉는 그야말로 야수처럼 뛰어다니는 좀비들과 인간이 대결하는 액션 영화였다. 어기적대며 걸어 다니는 좀비가 아니라 질주하는 좀비의 모습은 새로운 유행이 되었다. 〈시체들의 새벽〉을 리메이크한 〈새벽의 저주〉(2004)가 대성공을 거두면서 좀비물은 21세기의 트렌드가 되었다. 그리고 〈월드 워 Z〉(2013)를 통해 좀비물도 블록버스터가 될 수 있음을 증명했다. 〈트와일라잇〉을 통해 뱀파이어와 늑대인간이 소녀들의 사랑을 한 몸에 받는 로맨틱한 반영웅으로 변신하는 동안 좀비는 현대인이 가장 두려워하는 악몽으로 확장된 것이다.

이후 좀비물은 자체로 하나의 장르가 되었다. 좀비 코미디, 좀비 액션물, 좀비 로맨스까지도 가능하게 되었다. 1980년대에도

〈바탈리언〉 시리즈 등 코믹한 좀비물이 있었지만 〈새벽의 황당한 저주〉(2004) 이후 〈좀비랜드〉, 〈스카우트 가이드 투 더 좀비〉, 〈쿠티스〉 등등 좀비와 코미디의 결합은 더욱 왕성해지고 있다. 그리고 〈웜 바디스〉는 좀비와 소녀의 사랑 이야기를 그리고 있다. 기억과 의식이 전혀 없고 썩은 시체인 좀비가 어떻게 사랑을 할 수 있단 말인가. 하지만 〈웜 바디스〉의 좀비는 우리가 알던 괴물이 아니다.

〈웜 바디스〉의 원작 소설을 쓴 아이작 마리온은 '만약 좀비에게 의식이 있다면 어떨까?'란 질문으로 소설을 쓰기 시작했다고 말한다. 육신이 조금 덜 썩었고 의식이 있다면 좀비도 〈트와일라잇〉의 뱀파이어나 늑대인간과 비슷하지 않을까? 인간과는 다르지만 또 다른 종족으로서 이 세상에 존재하는 무엇. 2008년에 나온 영국 영화 〈콜린〉은 인간의 기억이 희미하게 남아 있는 좀비를 통해, 콜린이라는 좀비의 시점에서 바라본 세상을 보여주었다. 〈웜 바디스〉도, 〈콜린〉도 일반 대중이 감정이입할 수 있는 좀비를 묘사하려 시도했다.

그래도 대세는 괴물이자 죽음으로서 존재하는 좀비다. 만화 원작의 드라마 〈워킹 데드〉는 좀비가 나타나는 순간의 공포를 넘어 현대 문명의 종말을 맞이한 상태에서 새로운 정글에서 살아남아야 하는 사람들의 이야기를 그리고 있다. 매일같이 좀비와 싸우면서 어떻게 그들이 미치지 않고 살아갈 수 있는지를 보여준다. 기괴한 일상과 절망을 우울하고 폭력적으로 그려낸다. 좀비의 공포를 정면으로 그린 〈워킹 데드〉는 좀비가 등장한 이후 종말의 풍경을 그린 '좀비 아포칼립스'의 대표작으로 꼽힐 만하다. 또한 〈워킹 데드〉의 원작자 로버트 커크먼이 제작한 〈피어 더 워킹 데드〉는 좀비가 등장한 직후 사람들이 어떻게 대처하고 생존해 나가는지를 그린 드라마다. 보통의 좀비 영화에서는 시간의 제약으로 잠깐 묘사되고 마는 생존자의 두려움과 절망 그리고 생존의 의지를 치열하게 담았다.

〈보이즈 온 더 런〉의 카나자와 켄고가 그린 만화 《아이 앰 히어로》는 소심하고 찌질한 청년 만화가가 좀비들로 가득한 종말의 시대에 영웅으로 서는 과정을 그린다. 슈퍼히어로? 천만에. 《아이 앰 히어로》는 좀비처럼 살아가던 인간이 어떻게 영웅의 씨앗을 가지고 있는지, 어떻게 성장하는지 보여주는 만화다. 찌질하고 소심한 것은 변하지 않는다. 그럼에도 조금씩 타자를 받아들이면서 철부지가 어른이 되어가는 과정 그리고 좀비 그 이후를 보여주는 지점이 흥미롭다. 단지 괴물로서의 좀비가 아니라 새로운 종으로서, 인간의 진화형으로 좀비가 가능한지를 탐구하는 만화다. 《아이 앰 히어로》는 영화보다도 영화적인 컷과 연출을 보여주어 더욱 흥미롭다. 그 밖에 일본의 좀비 만화로는 《학원묵시록 : 하이스쿨 오브 더 데드》, 《아포칼립스의 요새》, 《망량의 요람》, 《마법소녀 오브 디 엔드》 등이 있다. 한국에서도 영화 〈이웃집 좀비〉와 〈앰뷸런스〉, 드라마 〈나는 살아 있다〉, 만화 《좀비의 시간》과 《좀비를 위한 나라는 없다》, 소설 《좀비들》과 《대학로 좀비 습격 사건》 등등이 있었고 연상호의 〈부산행〉은 좀비물이 한국에서도 주류가 될 수 있음을 증명했다.

인간 너머의 좀비

소설에 등장하는 좀비는 영화와 만화보다 더욱 다양하다. 영화로도 만들어진 이네즈 윌릭스의 〈나는 좀비와 함께 걸었다〉와 비비언 미크의 〈화이트 좀비〉 등은 전통적인 부두교의 좀비를 보여준다. 살아나는 시체라기보다 죽어도 죽지 않는 인간 아니 그 무엇을 보여주는 라프카디오 헌의 〈귀환자의 마을〉이나 프랑켄슈타인의 괴물을 연상시키는 잭 런던의 〈천 번의 죽음〉 등 영화에서 완성된 좀비 캐릭터 이전 '언데드'로서 좀비를 보여주는 단편소설도 있다. 좀비 소설의 원형을 만나고 싶으면 《좀비 연대기》를 추천한다.

〈나는 전설이다〉에서 흡혈귀이며 좀비 같은 존재가 등장한 이래, 좀비는 영화의 영향을 많이 받으며 다양한 캐릭터로 발전했다. 하지만 '깨어난 시체'라는 특징은 좀비의 정체성을 모호하게 만들었다. 스티븐 킹의 《애완동물 공동묘지》에서, 살아 움직이며 돌아오지만 과거의 기억이나 감정을 모두 잃어버린 동물과 인간은 과연 무엇이라 불러야 할까. 20세기 초에 발표된 윌리엄 위마크 제이콥스의 단편 〈원숭이 손〉에서는 사고로 죽은 아들을 되돌리기 위해 원숭이 손에게 소원을 빌었고, 시체가 깨어나 돌아온다. 인간이 아닌 또 다른 존재로서.

좀비 소설은 맥스 브룩스의 《세계 대전 Z》가 등장하면서 한 단계를 넘어섰다. 이전까지 공포 스릴러로서의 좀비 소설은 거의 영화의 공식을 따라갔다. 좀비가 등장하면서 사람들이 공포에 질리고 문명 자체가 폐허로 변해가는 모습을 그리는 좀비 스릴러. 《세계 대전 Z》는 좀비가 나타나 위기에 몰린 국가들에서 재난을 극복하는 과정을 다큐멘터리 형식으로 서술한다. 모든 일이 끝난 후에 UN에 제출할 보고서를 쓰는 형식으로. 좀비의 공포를 리얼하게 보여주는 것을 넘어서 좀비란 무엇인지, 개개의 인간 그리고 국가가 어떤 대처를 했는지 등을 상세하게 보여주면서 좀비뿐 아니라 인간의 천태만상을 보여준다.

이후 일기와 기록문 형식을 비롯한 다채로운 좀비 소설이 등장했다. J. L. 본의 《하루하루가 세상의 종말》은 일기 형식으로 좀비 등장 이후의 세상을, 스티븐 킹의 《셀》은 전자파로 뇌가 파괴된 인간이 좀비로 변해 파멸시킨 세상을 보여준다. 다양한 좀비의 향연을 보고 싶다면 〈베스트 아메리칸 SF & 판타지〉 시리즈의 에디터인 존 조지프 애덤스가 조지 R. R. 마틴과 스티븐 킹 그리고 댄 시먼스, 클라이브 바커, 닐 게이먼, 할런 앨리슨과 로버트 실버버그 등 당대 최고의 호러와 판타지, SF 작가들의 작품을 고른 선집 《좀비스》가 제일 좋다. 최고의 작가들이 상상력을 발휘하여 각각 창조한 좀비의 세계를 만끽할 수 있다. 《좀비스》만으로도 말하고 생각하는 좀비, 기계처럼 일하는 노동자로서 좀비, 인간 다음의 지배종이 되는 좀비 등 좀비의 거의 모든 면모를 보았다고 할 수 있다.

이번 단편집에 수록된 작품들도 저마다 개성적인 좀비를 보여준다. 〈백혈〉에서는 좀비에 대적하기 위해 좀비의 강점을 인간에게 부여한 인간 병기, 〈부활〉에서는 비밀 의식을 통해 깨어난 시체로서의 좀비가 나온다. 그리고 인간의 탐욕이 만들어낸 좀비(〈아이〉)의 세상에서도 인간은 변함없이 이기적으로 살아가고 있음(〈Z:WAR—검은 새벽〉)을 보여준다. 치료약이 존재하거나 어떤 이유로 다시 인간으로 돌아올 수도 있지만 세상은 변하지 않는다(〈미로〉). 그렇다면 오히려 희망은 인간이 아니라 좀비에게 있는 것이 아닐까? 좀비에게 의식과 감정이 존재한다면. 〈28일 전〉이 묘하게 비틀어 좀비와 인간의 교류를 말하는 것처럼 말이다.

인류학자 웨이드 데이비스는 직접 아이티에 가서 좀비에 대한 조사를 했다. 〈나이트메어〉와 〈스크림〉을 만든 거장 웨스 크레이븐의 영화 〈악령의 관〉의 원작이기도 한 웨이드 데이비스의 논픽션 〈나는 좀비를 보았다〉는 좀비에 대한 생생한 이야기를 들려준다. 복어 독의 주요 성분인 테트로도톡신 성분을 이용해 산 사람을 가사 상태에 빠트리는 일도 있었고, 미국의 아이티 지배를 위해 사실과는 다르게 야만적인 행위를 과장하여 선전하기도 했고, 아이티 사회를 지배하는 비밀 조직에서 규율을 어긴 자를 제재하는 수단으로 좀비를 이용하기도 했다는 등 다양한 이야기가 나온다.

웨이드 데이비스는 문화인류학적 관점에서 다양하게 좀비 현상을 관찰한다. 그중에서 반드시 짚어봐야 할 것이 있다. 죽음이 언제부터인가, 라는 질문. 인간의 죽음은 보통 호흡이나 뇌 기능이 멈추는 등 의학적 기준으로 판정된다. 하지만 의학적으로 사망 판정을 받은 후에도 살아나는 경우가 있었다. 인간은 '가사 상태와 죽음의 차이를 명백하게 이해한 적이 없다'. 그렇다면 죽음에서 깨어난 좀비는 대체 어떤 존재일까? 그 역시, 인간이라고 볼 수도 있지 않을까?

또 하나. 웨이드 데이비스는 진짜로 좀비를 만나지는 못해도 좀비의 존재는 가능하다고 결론을 내린다. 그리고 우리가 흔히 생각했던 것과는 다른 유형의 좀비를 발견한다. 공동체의 벌을 받은 인간을 살아 있는 시체 취급하는 것. 일종의 사회적 좀비 만들기라고 할 수 있다. 현대 사회의 인터넷 조리돌림이나 허위 사실을 SNS로 퍼트리면서 벌어지는 사이버 불링도 비슷한 지점이 있다. 웨이드 데이비스가 아이티에서 만난 좀비는 단순히 깨어난 사자를 넘어 사회적, 정치적으로 다양한 의미를 지니고 있다. 지금 우리가 좀비에서 우리들 인간의 모든 모습을 보고 있는 것처럼.

오랜 세월을 거치며 광기와 비합리성의 상징이었던 뱀파이어가 포악한 살인마, 로맨틱한 연인, 고독한 소수자 등 다양한 스펙트럼을 가지게 된 것처럼 좀비는 자신의 역사와 배경을 매 작품마다 새롭게 써가면서 새로운 가면을 보여주고 있다. 인류의 종말을 불러오는 끔찍한 존재에서 미래의 변종 인류, 심지어 사랑스러운 연인으로까지 확장된 좀비는 현대인의 우울한 자화상과 지독한 악몽 모두를 상징하고 또한 무차별적으로 공격하는 것이다. 좀비는 가해자이며 피해자이고, 그것은 곧 우리의 자화상이기도 하니까.

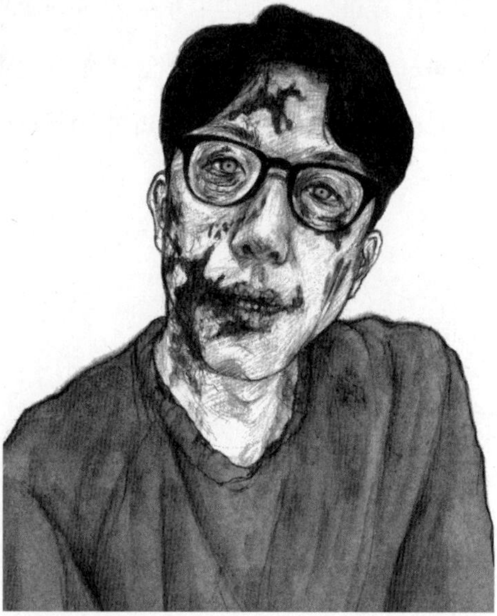

전건우

장편소설 《밤의 이야기꾼들》, 《소용돌이》를 발표했다. 《한국 공포 문학 단편선》, 《한국 추리 스릴러 단편선》, 《과학 스토리 단편선》 등에 꾸준히 작품을 실어왔다. 삶을 뒤돌아보게 만드는 이야기가 좋은 이야기란 생각으로 매일 조금씩 쓴다.

부활

전건우

〈녹화 시작〉

201×년 ×월 ×일.

안녕하십니까?

이 영상을 보게 될 당신, 혹은 당신들에게 인사를 건넵니다. 지금은 서서히 매미가 울기 시작하는 초여름입니다. 햇살이 몰라보게 뜨거워져서 공원 한 바퀴를 돌고 오는 짧은 산책길에도 땀이 흐를 정도입니다. 해마다 그랬듯이, 올해는 작년보다 더울 거라고 하더군요. 지구는 조금씩 더 나쁜 쪽으로 전진하고 있는 것 같습니다.

어디서부터 이야기를 해야 할까요?

그걸 고민하느라 당신은 관심도 없을 날씨 이야기를 하고 말았습니다. 저는 말재주가 좋은 편이 아닙니다. 말을 잘 못할수록 단번에 핵심을 이야기해야 한다는데, 그러기에는 이 일이 결코 간단하지가 않습니다.

솔직히 말하면, 핵심이 무엇인지도 불분명한 상황입니다.

그래서 우선은 제 어린 시절 추억담으로 이야기를 시작하겠습니다. 왜 이런 결정을 하게 되었는지 설명을 하려면 어린 시절에 대해 말할 수밖에 없으니까요.

지극히 개인적인 바람이긴 합니다만, 부디 끊지 마시고 처음부터 끝까지 봐주셨으면 좋겠습니다. 그래야 모든 걸 이해하실 수 있을 겁니다. 그만큼 어린 시절 이야기는 중요합니다. 어쩌면 이게 핵심이 될 수도 있겠군요.

그래요.

아마도 이게 핵심일 겁니다.

그러니 더욱 신중하게 이야기를 해야겠군요.

아! 조금 다른 이야기입니다만, 이 영상의 시작 부분에 미리 밝혀두어야겠습니다.

음…… 뭐라고 표현해야 할까요, 그러니까…… 당신들이 찾고 있는 그 아이들은 이 세상에 없습니다. 그것만은 확실합니다. 그러니 이 영상 속에서 그런 쪽의 힌트를 원한다면 애초에 보지 않으셔도 무방합니다.

다시 한 번 말씀드립니다.

그 아이들은 없습니다.

없다는 게 어떤 뜻인지는 당신들도 잘 알고 있으리라 생각합니다. 한 명도 빠짐없이 모두 없으니 괜한 희망을 품지 않으셨으면 합니다.

그 점, 죄송하다는 말씀을 미리 드립니다.

그러면 본격적으로 이야기를 시작하겠습니다. 시간이 얼마 남지 않았으므로 최대한 간결하게 설명하겠습니다.

†

지금으로부터 30년 전, 그러니까 제가 열 살 때 일입니다. 누구에게나 잊지 못할 기억의 순간들이 있을 겁니다. 제게는 그 순간이 열 살, 초등학교 3학년 초여름에 찾아왔습니다.

그때의 초여름도 올해처럼 아주 더웠습니다. 매미가 그악스레 울어댔고 한낮의 땡볕 아래 서 있으면 머리가 어지러웠습니다. 이글이글 익어가는 바닥을 바라보면 유령처럼 흐느적거리며 올라오는 아지랑이를 볼 수 있었습니다. 아침 조회 시간에는 다 같이 모여 교장 선생님 말씀을 들었는데 픽픽 쓰러지는 아이들이 나오곤 했습니다.

그 당시 제게는 친한 친구가 둘 있었습니다. 한 명은 태수, 한 명은 K였습니다. K라는 건 당연히 본명은 아닙니다. 이 이야기가 끝나면 왜 가명을 쓸 수밖에 없었는지 이해하실 겁니다.

저는 어린 시절 동물을 좋아하던 조용한 아이였습니다. 하루 종일 곤충대백과나 동물 사전 같은 책들을 들여다보곤 했습니다. 직접 동물을 관찰하는 것도 좋아했습니다. 집에서 '똘이'라는 이름의 잡종견도 키우고 있었는데 똘이 역시 제게는 좋은 친구였습니다.

아시겠지만 그때만 해도 나비며 잠자리 그리고 여치와 메뚜기 같은 곤충들을 쉽게 볼 수 있었습니다. 동네 주위를 흐르던 개천에 나가면 개구리, 두꺼비, 도롱뇽 같은 것들도 있었습니다. 지금에 와서 생각해보면 그때는 참 행복했던 시절이었습니다.

태수는 저와는 정반대의 친구였습니다. 공부는 저처럼 별 볼일 없었지만 운동을 아주 잘해 반을 대표해서 계주 선수로 뛰기도 했고 4학년 형들과 편을 먹고 축구도 제법 잘했습니다. 덩치도 크고 힘도 아주 셌습니다. 우리는 1학년 때 같은 반이었던 인연으로 3학년이 되어서도 쭉 친하게 지냈습니다. 태수는 덩칫값을 하느라 그랬는지 반 아이들을 곧잘 괴롭히곤 했는데 그 화살이 제게로 돌아오지 않은 걸, 어린 그 나이에도 참 다행으로 생각했습니다. 제가 버섯 같은 음지 식물이었다면 태수는 화려한 해바라기였습니다. 좋은 쪽으로나 나쁜 쪽으로나.

그리고 K…….

K는 어떤 친구였느냐면…… 저와도 비슷한 점이 없고 태수와도 비슷한 점이 없었습니다. K는 일단 공부를 무척 잘했습니다. 특히 수학을 잘해서 어린 나이에도 시에서 열리는 경시

대회에 나가곤 했습니다. 애초에 저희 둘과 친해진 것도 수학 덕분이었습니다.

태수와 저는 수학 점수가 바닥이어서 방과 후에 남아서 모자란 공부를 했는데 그때 도와준 친구가 다름 아닌 K였습니다. K는 부반장을 할 만큼 활달하고 적극적인 성격에다가 착하고 똑똑해서 인기가 아주 많았습니다. 선생님들도 다 K를 좋아했습니다.

동물을 좋아하는 소심한 성격의 소년과 운동을 잘하는 말썽꾸러기 소년 그리고 인기 많은 모범생 소년의 조합은 생각보다 괜찮았습니다. 특별한 이유가 있었던 건 아니었지만 저희는 금세 친해졌습니다.

그 나이의 우정이란 게 다 그렇지 않습니까.

아주 사소한 연결 고리만으로도 쉽게 친해지고 쉽게 뜨거워지고…….

저희 셋은 거의 매일 붙어 다니며 함께 놀았습니다. 나비도 잡고 개구리도 잡고 축구도 하고……. K는 언제나 저와 태수에게 맞춰주는 쪽이었습니다. 뭘 해도 좋다고 말해주는 K는 진짜로 착한 녀석이었습니다.

한 번은 이런 일도 있었습니다.

방과 후에 모인 저희 셋은 이웃 동네 탐험에 나섰습니다. 탐험이라는 거창한 표현을 썼지만 실상은 옆 동네까지 걸어가 둘러보는 정도였습니다. 그래도 초등학교 3학년 아이들에겐 부모님 몰래 동네를 벗어나는 일이 제법 큰 모험으로 다가왔습니다.

저희는 집에서 엄마 몰래 가져온 비상식량까지 챙겨서 탐험길에 올랐습니다. K와 태수 그리고 저는 초여름의 땡볕 아래 재잘거리며 익숙한 길을 걸었습니다. 그때 우리의 주된 화제는 언제나 TV 만화 영화였습니다. 악당 로봇이 어쨌다는 둥, 주인공 소년이 불쌍하다는 둥, 그래도 결국 우리 편이 이길 거라는 둥……. 다만 태수와 제가 만화 이야기를 할 때면 K는 입을 다물고 조용히 있었습니다. 저였는지 태수였는지 잘 기억나진 않지만 왜 그러느냐고 물었던 적이 있습니다. 그러자 K는 이렇게 대답했습니다.

"난 그런 거 못 봐. 엄마가 못 보게 하거든."

저는 좀 놀랐습니다. 세상에 TV 만화를 못 보는 초등학생이라니요. 태수도 놀란 눈치였지만 저흰 더 이상 묻지 않았습니다. K의 얼굴이 너무나도 슬퍼 보였기 때문입니다.

저희는 만화 이야기를 곧 그만두고 학교에서 읽었던 세계의 불가사의에 대해 토론을 벌였습니다. 학급 문고에 있던 그 책은 또래 남자아이들 사이에서 큰 인기를 끌었습니다.

"나는 외계인이 있다고 생각해!"

제가 이렇게 이야기하면 태수는 눈을 반짝이며 덧붙이곤 했습니다.

"네스호의 괴물도 진짜 있을 거야!"

오싹하면서도 이해하기 어렵고 한편으로는 자극적이기도 한 세계의 불가사의는 저희의 호기심을 사기에 충분했습니다. 아무리 이야기하고 또 이야기해도 지겹지가 않았습니다. 세계의 불가사의에 대해 이야기할 때면 K도 신이 나서 자기 의견을 마구 말했습니다.

"엄마한테 들었어. 미라는 진짜 있는 거래. 옛날 사람들은 미라가 다시 깨어난다는 사실을 알고 그렇게 보관해놓은 거래."

"으아. 그럼 미라가 탐험대를 습격한 이야기도 진짜네?"

"당연하지!"

미라 이야기를 할 때면 K의 눈이 그 어느 때보다 반짝반짝 빛났습니다. 그해 여름의 태양처럼.

옆 동네로 탐험을 떠난 그날도 세계의 불가사의에 대해 이야기를 하고 있었습니다. 그렇게 얼마나 걸었을까요, 문득 정신을 차려보니 낯선 곳에 도착해 있었습니다.

그때의 감정을 어떤 말로 설명할 수 있을까요?

두렵기도 하고 흥분되기도 하고 걱정이 되면서도 한편으로는 기대감으로 가슴이 부푸는 그 복잡한 감정을 제 부족한 언변으로는 도무지 설명할 길이 없습니다.

"왔다!"

태수가 말했습니다.

"여기가 옆 동네야."

K가 중얼거렸습니다.

사실 지도상으로 따지자면 싱거울 정도로 가까운 거리였을 겁니다. 그러나 열 살짜리 꼬마들에게는 그 사실을 알 길이 없었습니다. 아무리 똑똑한 K라 할지라도 그건 마찬가지였습니다. 저희는 낯선 풍경이 펼쳐지는 것만으로도 정신이 없었습니다. 그렇습니다. 분명 비슷비슷한 동네였을 텐데 어쩜 그리 낯설게 보였을까요.

저희는 조금 더 깊숙이 들어가 보기로 했습니다. 골목을 몇 개인가 지나고 슈퍼마켓인지 문방구인지 잘 기억나지 않는 가게 하나를 또 지나서 계속 걸어 들어갔습니다.

특별한 일 없이 계속 걷다 보니 저희도 약간 시시해졌습니다. 누군가가 먼저 집으로 돌아가자는 말을 꺼내길 기다리던 그때 뒤에서 이상한 소리가 들려왔습니다. 숨을 헐떡이는 소리 같기도 하고 으르렁거리는 소리 같기도 했습니다.

제가 제일 먼저 고개를 돌렸고 바로 그걸 발견했습니다.

개였습니다.

아주 커다란 개.

저희 동네에서는 집집마다 어떤 개를 키우는지 다 알고 있었습니다. 누구네 개가 사납고 누구네 개가 멍청한지도 알고 있었습니다. 개들도 동네 꼬맹이들을 알아서 무서울 정도로 짖어대긴 해도 결코 달려든 적은 없었습니다. 그건 우리 집 똘이도 마찬가지였습니다.

그런데 옆 동네에서 만난 개는 달랐습니다. 입이 떡 벌어질 정도로 커다랗고 아주 사나워 보였습니다. 크기가 거의 태수만 했습니다. 혀를 길게 쭉 빼물고선 침을 질질 흘렸는데 그때마다 뾰족하게 튀어나온 엄니가 보였습니다.

개는 잔뜩 경계하는 눈빛으로 저희를 노려보았습니다. 막다른 골목이라 딱히 도망갈 곳도 없었습니다. 개가 비켜주건 말건 우리가 들어왔던 그곳으로 다시 나가는 수밖에 없었습니다.

"저, 저 개 괜찮겠지?"

태수가 물었지만 저도, 그리고 K도 대답할 수가 없었습니다.

개의 으르렁거리는 소리가 높아졌습니다. 어린 저희 눈에도 개가 흥분했다는 게 똑똑히 보였습니다.

"눈을 피하지 마. 그리고 빨리 움직이지도 말고."

저는 책에서 읽은 걸 생각해냈습니다.

"그럼 어떻게 해? 여기 계속 서 있어?"

태수가 물었습니다.

"나도 몰라."

저는 울고 싶은 심정이었습니다. 심장이 바싹 졸아들면서 명치 부근까지 아파왔습니다. 개는 우리와 간격을 좁히며 조금씩 다가왔습니다. 개의 입에서 흘러내린 침이 땅에 떨어져 흥건하게 고였습니다.

"간식 가져온 거 있지? 그걸 주자. 개가 한눈파는 사이에 도망치는 거야."

K의 말에 저희는 살며시 고개를 끄덕여 동의를 표했습니다.

"그런데 난 그냥 라면 과자야. 개가 그걸 먹을까?"

태수가 말했습니다.

"나도 과자야. 넌 어때?"

K가 제게 물었고 전 주머니에서 자랑스럽게 소시지 하나를 꺼냈습니다. 친구들과 세 등분으로 나눠 먹으려고 가져왔던 소시지를 조심스레 깐 저는 개를 향해 살짝 던졌습니다. 개가 움찔하는 바람에 저희는 화들짝 놀랐습니다. 소시지는 데굴데굴 굴러가서 마침 개 바로 앞에 멈췄습니다.

"됐다!"

저도 모르게 그렇게 말했습니다.

냄새를 맡던 개는 소시지를 먹기 시작했습니다. 그러면서도 한쪽 눈으로는 우리를 계속 감시하고 있었습니다.

"천천히, 절대 뛰지 말고 조용히 움직이자."

제가 말했습니다.

저희 셋은 게걸음으로 조금씩 움직였습니다. 너무 무서워서 오줌을 쌀 것만 같았습니다. 언제나 용감했던 태수도 벌벌 떨 정도였습니다. 개는 빠른 속도로 소시지를 먹어치웠습니다. 그 기세로 봐서는 소시지 다음이 우리라 해도 전혀 이상할 게 없었습니다.

개 옆을 막 지나갈 때였습니다. 개가 스윽 고개를 들고는 우리를 노려봤습니다. 으르렁거리는 소리가 확 커졌습니다.

그다음 순간의 일은 정말이지 기억이 잘 나지 않습니다.

저희는 아마도 거의 동시에 달리기 시작했을 겁니다. 개에게 등을 보인 채 달려서는 안 된다는 상식은 이미 저 멀리 날아가 버렸습니다. 개가 쫓아오기 시작했습니다. 개의 거친 숨소리가 바로 뒤에서 들렸습니다. 눈부신 햇살이 쏟아져 내려 머리를 뜨겁게 달궜습니다. 하지만 제 뒷덜미는 서늘하기만 했습니다. 개가 금방이라도 덮칠 것만 같았습니다. 덮쳐서 우리 중 누군가를, 특히 저를 갈가리 찢어놓을 것만 같았습니다. 제가 제일 약했으니까요.

한참을 달리다가 숨이 턱 끝까지 차고 속이 뒤집힐 것 같은 순간이 되어서야 저희는 멈춰 섰습니다. 아니, 다리에 힘이 풀려 더 이상 달릴 수가 없었다고 하는 게 더 맞는 표현일 겁니다. 저희는 반쯤 포기한 심정으로 뒤를 돌아봤습니다.

개는 없었습니다.

그저 구불구불한 골목이 펼쳐져 있을 뿐이었습니다. 언제 그런 소동이 있었냐는 듯 조용했습니다. 할아버지 한 명이 느릿느릿 걸어가고 있었습니다. 햇살이 처마 끝에 부딪쳐 눈부시게 반짝였습니다. 우리 동네와 닮은 듯 닮지 않은 그 풍경들이 저희를 무심하게 둘러싸고 있었습니다.

휴.

누가 먼저랄 것도 없이 한숨을 내쉬었습니다. 그제야 우리는 서로 손을 꼭 붙잡고 있다는 걸 알게 됐습니다.

맞습니다.

우리는 손을 붙잡은 채로 달리고 또 달렸던 겁니다. 누구 하나 먼저 도망가는 일 없이.

세 명 모두 웃음을 터트렸습니다. 정말이지 신나게 웃었습니다. 뱃가죽이 당기고 숨을 못 쉬게 될 때까지 웃었습니다. 왜 그렇게 웃어댔는지 그 이유는 모르겠습니다. 다만 한 가지만은 확실했습니다. 그때 이후로 우리 셋은 진정한 의미의 친구가 되었다는 사실입니다. 비록 열 살밖에 안 된 어린 나이였지만 서로를 위해 기꺼이 내 한 몸을 희생할 수 있겠다 싶은 친구가 생긴 겁니다.

슬프게도 결국 그런 일이 일어났습니다만, 그건 나중에 이야기하겠습니다. 우선은 옆 동네 탐험 사건의 결말부터 말씀드리겠습니다.

개에게서는 살아남았지만 불행히도 저희는 길을 잃고 말았습니다. 개에게 쫓기는 사이 완전히 방향 감각을 상실했고 옆 동네의 가장 깊숙한 곳까지 들어가버리고 말았던 겁니다. 난감한 상태에 놓인 우리는 일단 걷기 시작했습니다.

그때는 지구는 둥그니까 자꾸 걷다 보면 언젠가 집에 도착하리라는 막연한 기대 같은 게 있었습니다. 하지만 현실은 달랐습니다. 노래 가사 따위와는 완전히 달랐습니다.

아무리 걷고 또 걸어도 익숙한 길이 나오지 않았습니다. 지칠 대로 지친 저희는 점점 말수가 줄어들었습니다. 셋 중 체력이 제일 약했던 저는 거의 쓰러지기 일보 직전이었습니다. 그러던 중에 K가 기적적으로 개천을 찾아냈습니다. 개천은 우리 동네에서 옆 동네까지 쭉 이어져 있었습니다.

"다행이다."

그렇게 중얼거린 제게 K가 어깨동무를 해왔습니다.

"조금만 더 힘내자."

K는 몇 살이나 위인 형처럼 듬직한 표정으로 말했습니다.

그렇습니다.

그날의 탐험 이후로 K는 저희 셋의 대장이 되었습니다. 힘세고 제멋대로인 태수도 그 사실을 자연스레 인정하게 되었다고, 저는 생각합니다.

우여곡절 끝에 우리 동네로 돌아왔을 때는 거의 해가 저물어 어둑어둑해지기 일보 직전이었습니다. 당연히 동네에서는 난리가 났습니다. 엄마는 동네 입구까지 나와 저를 기다리고 있었습니다. 태수네 엄마도, K의 엄마도 마찬가지였습니다.

"도대체 어딜 갔다 온 거니?"

엄마는 무섭게 야단을 쳤습니다.

저는 참지 못하고 울음을 터뜨리고 말았습니다. 태수 역시 큰 덩치에 어울리지 않게 훌쩍이고 있었습니다. 태수는 급기야 엄마에게 등짝까지 맞았습니다. 저는 머리를 쥐어박혔습니다. 그때는 그런 게 당연한 반응이었습니다. 엄마들은 진심으로 저희를 걱정했고 저희도 그 마음을 충분히 느낄 수 있었습니다. 그래서 아프지 않았습니다. 울음이 나온 것도 안도감 때문이었습니다.

하지만 K와 K의 엄마는 조금 달랐습니다.

K의 엄마는 무섭도록 빼빼마른 사람이었는데 얼굴에 감정이라고는 조금도 실리지 않았습니다. 무표정한 얼굴의 K 엄마는 퀭한 눈으로 K를 내려다볼 뿐이었습니다. K 역시 엄마에게서 조금 떨어져 멀뚱히 서 있기만 했습니다. 제가 보기에 K는 엄마를 무서워하는 것 같았습니다. K와 K의 엄마는 별다른 말 없이 집으로 돌아갔습니다. K는 마지막으로 저희 둘을 돌아봤는데 그때 K의 모습은 왠지 모르게 슬퍼 보였습니다. 저는 그런 K를 향해 손을 흔들었습니다.

그날 밤에야 알게 되었지만 K의 엄마는 동네 사람들 사이에서도 이상한 여자로 통하고 있었습니다. 제가 옆 동네에서 돌아온 그날 밤 엄마는 퇴근한 아빠에게 그 이야기를 하며 이렇게 덧붙였습니다.

"그런데 여보. 애가 저기 저 아래쪽에 있는 교횟집 애랑 친하게 지내는 거 있지? 난 모르고 있었는데……."

저는 자는 척을 하고선 엄마의 얘기를 똑똑히 다 들었습니다. K의 집이 '교횟집'으로 불린다는 것도 그때 처음 알았습니다.

"그 집 여자가 그렇게 이상하다며?"

아빠가 말했습니다.

"그렇다니까. 기도를 드린다고 매일 시끄럽게 떠들기나 하고 주위 사람들한테도 기분 나쁜 이야기만 해대서 다들 피하거든. 자기가 무슨 병이든 고칠 수 있다고 말도 하고 다니나 봐. 하여간 정신이 좀 이상하다고 소문이 자자해. 딱 보기에도 특이하게 생겼잖아. 그 집 애야 공부도 잘하고 착실하다지만 그래도 난 좀 꺼림칙해."

꺼림칙하다는 게 무슨 뜻인지는 몰랐지만 엄마의 말투를 통해서 충분히 그 느낌을 알 수 있었습니다.

엄마는 말을 이었습니다.

"무슨 이상한 종교를 믿는 건지 애한테 TV도 못 보게 하고 노는 것도 못하게 하는가 봐. 그런 걸 하면 애 몸속으로 나쁜 게 들어간다나 뭐라나. 혼자만 그렇게 생각하면 내가 이런 말도 안 하는데 다른 애들 엄마한테도 그런 얘기를 하고 다니나 봐."

"그래도 애들 사이는 함부로 간섭하지 마."

아빠의 한마디 말에 그날의 상황은 종료가 되었지만 K 엄마에 대한 제 인상은 좀처럼 지워지지 않았습니다.

이런, 이야기를 하다 보니 옆길로 많이 샜습니다. 중요한 건 이 이야기가 아닌데 말입니다. 말솜씨 없는 사람들의 특징이 이런 것 아니겠습니까. 핵심에 도달하지 못하고 빙빙 말을 돌리는 것.

이제는 바로 본론으로 들어가겠습니다.

여름방학을 며칠 앞둔 어느 날 K가 죽었습니다.

†

K는 언젠가부터 자주 아프기 시작했습니다. 늘 활기찼던 모습이 사라지고 건강하게 반짝이던 얼굴도 거무튀튀하게 변했습니다. 환한 미소도 자취를 감췄습니다. 건강이 안 좋아졌다는 건 확실한데 도대체 무슨 병인지 저희로선 알 길이 없었습니다. 그때는 아는 병이라곤 감기와 장염뿐이었으니까요.

이제 와서 K의 증상을 되돌아보면 아마 간 쪽에 문제가 있었던 게 아닐까 싶습니다. 이를테면 급성간염 같은 거 말입니다.

"너 괜찮아?"

태수나 제가 물으면 K는 희미하게 고개를 끄덕일 뿐이었습니다. 그마저도 아주 힘들어 보였습니다. K는 더 이상 저희와 놀지 못하게 되었습니다. 학교에도 나오지 못했습니다.

"K가 많이 아파. 그래서 당분간 집에서 쉴 거야."

K가 며칠째 결석을 한 뒤 담임 선생님은 그렇게 말했습니다. 여름방학을 며칠 앞둔 날이었습니다.

"K 집에 가봐야 하지 않을까?"

그날 학교가 끝난 뒤 저는 태수에게 물었습니다.

"나도 그 생각 했어. 이런 걸 병문안이라고 하더라."

태수 역시 단번에 찬성했습니다.

저희는 그만큼 K가 보고 싶었습니다. K가 아파서 저희 둘과 어울리지 못하고부터 노는 게 시시해졌다는 사실을 태수나 저도 잘 알고 있었습니다. 저는 가끔 꿈을 꾸기도 했습니다. K와 함께 손을 잡고 개를 피해 도망 다니는 꿈 말입니다. K는 꿈속에서 씩씩한 표정으로 저를 이끌어주었습니다. 저도 그리고 태수도 K를 위해 뭔가를 꼭 하고 싶었습니다.

그래서 K의 집을 찾아가기로 했습니다.

태수와 저는 가방을 그대로 맨 채 K의 집으로 걸어갔습니다.

그때쯤 동네에는 흉흉한 소문이 돌고 있었습니다. 옆 동네에서 아이들이 몇 명씩 실종되었다는 소문이었습니다. 물에 떠내려갔다는 이야기도 있고 빨간 마스크가 잡아갔다는 이야기도 있었습니다. 저희들 사이에선 괴담처럼 떠돌았지만 실제로는 아주 심각한 사건이라 뉴스에 보도가 되기도 했다는 걸 당시에는 전혀 알지 못했습니다. 지금도 그때의 실종 사건은 인터넷에서 '○○동 아동 연쇄 실종'으로 검색이 됩니다.

당연히 학교에서는 종례 후에 바로 집으로 돌아가라고 안내를 하고 있었습니다. 하지만 태수와 저는 선생님의 말에 그다지 신경을 쓰지 않았습니다. 옆 동네의 실종 사건보다 친구인 K의 안부가 더 궁금했기 때문입니다.

아주 가끔 그때 집으로 곧장 갔다면 어땠을까, 하고 생각해봅니다. 그러면 모든 게 달라졌을까요? 아무 일도 일어나지 않은 채 저는 순진한 소년의 모습 그대로 성장해 평범한 어른이 되었을까요?

아닙니다.

아닐 겁니다.

운명이라는 녀석은 그렇게 순진하지 않으니까요.

운명…….

그날 K의 집에 갔던 건 운명의 신비하고 괴기한 힘이 작용했던 게 틀림없습니다. 그래야 모든 것이 설명됩니다. 저희는 K의 죽음을 목격할 운명이었던 겁니다. 그리고 그 뒤에 벌어진 끔찍한 일 역시…… 겪을 수밖에 없던 운명이었습니다.

결국 일어날 일은 일어나는 법이니까요.

다시 이야기로 돌아와서, 저희는 땡볕 아래를 걸으면서 K에 대해 이런저런 이야기를 나누었습니다. 그러다가 자연스레 K 엄마에 대한 이야기까지 하게 되었습니다. 태수도 K 엄마를 둘러싼 소문에 대해선 알고 있었습니다. 저는 엄마가 했던 이야기를 태수에게 전해주었습니다.

"근데 교횟집이라는 게 뭘까?"

태수가 물었지만 저도 알고 있는 게 없었습니다.

"K가 교회 다닌다는 이야기는 한 번도 안 했는데."

고작 그런 대답밖에 하지 못했습니다.

"그러게. 근데…… K네 엄마 조금 무섭게 생겼더라."

태수의 말에 저는 고개를 끄덕였습니다.

"거기다가 TV를 못 보게 한다니 완전 최악이야."

태수는 한마디를 더 했습니다.

"내가 K였으면 진짜 슬펐을 거야."

제 말에 이번에는 태수가 고개를 끄덕였습니다.

"휴, 진짜 덥긴 하다."

태수는 그렇게 말하며 얼굴에 흘러내린 땀을 훔쳤습니다.

제 등허리도 어느새 축축하게 젖어 있었습니다. 매미가 시끄럽게 울어댔습니다. 여름방학을 시기하는 듯 뜨거운 햇살이 아플 정도로 강렬하게 내리꽂혔습니다.

저희는 여름방학에 뭘 할 건지에 대해 이야기를 시작했지만 신경은 온통 K의 집에 가 있었습니다. 저기 아래, 골목 하나만 돌면 K의 집이 나오는 위치에 도착했기 때문입니다. K의 집 지붕이 보였습니다.

그 순간 이상하게도 태수와 저는 동시에 발걸음을 멈췄습니다. 어린아이의 본능이라고 할까요, 더 이상 다가가면 안 된다는 강렬한 느낌이 들었습니다.

하지만…… 우습게 들릴지 모르겠지만 저희의 우정은 그런 경고를 뛰어넘었습니다. 게다가 저희는 위험에 대처하는 방법 같은 건 전혀 알지 못했습니다. 다시 한 번 말씀드리지만 그때 저희는 열 살이었습니다. 너무나도 어렸던 겁니다.

그래서 다시 걸음을 옮겼습니다.

결국 골목을 돌아 K의 집 앞에 섰습니다. 시커먼 대문이 제일 먼저 눈에 들어왔습니다. K의 집에 갔던 건 그때가 처음이었습니다. 같은 동네이긴 하지만 K의 집은 조금 외따로 떨어져 있었기에 그 근처로 지나다닐 일도 없었습니다.

"들어갈까?"

본능적으로 주춤거리던 저희는 조심스레 문 안으로 들어갔습니다.

아…… 갑자기 다른 세계에 발을 들인 듯한 그때의 기분 나쁜 느낌 역시 저는 설명할 방법을 모르겠습니다. 다만 한 가지 확실한 것은 옆 동네에 처음 도착했을 때의 느낌이 설렘이었다면 K의 집은 두려움 쪽에 가까웠습니다.

찌는 듯이 더운 날씨였지만 K의 집 마당에 발을 들인 순간 더위가 싹 가시고 한기가 돌았습니다. 그 차가운 기운 사이로 아주 고약한 냄새가 풍기기도 했습니다. 갑자기 숨을 쉬기가 힘들었습니다.

맞습니다.

그곳은 다른 세상이었습니다.

조금만 더 컸다면, 조금만 더 눈치가 빨랐다면 저희는 그 길로 되돌아 나와 각자의 집으로 도망쳤을지도 모릅니다. 하지만 저희는 K의 집 문을 두드렸습니다. 아까도 말씀드렸다시피 그럴 운명이었던 겁니다. 피할 수 없는 운명 앞에서 저희가 할 수 있는 일은 없었습니다. 그저 문 앞에 서서 누군가가 나오길 기다릴 뿐.

문을 두드리고 제법 시간이 지났는데도 아무런 기척이 없었습니다.

"병원에 간 건 아닐까?"

태수가 그런 말을 했을 때였습니다.

드르륵.

섬뜩한 소리와 함께 미닫이문이 열리며 K 엄마가 고개를 쑥 내밀었습니다. K의 엄마는 그때보다 훨씬 더 말라 마치 미라처럼 보였습니다. 툭 튀어나온 눈이 저희를 내려다봤습니다. 그 눈 속에는 아무것도 들어 있지 않았습니다. 오직 검은 눈동자가 번들거릴 뿐이었습니다.

"무슨 일이냐?"

K의 엄마가 잠긴 목소리로 물었습니다.

"아, 안녕하세요? 저희는 K 친구입니다."

제가 말했습니다.

"알고 있다. 무슨 일이냐?"

"K가 어떤지 보고 싶어서……."

태수의 말에 K의 엄마는 야릇한 미소를 지었습니다. 그 미소가 너무나 부자연스럽고 이상해서 어린 마음에도 섬뜩한 느낌을 받았습니다. K 엄마의 미소는…… 뭐라고 할까요, 헝겊 인형에 누군가가 서툰 솜씨로 그려 넣은 것 같았습니다. 빨간색 사인펜으로 말입니다.

"들어오너라."

K의 엄마는 한참을 생각한 뒤 말했습니다.

저희는 주뼛거리며 안으로 들어갔습니다. 집 안은 빛이 안 들어오는지 어두컴컴했습니다. 벽에는 액자가 많이 걸려 있었습니다. 사탕 같은 걸 타 먹기 위해 가끔 놀러 가던 교회와 성당에 걸려 있을 법한 그림들이었는데 어딘지 조금씩 이상했습니다. 괴물처럼 보이는 누군가가 사람의 목을 들고 있는 그림도 있었습니다. 보면 오싹해지는 그런 그림들이었습니다.

"저기 봐."

태수가 제 옆구리를 푹 찌르며 속삭였습니다.

거실 벽의 제일 위에 십자가가 걸려 있었습니다. 어린 저희였지만 앞서의 이유 때문에 십자가가 뭔지 정도는 알고 있었습니다. 그런데 K 집의 십자가는 거꾸로 달려 있었습니다.

"K가 무척 좋아하겠구나."

K 엄마가 갑자기 말하는 바람에 저희는 깜짝 놀랐습니다. 저는 거꾸로 매달린 십자가가 신경 쓰였지만 애써 무시했습니다.

K의 집은 구조가 특이해서 미로처럼 얽힌 복도를 지나야 거실이 나오고 거기서부터 몇 개의 방이 이어졌습니다. K의 엄마는 그중 한 방으로 저희를 데리고 갔습니다. 그렇게 집 안 깊숙이 들어오니 밖에서 맡았던 이상한 냄새가 훨씬 진해졌습니다.

"여기에 K가 있단다. 몸이 아주 안 좋으니 조금만 이야기를 하거라."

K의 엄마는 그렇게 말하며 문을 열어주었습니다.

저희는 거실보다도 한층 더 어두운 K의 방 안으로 들어갔습니다.

K는 방 한가운데 놓인 침대 위에 누워 있었습니다. 뺨이 움

푹 들어가 해골처럼 보였고, 눈은 초점을 잃은 상태였습니다. 그래도 저희를 보자 비척거리며 일어나 앉았습니다. 어린 저희 눈에도 K의 상태는 아주 나빠 보였습니다.

"와줬구나."

K의 목소리에는 힘이 하나도 없었습니다.

"괜찮니?"

제가 조심스럽게 물었습니다.

K는 슬픈 표정으로 보일락 말락 고개를 저으면서 태수와 저를 뚫어져라 바라봤습니다. 그런 뒤 꺼질 듯한 목소리로 입을 열었습니다.

"난 곧 죽을 거야."

그야말로 심장이 덜컹 내려앉는 것 같았습니다. 열 살 친구의 입에서 자신이 죽을 거라는 말을 듣게 될 줄은 꿈에도 몰랐습니다. 아니, 그 전까지 저는 죽음에 대해 생각해본 적도 없었습니다. 죽는다는 게 무서운 일이라는 사실만 알 뿐이었습니다. 죽는다는 건…… 다시 돌아올 수 없다는 뜻이었으니까요.

"야. 그, 그런 말 하지 마."

태수가 더듬거리며 말했습니다.

"아니야. 난 죽을 거야. 엄마가 그렇게 말했거든."

"어디가 아픈 건데? 병원에 가야지."

제가 그렇게 말하자 K는 또다시 고개를 저었습니다.

"몰라. 난 잘 몰라. 엄마 말이 나쁜 게 내 몸속에 들어왔대.

내가 엄마 말을 안 들었기 때문에, 몰래 TV도 보고 너희들이랑 놀러 다녔기 때문에 나쁜 게 들어왔대. 그래서 아픈 거래. 그래서 죽어야 한대. 죽으면 나쁜 게 사라지고 그 뒤에 다시 깨어나면 된대."

K의 말은 제가 듣기에도 어딘지 이상했습니다. 죽은 뒤에 다시 깨어나면 된다니……. 그게 도대체 무슨 뜻인지 알 수가 없었습니다.

저는 K와 이야기하는 동안 점점 불안해졌습니다. K를 죽음으로 내모는 것은 병이 아니라 어두컴컴하고 냄새 나는 집 그 자체인 것 같았습니다. 이 집에 있으면 K가 아니라 누구라도 아플 수밖에 없을 것 같았습니다. 건강했을 때의 K 모습이 떠올라 눈물이 날 것만 같았습니다. 태수도 같은 마음인 듯 얼굴을 잔뜩 찡그리고 있었습니다.

"나, 난…… 네가 건강해졌으면 좋겠어."

저는 속삭이듯 말했습니다.

"그래. 우리 같이 놀러 가야지."

태수도 속삭였습니다.

그 순간 K의 얼굴이 일그러졌습니다. 금방이라도 울음을 터트릴 것처럼 확 구겨지더니 눈동자에 절망의 빛이 떠올랐습니다.

"나, 나도 그래."

K는 헉헉 숨을 몰아쉬며 말했습니다.

"나도…… 너희들이랑 놀고 싶어! 아픈 건 지긋지긋해. 더 이상…….”

거기까지 말하던 K가 갑자기 눈을 크게 뜨더니 울컥 피를 토해냈습니다.

“으악!”

태수가 비명을 질렀습니다.

K는 괴로운 듯 가슴을 쥐어뜯으며 몸부림쳤습니다. 안 그래도 홀쭉했던 K의 뺨이 바람 빠진 공처럼 안으로 쏙욱 말려 들어갔습니다. 눈알은 금방이라도 튀어나올 것 같았습니다. 태수와 저는 벌떡 일어나 K에게서 멀찌감치 떨어졌습니다.

본능적으로 알았던 겁니다.

그 순간 K에게 죽음이 머무르고 있다는 것을.

K는 저희를 향해 손을 뻗었습니다. 얼굴이 잔뜩 일그러졌습니다. K는 건강하고 튼튼한 저희 둘을 원망하고 있는 것 같았습니다. 순간적으로 저는 그런 느낌을 받았고, 그래서 너무나 무서웠습니다. K가 벌떡 일어나 달려들 것만 같았습니다.

“나 대신 죽어!”

제게 매달려서는 그렇게 소리칠 것만 같았습니다.

하지만 K는 컥컥 소리만 내며 버둥거릴 뿐이었습니다.

곧 방문이 벌컥 열렸습니다.

K의 엄마가 방 안으로 뛰어 들어왔습니다. 놀랐다기보다는 당황한 듯한 표정으로 K 엄마는 저희를 노려보며 무섭게 외쳤습니다.

"나가! 나가서 기다려."

태수와 저는 밖으로 튀어 나가 문을 닫았습니다. 왠지 그래야 할 것 같았습니다. 방 안에서는 괴로움에 가득 찬 K의 비명이 들려왔습니다. 저희는 귀를 막았습니다.

"으악!"

비명 소리는 쉽게 멈추지 않았습니다.

"너무 아파요. 엄마!"

고통으로 얼룩진 비명이었고 그때까지 제가 들어본 어떤 소리보다도 끔찍했습니다. 태수와 저는 눈을 질끈 감고 거실에서 있었습니다. 감히 밖으로 나갈 엄두조차 내지 못했습니다. 한 발이라도 움직였다가는 K의 엄마가 튀어나와 방으로 끌고 들어갈 것만 같았습니다.

시간이 영원처럼 길게 느껴졌습니다. 문득 비명 소리가 잦아든 것 같았습니다.

"눈떠볼까?"

제가 태수에게 자그마한 목소리로 속삭였습니다.

"그, 그럴까? 그럼 하나 둘 셋 하면 같이 뜨자."

하나.

둘.

셋.

저는 눈을 떴습니다.

K의 엄마가 바로 눈앞에 얼굴을 들이밀고 있었습니다.

"으악!"

저는 비명을 지르며 엉덩방아를 찧고 말았습니다. 태수도 그랬습니다. K의 엄마는 묘하게 흥분한 표정으로 저희 둘을 내려다보며 서 있었습니다. 입고 있던 티셔츠는 빨갛게 물든 상태였습니다. 티셔츠뿐만이 아니었습니다. 치마도, 양말도 전부 피범벅이었습니다. K의 엄마에게서는 고약한 냄새가 풍겼습니다.

"K가 죽었다."

K의 엄마가 메마른 목소리로 말했습니다.

"방금 죽었다."

그것은 일종의 선언이었습니다.

태수와 저는 벌벌 떨고만 있었습니다. 너무 무서워서 숨도 쉴 수 없었습니다. K의 엄마가 마치 귀신 같아 보였습니다.

"너희 때문에 예상했던 것보다 일찍 죽었다. 하지만 다시 살릴 수 있어. 다시 살릴 수 있다고. 너희들……."

K의 엄마가 고양이처럼 허리를 구부정하게 숙여 저희에게 얼굴을 들이댔습니다.

"……K를 다시 보고 싶지?"

그 상황에서 할 수 있는 일이라곤 그저 고개를 끄덕이는 게 전부였습니다. 울음이 터져 나올 것 같았지만 입술을 꽉 깨물고 억지로 참았습니다.

휴.

쉬지 않고 이야기를 계속했더니 머리가 아프군요. 잠시만 쉬겠습니다. 일단 물을 한 잔 마셔야겠습니다.

이제 이 이야기도 끝을 향해 달려가고 있습니다.

조금만, 조금만 더 이야기를 들어주십시오.

†

물을 마셨더니 좀 살 것 같군요.

그럼 다시 시작하겠습니다.

K의 엄마는 저희를 향해 만족한 듯 웃어 보이고는 방으로 들어가 K를 안고 나왔습니다. 축 늘어진 K를 보자 정말로 죽음을 실감할 수 있었습니다. K의 몸에서 생명이 빠져나갔다는 사실을, 저는 확실히 알 수 있었습니다. K는 이제 같이 달릴 수도 없고 축구를 할 수도 없고 옆 동네로 탐험을 떠날 수도 없게 된 겁니다. 방금 전까지 함께 이야기를 나눴던 K가 그런 존재로 전락하고 말았다는 걸 확인한 순간, 제 몸에서도 힘이 쭉 빠져나갔습니다.

K의 엄마는 맞은편에 있던, 아마 안방인 듯한 곳으로 K를 데리고 들어갔습니다. 그 방문이 열린 짧은 순간에 저는 보지 말아야 할 것을 보고 말았습니다.

방 안에는 촛불이 가득했는데 방 한가운데 커다란 대야가 놓여 있었습니다. 그 대야 위쪽으로 천장에서부터 뭔가가 매달려 있었습니다. 다섯…… 아니 그보다 조금 더 많았나, 하여간 그것들은 모두 아이들이었습니다.

아이들이 벌거벗은 채로 천장에 매달려 있었습니다.

"앗!"

저는 놀라서 소리를 지르고 말았습니다.

다음 순간 쾅 소리와 함께 문이 닫혔습니다.

당시 제 머리로는 도대체 무슨 일이 벌어지고 있는지 짐작조차 할 수 없었습니다. 태수 역시 그 모습을 봤습니다. 덩치가 크다고는 하지만 태수도 열 살 아이일 뿐이었습니다. 제가 모르는 건 태수도 몰랐습니다. 저희 둘은 얼어붙은 채로 거실에 쪼그리고 앉아 있었습니다. 그게 할 수 있는 전부였습니다.

서로 아무런 말도 하지 않았습니다. 아니, 하지 못했습니다.

태수와 저는 그 집의 어둠과 악취 그리고 죽음이 내뿜는 무시무시한 기운에 완전히 압도당했습니다. 사방에 걸린 기괴한 그림들이 전부 저희를 감시하는 것만 같았습니다. 거꾸로 매달린 십자가가 자꾸만 눈에 들어왔습니다.

방문 너머에서는 이상한 소리가 계속 들려왔습니다. 뭔가를 자르는 소리, 물이 쏟아지는 듯한 소리, 찢어지는 소리, 낄낄 웃는 소리 그리고 집 안에 쩌렁쩌렁 울려 퍼지는 기도 소리.

한동안 계속되던 기도 소리가 갑자기 뚝 그쳤습니다.

태수와 저는 서로를 마주봤습니다.

그 순간 방문이 열리면서 K의 엄마가 모습을 드러냈습니다.

K의 엄마는 얼굴에 붉은색 칠을 하고 있었습니다. 피비린내가 훅 풍겼습니다. 3분의 1쯤 열린 방문 사이로 방 안 풍경이 또 다시 보였습니다.

천장에 매달린 아이들은 피를 뚝뚝 흘리고 있었습니다. 그 피들은 대야 안으로 떨어져 내렸습니다. 대야 가장자리에 걸쳐 있는 손이 보였습니다. 무섭도록 새하얀 그 손이 꿈틀, 움직였습니다.

"너희 때문에 한 명이 부족해. 너희 때문에 한 명이 부족하다고."

K의 엄마는 눈을 희번덕거리며 저희를 노려봤습니다.

태수와 저는 서로를 끌어안고 와들와들 떨었습니다. 그 순간에 의지할 수 있는 건 친구뿐이었습니다.

"K를 완전히 살리려면 한 명이 더 필요해. 둘 중 누가 같이 가겠니? 너희 둘 중 누가 K의 진짜 친구니?"

그렇게 물으며 K의 엄마가 성큼 다가왔습니다.

저는 그제야 K의 엄마가 한 손에 칼을 들고 있다는 사실을 알아챘습니다. 아무리 어린아이라도 그런 상황에 놓이게 되면 정신을 차리고 힘이 솟는가 봅니다. 저희는 벌떡 일어나 도망치기 시작했습니다.

아까도 말씀드렸다시피 K의 집은 거대한 미로 같았습니다. 꼬불꼬불 이어진 복도를 아무리 달려도 출구는 나오지 않았습니다. K의 엄마는 무서운 속도로 쫓아왔습니다.

"누가 K의 진짜 친구니?"

K의 엄마는 집이 떠나가라 소리를 질렀습니다.

"으아악!"

태수가 비명을 쏟아냈습니다. 저는 너무나 무서워서 신음 소리조차 낼 수 없었습니다. 입을 열었다가는 그대로 힘이 쑥 빠져나가 쓰러져버릴 것만 같았습니다.

저보다 달리기가 빨랐던 태수는 한 발 앞서 뛰어갔습니다. 저는 태수를 향해 손을 내밀었습니다.

태수의 손을 잡고 싶었습니다.

그때처럼, 그때…… 무서운 개가 쫓아왔을 때처럼 말입니다.

하지만 태수는 제 손을 뿌리쳤습니다.

"누가 K의 진짜 친구니?"

그 순간만큼은 쫓아오는 K의 엄마보다도 태수가 무섭게 느껴졌습니다. 복도 모퉁이를 막 돌았을 때였습니다. 순간 저만치 밝은 빛이 보였습니다. 출구가 나왔던 겁니다. 우리가 들어왔던 현관이었습니다.

뒤를 돌아봤습니다. K의 엄마는 보이지 않았습니다.

"됐어!"

태수가 기쁨에 차서 소리를 질렀습니다.

바로 그때였습니다.

앞쪽 방 어딘가에서 낯선 존재가 모습을 드러냈습니다. 두 팔을 앞으로 쭉 뻗고 피로 물든 얼굴에는 온통 적의를 드러낸 채 뻣뻣한 동작으로 우리를 향해 걸어오는 그것은…… 그것은…… K였습니다.

태수와 저는 멈춰 섰습니다.

K는 이상한 신음 소리를 내며 점점 다가왔습니다. 걷고, 고개를 주억거리고, 신음을 흘리지만 그것이 살아 있는 존재가 아니라는 사실은 명백했습니다.

K의 엄마가 했던 말이 불쑥 떠올랐습니다.

K를 완전히 살리려면 한 명이 더 필요해.

네. 맞습니다.

K는 완전히 되살아난 상태가 아니었습니다. 부활의 가장 최종 단계에서 멈춰버린 K는 괴물 그 자체였습니다. 생과 사의 경계에 서서 분노를 활활 태우는 괴물 말입니다.

"거기 서!"

K의 엄마가 희뜩 뒤집어진 목소리로 고함을 질렀습니다.

뒤쪽에는 K의 엄마 그리고 앞에는 K가 있었습니다. K의 너머는 그토록 원하던 현관이었습니다.

저는 두 번 생각하지 않았습니다.

온 힘을 다해서, 정말 온 힘을 다해서 K를 향해 태수를 밀었습니다.

"어?"

태수는 얼빠진 소리를 내며 넘어질 듯 앞으로 몇 발을 내딛다가 그대로 K에게 안겼습니다. K는 기다렸다는 듯 태수를 껴

안고는 그 목에다가 자신의 이를 박아 넣었습니다. 저는 그 틈을 놓치지 않았습니다. 서로 엉킨 두 사람의 옆을 지나쳐 현관으로 내달렸습니다. 바로 앞에 출구가 있었습니다. 빛이 보였습니다.

마지막 순간, 저는 뒤를 돌아봤습니다.

K의 엄마가 길고 비쩍 마른 검지를 들어 자신의 입술에 가져다 댔습니다.

쉿.

조용히.

영원히 입을 다물 것.

그런 뜻이라는 걸, 어린 저도 똑똑히 알 수 있었습니다.

제가 마지막으로 본 광경은 쓰러진 태수를 K가 마구 물어뜯는 모습이었습니다. 저는 망설이지 않고 밖으로 달려 나갔습니다. 드디어 죽음으로부터 탈출하는 순간이었습니다.

저는 집을 향해 달렸습니다. 아주 오랜 시간이 지난 것 같았지만 해는 기울지 않았고 여전히 매미들이 울어대고 있었습니다. 저는, 한 번도 뒤를 돌아보지 않았습니다. 그랬다가는 쫓아오는 K에게 잡힐 것 같았기 때문입니다.

겨우 집에 도착했을 때 똘이가 저를 반겨주었습니다. 다행인지 불행인지 집에는 아무도 없었습니다. 저는 가방을 내려놓고 방 안에 들어앉아 한참을 울었습니다. 울음과 함께 나쁜 기억들을 몽땅 쏟아냈습니다.

그랬기 때문이었을까요, 그 후의 일은 이상할 정도로 잘 기억이 나지 않습니다.

한 가지 확실한 것은 제가 입을 다물었다는 사실입니다. 태수가 사라졌기 때문에 동네가 발칵 뒤집혔지만 누구 하나 태수의 행방을 몰랐습니다. 당연히 제게 여러 질문이 쏟아졌지만 저는 모른다고만 했습니다. 어른들은 쉽게 의심을 거뒀습니다. 옆 동네에서 발생한 연쇄 실종 사건에 태수가 얽혔다는 결론이 내려졌습니다. 한동안 동네 전봇대마다 태수를 찾는다는 전단이 붙어 있었습니다.

저는 그 전단에 나와 있는 흑백 사진 속 태수의 얼굴을 한참 동안 들여다봤습니다. 불과 며칠밖에 지나지 않았는데 참 낯설어 보였습니다.

그렇게 시간이 흘러 여름방학이 되었고 K네가 이사를 갔다는 소문이 돌았습니다.

저는 그 소문에도 관심을 기울이지 않았습니다.

모든 게 다 심드렁했습니다.

그 뒤로 아주 많은 시간이 흘렀지만 제 마음속의 한 부분, 그날 K의 집에서 산산이 부서지고 만 그 부분은 끝내 회복되지 않았습니다.

어쩌면 착각이었던 게 아닐까, 환상을 봤던 게 아닐까 그렇게 생각한 적도 분명 있었습니다. 커갈수록 그런 의문은 더했습니다. 상식적으로 말이 안 되는 이야기니까요. 하지만 그런 생각이 들 때마다 그날의 기억이 날카롭게 되살아났습니다.

그러고는 꿈을 꾸었습니다. K와 태수가 너덜너덜한 상태로 저를 향해 어기적어기적 다가오는 꿈을.

저는 이 세상에는 도저히 설명할 수 없는 일이 있다는 사실을 인정한 채 살아가게 되었습니다. 그런 한편 생명이란 무엇인가에 대해 깊이 고민하게 되었습니다. 그래서였을 겁니다. 제가 이 일을 하게 된 건.

저는 열심히 공부해서 수의사가 되었습니다. 제가 아는 동물들은 성실히 살고 착실히 죽어갔습니다. 부활해서 다시 움직이는 돌연변이 따위는 존재하지 않았습니다. 자연의 섭리를 거스르는 괴물도 존재하지 않았습니다. 동물들의 삶에는 생명과 죽음 사이에 다른 게 끼어들 자리가 없었습니다. 수의사 일을 하면서 저는 조금씩 위로를 받았습니다.

물론 제가 그날의 기억에서 완전히 벗어난 건 아니었습니다. 문득문득 그때가 생각날 때면 저는 인터넷으로 검색을 하곤 했습니다. 혹시 비슷한 사례는 없었는지, 어딘가에서 또 누군가가 실종되고 있진 않은지……. 하지만 수많은 세월이 지날 때까지도 저는 주목할 만한 기사를 찾지 못했습니다.

그렇게 세월이 흐르는 동안 저는 결혼이라는 걸 하게 됐습니다. 아이도 낳았습니다. 아들이었습니다. 그 아들이 올해로 꼭 열 살이 되었습니다. 행복한 삶이 죽 이어질 거라 생각했습니다. 아들을 바라보고 있으면 그날의 어두운 기억이 희미해지는 느낌을 받았으니까요.

그러나 삶은 생각처럼 되지 않았습니다.

아들이 아프기 시작했습니다. 벌써 몇 달 전의 일입니다. 아들은 현대 의학으로는 치료할 수 없는 병에 걸려 죽는 날만을 기다리게 되었습니다. 어떻게 해도 되돌릴 수 없는 죽음의 운명이 아들에게는 너무나 일찍 찾아온 겁니다.

저는 신을 원망했습니다. 원망하고 또 원망했습니다. 그러던 중에 그날의 기억이 다시 떠올랐습니다. 반쯤 되살아나 어기적거리던 K의 모습도 생각났습니다. 무엇보다 아들의 부활을 위해 무엇이든 했던 K 엄마가 생각났습니다.

저는 사람을 써서 30년 전 그때 이후 K의 행방을 조사했습니다. 쉽지 않은 일이었고 많은 돈이 들어갔습니다만 결국 현재 K가 어디 살고 있는지는 알게 되었습니다.

K네 집은 지방의 소도시 외곽에서 작은 교회를 운영하고 있었습니다. 말이 교회이지 전통적인 기독교 신앙을 토대로 한 곳 같지는 않다고, 조사를 담당했던 남자가 말해주었습니다. 그런 것쯤은 저 역시 이미 알고 있었습니다. 남자는 이렇게도 덧붙였습니다.

"거기엔 K의 엄마로 추정되는 늙은 여자는 있었지만 당신이 말하는 K는 보이지 않았습니다."

모든 걸 확실히 알려면 직접 만나 이야기를 들어보는 수밖에 없었습니다.

저는 한 달 전에 바로 그곳을 찾아갔습니다.

혼자서, 아무도 모르게.

그 교회는 겉으로 보기엔 평범했습니다. 하지만 전 척 보자마자 그곳이 바로 K의 집이라는 걸 알 수 있었습니다. 삶과 죽음의 경계를 마음대로 드나드는 곳, 저주 받은 곳 말입니다.

저는 혹시라도 다른 사람과 마주칠까 봐 저녁 시간을 골라 교회 안으로 들어갔습니다. 교회 역시 옛날의 그 집처럼 어두컴컴했습니다. 십자가는 똑바로 걸려 있었지만 그 외에는 너무도 휑했습니다. 도무지 예배를 보는 공간으로는 보이지 않았습니다. 저는 아무도 없는 그곳에 서서 어찌하면 좋을지 고민했습니다.

그때였습니다. 뒤에서 목소리가 들려왔습니다.

절대 잊을 수 없는 그 목소리가.

"올 줄 알았다."

뒤를 돌아보니 K 엄마가 서 있었습니다. 빼빼마른 몸매는 그대로였지만 얼굴에 주름이 가득했습니다. 뒤로 빗어 넘긴 백발이 세월의 흐름을 알려주었습니다. 하기야 K의 엄마도 절 보고 그렇게 느꼈을 겁니다.

"어떻게 알았다는 겁니까?"

제가 물었습니다.

"신이 말씀해주시지."

K 엄마는 그렇게 말하곤 빙긋 웃었는데 그 입안이 무척 검었

습니다. 검디검은 입안에서 백태 낀 혀가 꿈틀거렸습니다.

“당신이 말하는 신은 어디에 있습니까?”

제가 물었습니다.

K 엄마는 아무 대답 없이 검지를 곧게 펴 땅을 가리켰습니다. 어둠이 득시글거리는 땅속 저 깊은 곳에 K 엄마가 믿는 신이 존재했던 겁니다.

“당신이 그때 보여준 건 무엇이었습니까?”

저는 묻고 싶은 것이 많았습니다. 너무나 많았기에 오히려 무엇을 물어야 할지 몰랐습니다.

“기적. 부활의 기적.”

“그것은 도대체 어디서 온 겁니까? 그 힘은…… 당신이 기적이라 말하는 그 힘은 도대체 어디서…….”

K 엄마와 마주보던 그 순간 저는 감당할 수 없는 한기를 느꼈습니다. K 엄마는 그 늙은 나이에도 불구하고 무시무시한 기운을 내뿜고 있었습니다.

“아들을 살리고픈 내 마음이 신을 움직였지. 얼마나 힘들었는지 아니? 아들의 죽음을 기다리며 하나 둘 재료를 모으는 일은 다시 떠올리고 싶지 않을 만큼 괴로웠다. 하지만 그런 괴로움을 기꺼이 견뎠기에 기적을 이룰 수 있었지.”

K 엄마는 당당히 말했습니다.

“당신은 무서운 일을 저지르고 말았어!”

저는 마지막 남은 이성을 쥐어짜내 그렇게 소리쳤습니다.

"아들을 잃는 일보다 무서운 일이 있을까?"

K 엄마가 눈을 번뜩이며 말했습니다.

"K는…… K는 어디에 있습니까?"

저는 대답을 하는 대신에 조심스레 물었습니다.

K 엄마는 순간 몸을 부르르 떨더니 고개를 끄덕였습니다. 그러고는 다시 야릇한 미소를 지었습니다.

"그것 때문이었구나. 난 네가 내게 복수하려는 줄 알았는데 K를 찾는 걸 보니 다른 일 때문이었구나."

K 엄마는 휘적휘적 걸어서 제 옆을 지나쳐서는 안쪽 깊숙한 계단으로 내려가기 시작했습니다. 저는 그 뒤를 따랐습니다.

"K가 살아 있긴 한 겁니까? 말씀해주세요. 제겐 아주 중요한 문제입니다!"

저는 K 엄마를 향해 간절하게 말했습니다.

"직접 보거라."

우리는 계단을 따라 지하 깊숙한 곳까지 내려갔습니다. 그러자 눈에 익은 풍경들이 보이기 시작했습니다. 어두운 복도, 기괴한 그림들 그리고 거꾸로 걸린 십자가…….

K의 엄마는 철문이 달린 방 앞에서 멈춰 섰습니다. 문 위쪽에는 쇠창살이 걸린 직사각형 틈이 나 있었습니다. 마치 감방 같은 곳이었습니다.

"K는 여기에 있다."

저는 쇠창살 사이로 방 안을 들여다봤습니다.

거기에 정말로 K가 있었습니다.

어린 시절, 열 살 때의 모습 그대로 K가 방 한구석에 웅크리고 앉아 있었습니다.

"K!"

저도 모르게 K를 불렀습니다.

K는 고개를 들어 저를 바라봤습니다. 고개를 갸우뚱하는 모습이 영락없는 그 옛날의 K였습니다. 저는 눈물을 흘렸습니다.

"부활은 했지만 성장하지는 않지. 그리고 절대 다른 사람들과 접촉할 수도 없어."

그제야 저는 K가 아주 탐욕스러운 눈빛으로 저를 바라본다는 사실을 알게 되었습니다.

"정상적인 대화도 불가능해. 정서적 교감을 나눌 수도 없지. 하지만 난 그래도 좋아. 살아 있는 아들을 볼 수만 있다면 아무래도 상관없어. 너 역시 그래도 좋다면…… 내가 도와주지."

K 엄마가 내뱉는 서늘한 입김이 제 목덜미에 닿았습니다.

저는 고개를 끄덕였습니다. 눈물을 뚝뚝 흘리면서 고개를 끄덕였습니다. K의 엄마는 모든 사실을 눈치챈 것입니다. 더 이상 설명할 필요도 없었습니다. K의 엄마는 그저 이렇게 물었을 뿐입니다.

"아들? 딸? 아니면 부인? 몇 살인지, 몸무게가 얼마인지에 따라 들어가는 재료의 양이 달라지지."

자, 여기까지 들으셨으니 이제 다들 깨달으셨을 겁니다.

맞습니다.

제가 아동 연쇄 납치 사건의 범인입니다.

아니, 이제는 아동 연쇄살인 사건의 범인이 되겠군요.

저는 K의 엄마에게서 부활의 방법을 배웠습니다. 어떤 식으로 어떻게 의식을 행하면 되는지 세세하게 공부를 했습니다. 그 방법은 너무나 끔찍해서 설명하기조차 망설여집니다. 저는 인간적인 마음과 양심 그리고 제가 지금껏 쌓아온 상식을 버리기 위해 엄청난 노력을 했습니다. 그것들을 가지고 있다면 이 방법은 결코 쓸 수가 없기 때문입니다.

결국 아들을 사랑하는 제 마음이 모든 것들을 이겨버렸습니다. 아들을 살릴 수만 있다면, 건강하게 움직이는 아들의 모습을 단 한 순간이라도 볼 수만 있다면 저는 인간이길 포기해도 좋습니다. K의 엄마가 그랬던 것처럼.

K의 엄마가 애초에 그 방법을 어떻게 알게 되었는지는 저도 잘 모릅니다. 묻지도 않았습니다. 그 저주 받은 기적이 땅속에 깃든 어떤 신에게서 온 건지 저는 여전히 잘 모릅니다. 제가 알고 있는 건 단 한 가지, 그것이 사실이라는 것뿐입니다.

†

부활.

부활은, 사실입니다.

지금부터 의식을 시작할 겁니다.

당신들이 이 영상을 보게 될 때쯤에는 제 아들은 부활했을 겁니다. 다만 저는 이 세상에 더 이상 존재하지 않을 겁니다. 사실 그래서 이 영상을 준비한 것입니다. 이제야 핵심으로 들어왔습니다.

아들의 죽음이 생각보다 빨랐습니다. 재료를 다 준비하지 못했는데 말입니다. 다시 밖으로 나가 재료를 준비하기에는 시간이 너무도 없습니다. 자칫 실수를 해서 제가 경찰에게 잡히기라도 한다면 모든 게 끝나는 상황입니다.

그래서 저는 제 몸을 재료로 사용하기로 했습니다. 제가 재료가 된다면 아들은 충분히 살아날 수 있습니다.

그러니 이 영상을 보시는 분들에게 부탁드리겠습니다.

모든 죄는 제가 지었으니 부디 제 아들을 잘 보살펴주십시오. K의 엄마는 부활한 인간은 다른 사람과 접촉해서는 안 된다고 경고했지만 그게 무슨 의미인지는 저 역시 잘 모릅니다.

그럼, 녹화를 마치겠습니다.

아들이 부활하길 기원하면서…….

감사합니다.

〈녹화 종료〉

김이환

레이 브래드버리의 《화성 연대기》를 읽고 감명을 받아 작가가 되고 싶다고 생각, 단편소설을 써서 인터넷에 발표하며 작가 활동을 시작했다. 2004년부터 지금까지 《양말 줍는 소년》, 《절망의 구》, 《디저트 월드》, 《초인은 지금》 등 열네 편의 장편소설과 여섯 편의 공동 단편집을 출간했다. 2009년 멀티문학상, 2011년 젊은작가상 우수상, 2017년 SF 어워드 장편소설 우수상을 수상했다. 단편 〈너의 변신〉이 잡지 《Koreana》를 통해 9개 국어로 번역되었고 프랑스에서도 출간되었으며, 장편소설 《절망의 구》와 《초인은 지금》은 일본에서 만화로 각색되어 출간을 준비 중이다. 평소 좋아하는 판타지, SF, 동화, 추리, 미스터리, 문단 문학 등의 다양한 장르를 넘나들거나 재조합해서 소설을 쓰고 있다.
로버트 하인라인, 로저 젤라즈니, 조앤 롤링, 얀 마텔, 버지니아 울프, 무라카미 하루키 등의 작가를 좋아하며 그들의 소설에서만 느낄 수 있는 예술적 성취를 동경한다. 독립영화를 좋아하여 《씨네 21》, 《계간 독립영화》 등 다양한 지면에 독립영화 리뷰를 싣기도 했다. 작가의 작품과 소식이 궁금하다면 페이스북 페이지로. https://www.facebook.com/ewhan.kim

미로

김이환

사람 살려요

도와줘요

바이러스에 감염되었다가 회복되고 있습니다 정신이 돌아오고 있습니다 하지만 목소리가 나오지 않아 벽에 글을 씁니다

치료를 받고 싶습니다

살려주세요

†

몸이 빠르게 회복되고 있습니다 바이러스에 감염됐던 뇌가 정상으로 돌아오는 것 같습니다 글이 더 수월하게 써집니다 피부도 낫고 있습니다 그래도 의식을 잃는 때가 있습니다 의식이 흐려지면 다시 좀비가 됩니다 치료를 받고 완전히 낫고

싶습니다 하지만 어디로 가야 치료를 받을 수 있는지 모르겠습니다 길을 못 찾겠습니다

밖에 너무나 많은 좀비가 있어 두렵습니다

사람 살려

도와주세요

†

정신이 생각보다 천천히 돌아오고 있는 것 같다. 지금까지 남긴 낙서를 읽어보니 확실히 멀쩡한 사람이 쓴 글이 아니다. 정말…… 미친 사람이 쓴 것 같다.

하지만 이제는 몸이 많이 좋아졌다. 거의 하루 내내 정신이 온전하다. 손가락 근육도 자유롭게 움직여서 글을 더 빨리 쓸 수 있다. 오늘 아침부터는 코가 회복됐는지 후각이 돌아오기 시작했는데, 그래서 악취를 참기 힘들다. 바로 내게서 나는, 여전히 썩고 있는 피부에서 나는 냄새 때문이다. 그래도 피부 역시 많이 회복되었다. 썩은 부분이 떨어져 나가고 새살이 천천히 돋아나는 중이다. 진물과 피가 계속 흐르기 때문에 붕대와 연고를 구하고 있다. 하지만 약국을 아직 찾지 못했다.

약국뿐 아니라 이 구역을 빠져나갈 출구 역시 찾지 못했다. 약국을 찾아 길을 헤매다가 보면 어느 순간 마치 미로를 헤매는 것처럼 같은 곳을 뱅뱅 돌고 있다. 처음에는 맴도는 줄도

몰랐다가 거대한 벽과 마주치고서야 알았다. 벽을 따라 죽 걷는 동안 깨달았다. 근방이 5층 건물 높이의 거대한 펜스로 격리되어 있었다.

시멘트 벽인 곳도, 컨테이너를 층층이 쌓은 곳도, 건물과 건물 사이를 플라스틱으로 이은 곳도 있다. 대부분 중간에 철망을 두 번 세 번씩 감아서 사람이 기어오를 수 없게 막아놓았다. 그 위는 어두운 색의 장막이 있는데 장막 안은 보이지 않는다. 아마도 군인이 있을 것 같다. 펜스 주변을 따라가다 좀비 떼와 마주쳤는데, 벽 너머에서 갑자기 총알이 날아와서 놀라 몸을 웅크렸다. 총에 맞은 좀비들의 몸이 완전히 부서지는 광경을 보았다. 다행히도 나는 총에 맞지 않았다. 좀비가 아니라 사람이니 총을 쏘지 말라고, 살려 달라고 말하고 싶었지만 목소리가 나오지 않았다. 아직은 성대가 회복되지 않아서 소리를 크게 내려고 애써도 여느 좀비들이 내는 그런 신음만 나온다. 그리고 말을 하더라도 총을 쏘지 않으리라 확신할 수가 없다. 지금 내 모습은 좀비와 별반 다르지 않기 때문이다.

그래서 나는 이 구역에 갇혀 있다……. 왜 이곳이 격리됐을까? 이 지역에 감염자가 너무 많아서 치료를 포기하고 완전히 차단한 것일까? 나처럼 한번 바이러스에 감염됐다가 다시 나은 사람은 없는 걸까? 어떻게 해야 총에 맞지 않고 이곳을 무사히 빠져나갈 수 있을까? 누군가 이 글을 읽는다면 제발 나를 도와 달라.

†

감염에서 벗어나면서 기억 역시 조금씩 돌아오고 있다. 바이러스 감염 이전의 일이 기억나기 시작했다. 갑작스럽게 좀비 바이러스가 서울에 나타난 기억이 났다. 외국에서 들어온 것이 아니라 서울 한복판에서 갑자기 발병했다. 도대체 이유가 뭐였을까? 그때도 사람들이 영문을 몰라 어리둥절했던 기억이 난다. 전염성 높은 바이러스가 빠른 속도로 번지는 동안 나는 외출을 삼가는 정도로 조심하려고 했지만, 잘못된 판단이었다. 바이러스가 얼마나 치명적인지 그때는 잘 몰랐던 것 같다. 그러다 감염이 됐고, 병원으로 실려 간 것까지 기억이 난다.

그 후는 모르겠다. 치료법은 없는 걸까? 하지만 나는 점점 낫고 있다. 이건 어찌 된 일일까? 이곳은 그 병원 근처일 것이다. 벽 너머의 서울은 어떨까? 안전한가? 가족이나 친구들은, 내가 아는 사람들은 어떻게 됐을까?

생각할수록 마음이 답답하다. 다시 감염이 심해져서 정신을 잃고 좀비가 되면 어쩌나, 같은 장소를 맴돌다가 총에 맞아 몸이 산산조각이 나면 어쩌나 불안하다. 그러다 보면 모든 것을 포기하고 싶어진다……. 하지만 살아야 한다. 꼭 살고 싶다. 그래서 힘을 내서 다시 벽에 마커로 기록을 남긴다. 시간의 흐름을 기록하기 위해 날짜를 써두고 싶지만, 오늘이 몇 월 몇 일인지 모르겠다.

†

지금 있는 이 건물에 관해서도 써야 할 것 같다.

은신처로 사용하는 이 건물은 2층부터 4층까지는 공장이고 1층은 편의점이다. 건물 전체에서 악취가 심한데 4층이 그나마 악취가 덜해서 이곳에 있다. 아마도 하수구에서 나는 악취 같다. 편의점에는 통조림 몇 개를 빼면 남은 음식은 거의 없고 남은 것들도 다 썩어 있다. 그래도 썩은 음식이라도 있어서 다행이다. 먹을 것이 없으면 그걸 먹으면 되니까. 건물에는 지하실도 있는데 문이 잠겨 있다. 그곳도 공장인 것 같지만 창문도 없고 해서 안으로 들어갈 방법을 모르겠다. 들어가 봐도 쓰레기만 있을 것 같다. 악취가 그곳에서 오는 것인지도 모른다. 함부로 문을 열었다간 지금까지 굶주려 있던 좀비 떼가 튀어나올지도 모르는 일이다.

4층 창문으로 내다보면 주변이 꽤 멀리까지 보인다. 뒤쪽은 펜스로 막혀 있어서 그 너머는 보이지 않는다. 더 높은 건물로 올라가면 펜스 너머도 보일까 싶은데 확신할 수는 없다. 격리 구역 안의 건물은 대부분 유리창이 깨져 있고 길에는 먼지 쌓인 가구와 자동차 사이로 좀비 떼가 몰려다닌다. 밤에도 불이 켜져 있는 건물이 전혀 없다. 전기가 들어오지 않는 것 같다. 간혹 가로등에 불이 들어왔다가 곧바로 나가곤 하는 걸 보면, 시설이 망가져서 그렇다기보다는 밖에서 일방적으로 전기를 끊은 것 같다. 펜스 밖으로는 건물이 보이지 않지만 어둠 너머로 희미한 도시 불빛이 보인다. 내가 기억하는 도시의 밝은 밤과는 다른 약한 불빛이다. 이전 상태로 완전히 회복된 것 같진 않다. 그리고 어둠 속에서는 밤에도 쉬지 않고 움직이는 좀비의 신음과 괴성과 질질 끄는 발소리가 들린다. 매일 밤 나는 그 소리를 들으며 어렵게 잠을 청한다.

좀비들은 무리를 지어 움직이면서 더 큰 무리를 만들었다가 흩어지고 다시 모였다가 흩어지면서 먹을 것을 찾는다. 힘이 약한 좀비들은 바닥을 기어 다니거나 힘이 없어서 움직이지 못하는데, 좀비 떼는 그들을 뜯어 먹는다. 수십 개의 손과 입이 쓰러진 좀비에게 몰려들면 곧 뼈가 부러지는 소리가 들리기 시작한다. 정말 끔찍한 광경이다. 물론 나는 그들에게 절대로 다가가지 않고 창문으로 내다볼 때도 몸을 숨기고 내다본다. 좀비가 계단을 올라오는 일이 드물지만 그래도 나를 봤다간 무슨 일이 일어날지 모른다.

펜스와 가까운 이곳은 좀비가 떼로 몰려다니진 않는다. 좀비는 격리 구역 중심으로 갈수록 많다. 아직 들어가보진 않았으나 그곳은 정말 생지옥일 것이다.

그리고…… 솔직히 고백하겠다. 앞으로는 다른 좀비를 잡아먹지 않을 것이다. 좀비 떼를 끔찍하다고 말했지만, 나 역시 좀비였다. 정신이 흐려질 때면 굶주림을 참지 못하고 좀비를 사냥했고 정신이 돌아오면 이를 기억해내고 썩은 피를 토하곤 했다. 이제는 정신이 흐린 때가 거의 없다. 그러니 앞으로는 좀비를 먹지 않고 다른 먹을 것을 찾을 것이다. 나는 좀비가 아니기 때문이다.

†

오늘 좀비를 유심히 관찰하다가 알았는데, 좀비들 중에는 움직임이 느린 좀비 말고도 빠른 좀비가 있었다. 느린 좀비는 떼로 다니며 힘이 약해진 좀비와 마주치면 잡아먹지만, 동작이 빠른 좀비는 홀로 다니면서 다른 좀비를 사냥한다. 그들은 눈에 잘 띄지 않는다. 확실히 지능이 남아 있는 것 같다. 이상하게 건물 주변에 빠른 좀비가 많고, 특히 빨간 코트를 입은 좀비와 운동화를 한 짝만 신은 좀비가 건물 주변을 계속 맴돈다. 둘 다 움직임이 유난히 빠른 데다가 내가 다른 좀비보다 신선한 걸 아는 것 같아 주의하고 있다.

느린 좀비와 빠른 좀비의 차이가 뭘까 궁금하다. 바이러스에 얼마나 감염됐느냐의 차이일까? 뇌와 신경계가 얼마나 망가졌느냐의 차이일까? 이 차이를 밖의 사람들도 알고 있을까?

†

며칠 동안 식량과 쓸모 있는 물건을 찾아 돌아다녔다.

4층 창문을 통해서 미리 봐둔 곳도 가고 보이지 않는 곳도 갔다. 은신처에서 보이는 음식점과 작은 마트 핸드폰 대리점 등을 갔으나 아무것도 없었다. 모두 문이 열려 있고 안은 오래 전에 이삿짐을 뺀 것처럼 비었다. 핸드폰 대리점도 종이와 플라스틱으로 만든 모형만 남아 있다. 길을 걷다가 근방에 작은 재래시장이 있어서 식량을 구하리라는 기대를 품고 들어갔다가 그곳에서도 허탕을 쳤다. 꼭 핵전쟁이라도 일어난 듯한 풍경이었다. 문이고 가판대고 뭐고 다 부서진 데다가 안은 누가 몽땅 털어간 듯이 완전히 비었다. 충격이었다. 좀비가 습격한 것 같진 않고 사람이 가게를 턴 다음 다 부순 것 같다. 뭐가 어떻게 된 건지 모르겠다. 이 지역이 격리된 다음에도 사람이 남아 있었던 걸까? 그들이 식량을 찾아 닥치는 대로 가게를 약탈했을까? 그다음 사람들은 어떻게 됐을까? 다들 좀비가 되고 말았을까? 정부는 왜 그들이 좀비가 되기 전에 구하지 않았을까? 바이러스가 퍼질 위험 때문에 그냥 이곳에 가둔 걸까?

격리 구역 중심으로 갈수록 먹을 것이 없다. 편의점이고 마트고 다 마찬가지다. 펜스와 가까운 쪽의 건물들은 물건이 남아 있지만 그곳은 총에 맞을 위험이 있어서 접근이 어렵다.

그리고 내가 예상한 대로, 격리 구역 중심으로 갈수록 좀비가 정말 많다. 그 와중에도 좀비 떼와 몇 번 마주쳤지만 무사했다. 보통은 좀비 떼가 다가오는 소리로 알 수 있고, 나는 그들보다 걸음이 빠르다. 물론 혼자 다니는 좀비들은 빠르지만 그것들은 움직임이 느린 좀비를 주로 공격하는 것 같다. 아마 나도 자신들과 같은 좀비라고 생각하는 것 같다. 나로서는 다행이다. 격리 구역 중심부까지 들어가지는 못했다. 좀비를 잘 피해 다닐 자신이 없어 들어가지 않았다. 그곳에는 대형 병원이 있는데, 아마 병원을 중심으로 좀비 떼가 모여 있는 것 같다. 이유가 뭘까? 그곳에 먹을 것이 많아서일까? 아니면 다른 이유가 있을까?

다행인 일도 있었다. 시장 근방에서 약국을 찾았고, 어렵게 들어가서 뒤진 끝에 소독약과 연고를 챙겼다. 연고를 되는 대로 피부에 바르고 붕대도 감았다. 피부가, 특히 얼굴이 빨리 나아지면 좋겠다. 성대도 나으면 좋겠지만 좋아질 기미가 보이지 않는다.

그리고 길에서 핸드폰을 몇 개 주웠다. 길가에 간혹 뼈만 남은 시신과 같이 뒹굴고 있는 옷이 보일 때가 있다. 역겨움을 참고서 옷 속을 뒤져보면, 간혹 다 망가진 핸드폰이 나왔다. 핸드폰으로 외부와 연락하고 싶은데 쉽지 않다. 아니면 잘 보이는 건물 벽에 크게 '사람 살려'라고 써볼까도 고민 중이다. 그러면 이 안에 좀비가 아닌 사람이 있다는 신호를 안전하게 보낼 수 있지 않을까. 페인트를 구하면 시도하고 싶다.

†

오늘은 철물점을 발견했다. 잠겨 있는 문을 부수고 들어가 드라이버와 도끼와 칼 등을 가지고 나왔다. 언제 좀비에게 습격을 받을지 모르니 무기가 필요하다. 철물점에는 페인트도 있었지만 가지고 나오지 않았다. 벽에 메시지를 쓰지 않을 것이다. 왜냐하면 도움을 부탁하는 다른 낙서를 본 적이 없기 때문이다. 격리 구역에 살아 있는 사람이 있었다면 분명 외부에 도움을 요청했을 것이다. 벽이나 도로에 글을 써서 알리자는 아이디어는 쉽게 낼 수 있다. 하지만 낙서가 하나도 없다는 건……. 아마도 사람들이 안전하게 빠져나간 것 같지 않다. 내 추측이 옳을까? 정말 나처럼 감염이 호전된 사람이 밖으로 무사히 나간 적이 없었던 걸까? 그렇다면 나는 어떻게 이곳을 빠져나가야 할까?

철물점을 나오다가 드론을 목격하고 정말 놀랐다. 물건을 둘러메고 걸어가는데 펜스 너머에서 갑자기 나타나서는 내가 있는 쪽을 향해 날아왔다. 얼른 벽 뒤에 숨어서 드론을 관찰했다. 드론은 나를 따라오지 않았다. 대신에 다가오던 좀비 떼를 따라가 그 위를 맴돌다가 다시 하늘로 올라가 벽 너머로 사라졌다. 좀비를 관찰하는 것일까? 그렇다면 왜 관찰하는 걸까? 며칠 전이었으면 드론을 향해 살려 달라고 소리쳤겠지만 이제는 그래선 안 된다는 걸 알기 때문에 피해 다닌다. 인간처럼 두리번거리며 걷는 좀비의 모습을 드론이 녹화하면 이후에 어떻게 될지 걱정이 되기 때문이다.

†

사람을 만났다. 마트 지하의 식료품 판매장에서 음식을 찾다가 마주쳤다.

그는 내가 좀비인 줄 알고 가지고 있던 총으로 쏘려고 해서 하마터면 죽을 뻔했다. 다행히 내가 두 손을 번쩍 들자 그도 내가 사람인 걸 눈치챘다. 손짓 발짓과 글씨를 동원해 어렵게 대화했다. 놀라운 소식을 많이 들었다.

내 예상대로 이 지역은 좀비가 너무 많아서 정부가 포기하고 펜스를 만들었다고 했다. 경찰과 군인들이 펜스로 다가오는 좀비는 무조건 총으로 쏜다고 한다. 내가 도움을 청하지 않은 건 현명한 행동이라고 말했다. 감염됐다가 나은 사람도 총으로 쏜다는 것이다. 그리고 자신도 바이러스에 감염됐다가 치료된 사람이라고 했다. 그 말을 들었을 때 정말 놀랐다. 나보다 훨씬 상태가 좋았기 때문이다. 나도 그렇게 나을 수 있을지 희망을 품어본다. 좋은 소식도 있다. 밖으로 나갈 수 있다는 것이다. 나처럼 감염됐다가 나은 사람이 외부에 많다고도 했다. 바이러스는 상태가 좋아질 수도 있고 관리를 잘 못하면 다시 나빠질 수도 있다고 한다. 그래서 감염자는 경찰과 군인이 바로 사살하지만, 감시를 피해서 잘 숨어 있으면 안전하게 지낼 수 있다고 했다.

그는 나를 데리고 밖으로 나가려면 돈이, 그것도 상당히 많은 돈이 필요하다고 했다. 자신이 격리 구역 안으로 들어올 수 있었던 건 펜스를 지키는 군인에게 뇌물을 줬기 때문이고, 그 돈은 자신의 돈에다 다른 사람들의 기부금을 더해 충당했다고 한다. 밖에는 나처럼 아직 살아 있는 사람을 도우려는 사람들이 은밀히 모임을 만들어 돈을 모으고 우리 같은 사람을 도울 방법을 찾고 있다고 한다. 내가 나가려면 군인에게 줄 뇌물이 필요하니 살아 있는 가족이나 친구에게 연락해 돈을 받겠다고 했다. 나는 가족과 친구들 이름과 사는 주소를 기억나는 대로 써줬다.

만약 그걸로도 모자라면 이 안에서 돈을 구해야 한다. 마트 4층에는 귀금속이나 비싼 전자제품이 있고, 병원에는 좀비 바이러스 치료제가 남아 있을 것이라고 한다. 그는 밖에 있는 가족과 친구와 연락이 되는지 알아보기 위해 떠났다. 내일 다시 마트에서 만날 것이다. 어디에 격리 구역 밖으로 나갈 수 있는 출구가 있는지 궁금해 같이 가보고 싶다고 말했지만, 그는 안 된다고 했다. 출구는 군인이 열어주는 것이어서 나를 데리고 온 걸 눈치채면 그도 나갈 수 없게 될 거라고 했다. 또 나를 믿을 수 없다고, 언제 의식을 잃고 다시 좀비가 될지 모르니 위험하다는 것이 이유였다. 그는 내가 좀비가 되면 바로 사살하겠다고도 말했다. 당장이라도 그를 따라 나가고 싶었기에 실망스럽기 짝이 없었지만 그래도 희망이 생겨서 기쁘다.

그는 나에게 가지고 있던 배낭도 빌려줬다. 마트에 통조림이 많은 곳에 데려다주더니 배낭에 담아 가지고 가라고 했다. 지금 생각해보니 다 낡고 더러운 옷을 입고 배낭에 훔친 음식을 담아 다니는 꼴이 그도 나도 영약없는 노숙자의 행색이다. 나는 어쩔 도리가 없다 해도, 그는 격리 구역에서 숨어 다니려면 그렇게 옷을 입어야 할 것이다.

필요하게 될지 몰라 돈을 모을 방법을 고민 중이다. 오늘 혼자서 근방을 돌아다니며 돈이 될 만한 것을 찾았지만 썩은 손가락에서 뽑아낸 반지 하나와 켜지지 않는 부서진 핸드폰을 몇 개 주웠을 뿐이다. 저번에도 그랬듯이 대부분 시신의 주머니는 비어 있었다.

†

그를 다시 만났다. 내 번호를 밖으로 전달했고, 밖에 있는 사람들이 가족과 연락을 했는데 돈을 받지 못했다고 한다. 왜 가족이 돈을 주지 않았는지 도저히 이해가 가지 않는다……. 내가 느낀 배신감과 혼란스러움을 뭐라 표현할 방법이 없다. 가족이 살아 있는데 돕지 않는다니 지금도 부모님과 형이 이해가 가지 않는다. 내가 직접 연락을 해보겠다고 하자 그는 말도 제대로 못 하면서 어떻게 통화를 하느냐고 했다. 문자를 하면 되지 않느냐고 물었더니 미련을 버리라고 했다. 그는 밖의 상황이 여전히 좋지 않기 때문에 그럴 수도 있다고 말했다. 언제 다시 좀비가 될지 모르는 사람 때문에 가족이 다 범죄자가 되는 쪽을 선택하지 않는 때도 많다는 것이다. 정부가 좀비 바이러스 감염자를 얼마나 무섭게 대하는지는 격리 구역 안의 모습을 보면 알지 않느냐고도 했다. 그건 그의 말이 옳다.

이제는 돈이 필요하다. 내가 그동안 모은 반지와 핸드폰을 보여줬더니 그는 이 정도로는 안 된다고 말하면서도 일단은 가져갔다. 그리고 치료제를 줬다. 밖에서 아주 비싸게 파는 물건이라고 반복해서 말했다. 확실히 주사를 놓으니 근육의 통증이 덜했다. 아무 망설임 없이 주삿바늘을 직접 다리에 꽂으며 이전에 바늘을 무서워하던 기억이 떠올라 피식 웃음이 나왔다.

돈이 없으니 격리 구역 안에서 구해야 한다는 사실에 마음이 무거웠다. 그는 정신 차리라고, 오히려 좋은 기회라고 말했다. 내가 좀비의 공격에서 안전하니까 더 쉽게 물건을 가져 나올 수 있다는 것이다. 그의 말이 옳다. 좀비들은, 특히 느린 좀비들은 나를 쉽게 눈치채지 못하니까. 특히 마트와 병원 주변에는 대부분 느린 좀비들이 있으니 진입이 쉬울 것이다. 하지만 워낙 좀비가 많아 걱정이었는데, 그가 안전한 길을 알고 있다고 했다. 그가 당장 마트 4층으로 올라가자고 해서 지상으로 갔지만, 오늘따라 마트 주변에 좀비 떼가 너무 많았다. 좀비들이 계속 따라와서, 우리는 한참을 달린 끝에 간신히 좀비들에게서 벗어났다. 내일 다시 마트에서 만나 들어가야 한다.

†

마트 4층까지 올라갔다. 그가 말한 다른 입구는 지하철역을 이용하는 것이다. 마트는 지상으로 들어가는 입구와 지하철역으로 이어진 입구가 따로 있는데, 지하철역 쪽으로는 좀비가 적다고 했다. 좀비는 계단을 오르거나 내려가려 하지 않는다. 지하철역에 들어갈 수 있다는 그의 말에 나는 흥분했다. 혹시 역을 통해서 격리 구역 밖으로 나갈 수는 없느냐고 물었더니 그는 그곳이 가장 철저히 막혀 있다고 대답했다. 그래도 내가 가보고 싶다고 말하자 가볼 테면 가보라고, 가보고 놀라지나 말라고 비웃듯이 말해서 포기했다.

대형 마트 뒤편으로 잘 보이지 않는 쪽에 지하철역 출입구가 있었다. 그곳이 막혀 있는 줄 알았는데 그가 잡다한 물건으로 막아 바리케이드를 쳐놓은 것이었다. 바리케이드 틈 사이로 사람이 드나드는 구멍이 있었다. 그곳으로 내려가서 지하철역으로 들어갔다가 다시 마트로 들어갔다. 그곳에서 1층으로 가는 계단을 통해 올라가자 훨씬 진입이 쉬웠다. 1층으로 들어가는 다른 길은 항상 좀비 떼가 진을 치고 있다.

1층에는 돈이 될 만한 물건은 이미 마트 측에서 빼냈고 4층에는 가져가지 못한 전자 제품이 남아 있다고 했다. 그렇다고 좀비가 없는 건 아니었다. 2층과 3층에서 어슬렁거리던 좀비 무리와 마주쳤는데, 그대로 두면 결국 4층까지 따라올 거라면서 그가 반대편으로 유인했다. 그는 나보다 동작이 훨씬 빠르다. 좀비는 느리게 걷는 것도 걷는 거지만 균형 잡기를 어려워하는데 신경과 근육이 온전하지 않아 그럴 것이다. 나는 균형은 잡지만 빨리 달리지는 못한다.

4층으로 올라갔는데 그곳에는 좀비가 없었다. 비싼 가전제품이 있었으면 했으나 대부분 파손되었거나 누군가 가져간 다음이었다. 일단 보이는 대로 모두 챙긴 다음 일부는 마트 안에 감춰놓고 나머지만 가지고 나왔다. 나도 나름의 보험이 필요하다는 판단에서였다.

나중에 마트 지하에서 그와 다시 만났는데, 내가 가져온 물건을 보더니 이게 전부냐고 물었다. 그렇다고 아무리 설명해도 믿지 않는 것 같았다. 그래서 잠시 언쟁이 있었다. 비싼 냉장고가 남아 있으니 그거라도 가져가자고 했더니 냉장고를 어떻게 가져가느냐면서 나보고 병신이라고 욕을 했다. 당연히 나도 화가 났고 분노가 치밀어 오르자 잠시 정신을 잃고 좀비가 되는 느낌이었다. 다행히 정신을 완전히 잃진 않았다.

그에게 심하게 화를 낸 것이 후회스럽다. 다시 만나서 화해해야 할 것 같다. 그가 나를 이곳에 버려두고 가면 나로서는 밖으로 나갈 방법이 없다.

†

다시 마트 4층에 들어갔다. 이번에도 같은 방법으로 그가 좀비 무리를 따돌리고 나는 안으로 들어갔다. 이번에는 한 층 더 올라가서 비싼 시계를 몇 개 찾아냈다. 이전처럼 구석에 감추려다가 그에게 들킬 뻔했다. 설마 그가 좀비를 그렇게 빨리 따돌리고 나를 찾아 마트로 들어올 줄은 몰랐다. 그래서 허둥대며 물건을 찾는 척했다. 그도 같이 물건을 찾았으나 내가 이미 많이 감춘 뒤라 비싼 물건은 거의 없었다. 화가 난 그는 나에게 뭘 미적거리고 있느냐면서 빨리 비싼 물건을 챙겨 나가자고 잔소리를 했다. 그는 쓸데없는 케이블 같은 것도 몇 만 원 이상 가격표만 있으면 무조건 배낭에 넣었다. 게다가 자신은 들지 않고 나에게 배낭을 넘겨 짐꾼처럼 들게 했다.

마트를 나오기 전, 그는 나에게서 물건을 받아 갔다. 나는 그에게 같이 가면 안 되느냐고 물었다. 통로가 어디 있는지 대충 위치만이라도 알려 달라고 부탁했다. 그는 안 된다고 거절했다. 내가 언제 좀비가 될지 모르고, 좀비는 알던 곳으로 다시 돌아오는 본능이 있어서 가르쳐주면 위험하다고 했다. 나는 나대로 당신이 죽기라도 하면 나는 여기서 혼자 어쩌느냐고 따졌다. 그러자 그가 갑자기 내 주머니를 뒤졌다.

나보다 그의 힘이 셌기 때문에 내가 반항할 틈도 없었다. 주머니에 숨긴 시계를 들키고 말았다. 왜 물건을 빼돌렸느냐고 그가 다그쳐서, 못 믿어서 그랬다고 대답했다. 비싼 물건을 주면 그것만 받고 도망갈지 어떻게 아느냐고 따졌다. 출구가 어던지 가르쳐주지 않아서 수상하다고도 말했다. 정말 가족에게 연락했느냐고, 거짓말이 아니냐고도 따졌다. 아무리 생각해도 가족이 나를 버릴 이유가 없었기 때문이다. 그랬더니 그가 나를 병신이라고 욕했고, 내가 화를 내자 나에게 총을 겨눴다. 우리는 싸웠다. 나는 몸싸움 끝에 총을 빼앗아 방아쇠를 당겼지만 총알은 나오지 않았다. 원래부터 총알이 없었던 것이다. 나는 분노해서 그를 물어뜯었다. 정신을 차려보니 그는 이미 죽은 다음이었다.

그렇다. 나는 오늘 그를 죽였다. 그리고 그의 몸을 뜯어 먹었다. 제정신이 아니었을 때 일어난 일이다. 좀비의 본능이 그렇게 만든 것이다. 정신이 돌아왔을 때는 이미 늦은 후였고, 나는 그의 시신 옆에서 한참 피를 토하고 그곳을 나왔다. 나와서 다시 정신을 잃었고, 정신이 돌아왔을 때는 좀비 무리에 떠밀려 움직이고 있었다. 간신히 정신을 추슬러 이곳으로 돌아와 기록을 남긴다. 어처구니없고 허무하고 믿기지 않지만 오늘 나에게 일어난 일이다.

이제 뭘 어째야 좋을지 모르겠다.

†

한동안은 밖으로 나가지 않았다. 머리가 복잡했다. 이곳에서 좀비가 되어 죽고 마는가 생각할 때마다 몸도 마음도 고통스러웠다. 그럴 때마다 이성을 잃고 좀비가 될까 두려웠다. 문을 잠그고 나 자신을 4층에 가둬놓았다. 미리 모아둔 식량으로만 버티고 있다.

†

최근엔 어째서 이곳에 글을 남기기 시작했는지 기억을 더듬어보고 있다. 하지만 잘 생각나지 않는다. 왜 이 건물을 선택했는지 모르겠다. 병원은 이곳에서 멀다. 내가 살던 곳도 아니고 사람이 살던 집도 아니다. 그런데 왜 나는 텅 빈 공장 건물에 와서 기록을 남기기 시작한 걸까? 이전에는 우연이라고 생각했지만 지금은 다른 이유가 있을 것 같다. 좀비는 자신이 잘 아는 장소로 되돌아가려는 본능이 있다고 한다면, 나는 왜 이 장소를 잘 알고 있는 것일까?

†

오늘 결국 밖으로 나갔다. 먹을 것도 떨어지고 썩은 음식은 더 못 먹겠던 차에 마트에서 음식을 구해 왔다. 마트로 가는 길 중간에 좀비 떼와 마주쳤지만 죽거나 말거나 상관없다는 생각에 그냥 지나쳤다. 좀비들은 나를 따라오지 않았다. 그가 알려준 출구를 통해 바리케이드를 지나서 마트 지하로 내려갔다. 그곳에 남은 통조림을 가지고 왔다.

그의 시체를 버린 장소에도 가봤는데 시체는 없었다. 좀비들이 먹었을 것이다.

돌아오려고 지하철역으로 내려갔다가 문득 역을 통해 격리구역 밖으로 정말 못 나가는지 의심이 들었다. 그의 말이 거짓일지도 모르니까. 하지만 경찰과 군인들이 사람이 탈출하기 가장 쉬운 출구는 진작에 막았을 것 같기도 했다.

계단을 내려가 개찰구를 지나 역으로 내려갔는데 갈수록 썩는 냄새가 끔찍했다. 중간부터 물이 고여 있었다. 배수 시설이 작동하지 않아 지하수가 고인 것 같았다. 물 위에 간혹 시체 조각이 떠 있기도 했다. 될 대로 되란 심정이었던 터라 그냥 물을 헤치고 걸었다. 썩은 냄새가 어찌나 끔찍한지 나중에는 역겨운 정도를 넘어 정신을 못 차릴 지경이었다. 이성을 잃고 다시 좀비가 될까 두려울 정도였다.

그의 말대로 역 안은 시멘트벽으로 상행과 하행이 모두 막혀 있었다. 아무리 뒤져봐도 빠져나갈 만한 출구는 없었다. 시멘트벽 주변에는 시체가 쌓여 있었는데, 냄새의 원인이 바로 그것이었다. 그들이 살았을 때 좀비였는지 사람이었는지는 모르겠다. 어쨌든 그들은 시멘트벽 너머로 가려다가 그곳에서 죽었다.

내가 왜 물에 젖어서 흐물거리는 시체를 뒤져볼 마음을 먹었는지 모르겠다. 이전에 그런 끔찍한 광경을 봤다면 쳐다보지도 못했을 텐데, 될 대로 되라는 생각에 용기가 났던 것 같다.

물에 젖지 않은 시체를 뒤졌고, 그중 한 사람의 바지 주머니에 핸드폰이 있었다. 전원 버튼을 누르자 불이 켜졌고, 순간 놀라서 핸드폰을 물에 떨어뜨릴 뻔했다. 긴장해서 덜덜 떨리는 손으로 아무에게나 문자 메시지를 보내기 시작했다. 내가 기억하는 모든 번호로, 그리고 핸드폰 안에 저장된 모르는 사람들의 번호로도 살려 달라고 문자 메시지를 보냈다. 인터넷 연결도 되지 않았고 문자도 발송됐다는 표시가 뜨지 않았는데 그래도 잠깐이라도 연결되는 순간이 있을까 싶어 계속 문자 메시지를 보냈다. 지금은 은신처로 돌아와 답장을 기다리고 있다.

†

배터리가 다 됐고 핸드폰은 꺼졌다. 그동안 답장은 오지 않았다. 다시 충전할 방법이 없다. 케이블도 없고, 있더라도 전원이 들어오는 콘센트는 격리 구역 안에 없다.

†

그와 다시 마주쳤다.

먹을 것을 찾아 마트로 가다가 그를 봤는데, 살아 있는 것은 아니었다. 내가 분명히 죽였으니까. 좀비가 된 것이다. 시체를 길에 버렸기 때문에 다른 좀비들이 뜯어 먹었을 줄 알았는데 그게 아니었다. 좀비가 된 그와 마주치자 처음에는 놀라 혼비백산했으나 그는 나를 알아보지 못했다. 어딘가를 향해 천천히 걷고 있는 그를 목적지가 궁금해서 뒤따라갔다. 혹시나 그에게 가장 중요한 장소인 출구로 가지 않을까 기대했지만 출구가 아니라 그가 머물던 은신처였다.

마트 근방의 가정집이었는데 그는 그곳에서 한동안 맴돌다가 밖으로 나왔고, 나는 그 뒤에 안으로 들어갔다. 좀비가 돼도 알던 곳으로 돌아가는 본능이 남는다는 그의 말이 맞았던 것이다. 내가 은신처로 돌아와 기록을 남긴 이유도 그것 때문일까? 정말 4층 건물이 내가 머물던 곳이었을까? 만약 그렇다면 나는 왜 병원이 아닌 공장에 있었을까?

그의 은신처에는 아직 썩지 않은 음식들, 썩은 음식들, 귀중품들 그리고 부서진 드론들이 있었다. 왜 드론을 모아놨는지 모르겠다. 핸드폰이 몇 개 있었지만 작동되는 건 없었다. 그가 정말 내 가족에게 연락했는지 의심이 들었다. 하지만 연락할 방법은 핸드폰 말고라도 많다. 정말 출구가 있다면 그곳을 통해 바깥과 연락할 수 있다. 출구는 분명히 있을 것이다. 없다면 그에게 돈이 필요할 리 없다. 격리 구역에서 무슨 돈이 필요하겠는가?

운 좋게도, 치료제도 하나 남아 있었다. 치료제는 바로 주사했다. 치료제와 함께 작은 열쇠도 있었는데 치료제와 함께 둔 걸 보면 중요한 열쇠 같아서 가지고 나왔다. 어느 곳의 열쇠인지는 모른다. 그의 은신처 주변에 보이는 잠긴 문에 모두 넣어 봤지만 맞는 문은 없었다.

출구의 열쇠였으면 좋겠다. 일단은 그가 출구로 갈 때까지 미행하려고 한다. 그에게 본능이 남아 있다면 언젠가는 반드시 출구에도 갈 것이다. 다시 희망이 보인다.

†

계속 그를 따라다니고 있지만 출구는 못 찾았다. 그는 마트와 집을 끊임없이 오갈 뿐이다. 그리고 가끔 집 옥상에 올라가 하늘을 올려다보곤 한다. 좀비가 멍하니 하늘을 올려다보며 엉거주춤 옥상을 걸어 다니는 모습은 정말 기괴하다. 하늘은 왜 보는 걸까? 그가 없을 때 나도 올라가서 주변을 살펴봤으나 이유를 알 수 없었다. 펜스 너머가 보이는 것도 아니었다. 이곳은 지대도 낮고 건물도 낮아서 오히려 내 은신처보다 시야가 좁다. 출구는 어디 있을까?

†

한동안은 그가 보이지 않았다. 그의 집에서 기다려도 나타나지 않았고 마트에서도 보이지 않았다. 다른 좀비에게 잡아먹혔거나 아니면 출구를 통해 밖으로 나갔을까 싶어 초조했다.

그런데 정말 엉뚱한 곳에서 마주쳤다. 그가 내 은신처 앞에 있었다. 바로 내가 있는 이 건물 말이다.

그는 건물 주변을 맴돌다가, 건물 앞에 서서 멍하니 지하실 문을 바라보다가, 다시 맴돌기를 반복했다. 한참을 그러고 나서야 어딘가로 사라졌다. 나는 그를 따라가지 않고 그가 노려봤듯이 지하실 문을 쳐다보았다. 지금까지 문을 열어보려고 한 적이 없었다. 그냥 공장이거나 창고려니 생각했기 때문이다. 나는 그의 집에서 가져온 열쇠를 지하실 문에 넣어보았다. 열쇠가 돌아가면서 문이 열렸다.

그때 충격을 뭐라 표현해야 좋을지 모르겠다. 설마 이곳이 통로였을까? 그가 출구의 위치를 가르쳐주지 않은 것도 바로 이곳이었기 때문일까? 내가 그와 마주친 것도 우연이 아닌 것이다. 출구로 나가려고 이곳에 왔다가 나를 보고 뒤를 밟았는지도 모른다.

온갖 복잡한 생각에 사로잡혀 지하실로 내려가는데 갑자기 악취가 풍겼다. 손전등에 의지해 둘러보니 다 썩어가는 팔 하나가 있었다. 다행히 좀비는 없었다. 그냥 팔과 다리 몇 개가 떨어져 있을 뿐이었다. 그제야 정신을 차리고 얼른 지하실 문을 닫았다. 주변을 돌아다니는 빠른 좀비들이 들어오면 큰일이니까.

지하실은 옷가지며 가방이며 신발 등이 잔뜩 어질러져 있었는데, 사람들이 모여 있던 곳 같았다. 천과 종이 상자들을 모아 침대처럼 만든 흔적도 있었다. 사람들이 머물던 곳일까? 나처럼 감염에서 벗어난 사람들이 모여 있었을까? 그리고 다시 좀비가 돼서 이곳을 나갔을까? 나도 이곳에 있었는지 고민했지만, 병원에 입원한 기억은 있어도 이곳의 기억은 없었다…….

출구를 찾아 벽과 바닥을 둘러봤지만 어디에도 출구가 될 만한 문은 없었다. 그리고 이 건물이 펜스와 가깝긴 하지만 그렇다고 지하실이 펜스 너머에 있는 건 아니다. 문이 있다고 해도 밖으로 통할 것 같진 않았다.

지하실에는 다른 물건들과 어울리지 않게 커다란 냉장고가 있었다. 열어보니 생수병만 하나 있고 물도 상한 지 오래였다. 우습게도 냉장고를 지켜보고 있자니 그가 욕지거리를 내뱉었던 기억이 났다. 그는 냉장고를 어떻게 가지고 밖으로 나가느냐며 버럭 화를 냈다. 물론 큰 냉장고를 들고 격리 구역을 나갈 수는 없겠지만, 그것 말고도 혹시 크게 화를 낸 다른 이유가 있을까 곰곰이 생각했다. 나는 냉장고를 옆으로 밀어보았다. 밑에는 사람이 들어갈 만한 구멍이 있었다.

단단한 시멘트 바닥과 콘크리트와 흙을 뚫고 파 내려간 구멍이 있었다. 판 지 얼마 안 된 것 같았다. 손전등으로 비춰보니 밑으로 계속 이어져 있었다. 역시 그가 이곳을 통해 밖으로 나갔던 것이다. 흥분에 사로잡혀서 밑으로 내려갔다. 구멍은 사람 키 높이만큼 수직으로 내려간 다음 수평으로 뻗어 나갔다.

정말 좁고 답답한 구멍이다. 돌과 흙과 악취, 습기 등이 지독했고 공기도 희박했다. 하지만 희망을 품고 구멍 안을 기었다. 건너편에 총을 든 군인이 기다리고 있을지도 몰라 한편으로는 잔뜩 긴장한 상태였다. 십여 미터쯤 갔을까, 벽과 마주쳤다. 단단한 철문이 자물쇠로 잠겨 있었다. 네 자리의 비밀번호로 여는 자물쇠가 달려 있었다. 순간 숨이 턱 막혔다. 비밀번호를 알고 있는 그를 내가 잡아먹었으니까.

†

작은 자물쇠라서 톱이나 망치로 쉽게 부술 수 있을 줄 알았는데 아니었다. 톱으로 자를 수는 있지만 그러려면 종일 잘라야 할 것 같았다. 차라리 1번부터 번호를 맞추면 언젠가 비밀번호가 나올 것 같아 그렇게 하기로 마음먹고 지하실로 내려갔다. 다시 구멍을 들어가려니 용기가 필요했다. 정말 비좁고 어둡고 답답한 곳이었다. 손전등 건전지를 더 구하고 초와 마실 물도 가지고 내려갔다. 좁은 그곳에서 몸을 웅크리고 자물쇠 번호를 0001번부터 맞춰 나갔다. 중간에 잠시 정신을 잃을 뻔했다. 공기가 탁한 곳에서 오래 있었던 탓이다. 그대로 질식해 죽을 뻔했다가 간신히 정신을 차리고 밖으로 나와 숨을 몰아쉬었다. 그다음부터는 주기적으로 나와서 숨을 쉬고 다시 들어가 번호를 맞췄다.

비밀번호를 알아내는 데 하루 넘게 걸렸다. 번호를 이곳에 기록해야 할까? 자물쇠가 열렸을 때는 정말 눈물이 날 것 같았다. 문 너머로 한참을 기어가다가 어느 순간 구멍이 위로 향했다. 벽에 사다리가 있어서 그걸 타고 올라갔는데 그 위는 맨홀 같은 뚜껑이 덮여 있었다. 아무리 밀어도 열리지 않았다. 문을 두들겼다가는 총알이 날아올지도 몰라서 이러지도 저러지도 못하고 밀고 당기기만 거듭했다. 하지만 나중에는 차라리 죽더라도 밖으로 나가서 죽는 것이 낫겠다고 생각하고 문을 두들겼다. 그러나 아무도 뚜껑을 열어주지 않았다. 살려 달라고 소리쳤지만 목에서는 좀비의 괴성만 나올 뿐이었다. 그곳에서 울다가 밖으로 나왔다.

내일 돌아가서 뚜껑을 부수려고 한다.

†

뚜껑을 깰 공구를 가지고 구멍으로 다시 들어갔다. 하지만 쇠가 단단해서 아무리 두들겨도 부술 수 없었다. 누구도 뚜껑을 열어주지 않았다. 혹시 밖에 사람이 없는 시간이 아닐까 싶어 어제와 다른 시간에 가봤지만 소용없었다. 일단 뚜껑 주변의 시멘트를 깨뜨려 파고 있다. 아마 뚜껑 위에 시멘트를 덮어 막아버린 것 같다. 속도가 정말 느리지만 언젠가는 시멘트를 뜯어낼 수 있을 것 같다. 철물점에 다시 가서 정이나 망치가 더 있는지 찾을 계획이다.

†

철물점으로 가다가 다시 드론과 마주쳤다. 철물점에서 정과 망치를 찾고 있는데 요란한 소리와 함께 드론이 날아왔다. 그리고 갑자기 총알이 날아와 드론을 맞췄다. 드론은 길바닥에 떨어졌고 주변에 있던 좀비가 몇 놀라서 도망쳤다. 그들은 아주 큰 소리를 들으면 무서워하거나 반대로 흥분한다. 흥분하지 않아 다행이었다.

정과 망치를 구해 집으로 돌아오다가 문득 드론이 총에 맞은 것이 이상한 일이라는 걸 깨달았다. 드론은 좀비를 감시하는 물건으로만 알았다. 하지만 그렇다면 군인이 총으로 쏜 이유가 뭘까? 반대로 군인들을 방해하는 물건이기 때문에 총으로 쏜 것이 아닐까? 군인이나 경찰이 아닌 다른 누군가가 드론을 날렸을까? 그래서 드론이 떨어진 곳으로 찾아가보았다. 드론은 완전히 박살 난 채였다. 떨어진 탓도 있고 그사이 벌써 좀비 떼가 한번 밟고 지나가서 부서진 것도 있었다. 그런데 잔해를 뒤져보니 안에 주사기와 치료제가 있었다.

왜 드론에 치료제가 있는지는 아직도 모르겠다. 밖에 안에 있는 나 같은 사람을 도우려는 사람이 있다고 그가 말했다. 그들이 보낸 드론일까? 치료제를 넣어서 안으로 보낸 걸까? 일단 몸에 주사를 놓았더니 고통이 확실히 덜하다. 혹시나 그의 집으로 가서 드론의 잔해를 뒤져봤지만 치료제는 없었다.

†

오늘 있었던 일을 어떻게 받아들여야 할지 모르겠다.

주변의 시멘트를 다 깨뜨려 파냈는데도 뚜껑이 천장에 붙어 떨어지지 않았다. 아마도 시멘트에 딱 달라붙은 모양이었다. 어렵게 뚜껑을 뜯어냈더니 그 위는 예상대로 시멘트가 덮고 있었다. 정으로 긁어내다가 문득 아래를 내려다봤을 때였다. 뚜껑에 있는 글자가 보였다. 시멘트에 붙어 있던 쪽에 글자가 있었다. 사람 살려, 살려주세요, 안에 사람이 있습니다, 열어주세요. 그런 글자들이었다……. 왜 뚜껑이 뒤집혀 있는지 모르겠지만 어쨌든 글자는 안에 갇혀 있던 사람들이 썼을 거라는 생각이 들었다. 그러다가 내 글씨를 보았다.

분명히 내가 쓴 글자였다. 내 필체의 글자가 다른 낙서와 함께 있었다. 그것이 뭘 의미하는지 알 수가 없었다. 오랫동안 뚜껑만 내려다보고 있었다. 내가 여기에 글을 썼다니, 왜? 기억이 나지 않는다. 지하실에 있었던 것도 기억나지 않는다. 아무리 생각해봐도 이유가 짐작이 가지 않아 구멍에서 나왔다. 그러다 운 나쁘게도 좀비에게 물렸다. 지하실 문을 잠그지 않았던 모양이다. 빨간 코트 좀비와 운동화 한 짝만 신은 좀비가 지하실에 들어와 있었다. 보통 때라면 쉽게 물리쳤겠지만 딴 생각에 정신이 팔려 제대로 대응을 하지 못했다. 가지고 있던 망치로 빨간 코트의 머리를 부숴 죽였으나 운동화는 못 죽였다. 운동화가 내 다리를 물어뜯었다. 제발 감염이 심하지 않으면 좋겠다.

†

운동화에 물린 부분의 감염이 심하다. 물린 부분이 크게 부었고 피가 멎지 않는다. 열과 현기증도 심한데, 특히 현기증은 처음 감염됐을 때와 증세가 비슷하다. 어떻게든 치료제를 찾자는 결심을 하고 병원으로 갔지만 들어가기가 쉽지 않았다. 병원 주변은 마트보다 좀비가 훨씬 많고 나도 몸 상태가 좋지 않았으니까.

급한 마음에 잡히는 대로 무기가 될 것을 챙겨 배낭에 넣었다. 칼, 망치, 드라이버, 휘발유와 라이터도 넣었다. 그리고 방망이를 들고 병원 근처의 건물에 숨어 종일 기회를 엿봤다. 병원 주변의 좀비 떼가 줄어드는 순간은 쉬 오지 않았다. 결국 나는 감염으로 죽으나 좀비에 물려 죽으나 똑같다는 생각에 그냥 좀비 무리 사이를 돌진했다. 좀비들에게 붙잡혀 물릴 뻔했지만 간신히 벗어나 병원으로 들어왔다.

대형 병원인데 지은 지가 오래돼 내부는 비좁고 복잡했다.

계단이 침대와 의자로 가로막혀 있거나 문에 못질이 되어 있어서 건물 안을 다니기가 어려웠다. 한 층 한 층 올라가 복도를 지나 약이 있을 것 같은 방으로 들어가 캐비닛을 열어 확인하는 것 하나하나가 쉽지 않았다. 물론 가는 곳마다 좀비가 기다리고 있었다.

정말 생지옥이었다. 썩은 시신, 좀비의 부서진 머리, 곳곳에 떨어진 피와 배설물, 악취, 소음 등으로 아수라장이었다. 많은 사람이 죽거나 좀비가 되고 난 흔적이었다. 이곳으로 돌아오는 좀비가 많은 것도 병원에서 죽은 좀비들의 본능 때문일 것이다.

나는 좀비들에게 쫓겨 병원 옥상으로 올라갔다. 옥상 출입문을 닫고 잠시 숨어서 주변을 둘러보았다. 병원은 지대도 높고 건물도 높다. 하지만 펜스 너머는 보이지 않았다. 아주 멀리 있는 높은 건물은 보였다. 밤이라면 불이 켜져 있는지 꺼져 있는지 확인이 됐겠지만 낮이어서 분간이 가지 않았다. 주변을 둘러보고 확실히 이곳이 격리 구역의 중심임을 알았다. 정확히는 병원을 중심으로 펜스를 쌓은 것이다.

잠시 후 좀비 떼가 떠나자 다시 밑으로 내려왔다. 큰 병원에서 치료제를 찾을 수 있을지 걱정이었지만, 복도에 있던 병원 안내도에서 약품 보관실의 위치를 발견해 예상보다 오래 헤매지는 않았다. 보관실 문을 부술 필요도 없었다. 간단한 걸쇠로만 잠겨 있었다. 보관실의 다른 약은 모두 상하거나 말라붙었는데 치료제는 남아 있었다. 누군가 들어와서 주기적으로 보조 발전기를 돌려 약을 냉장 상태로 보관하고 조금씩 가져간 것 같았다. 분명히 그가 그랬을 것이다. 발전기가 있다는 사실에 처음에는 놀랐지만, 진작 병원에 들어와 볼걸 하는 후회가 들었다. 늘 가지고 다니던 핸드폰과 충전 케이블을 꺼내 발전기에 연결했다. 그리고 발전기를 돌리는 방법을 알아내려 애썼다. 그때 이것저것 켰다가 다시 끄고 하면서 시끄러운 소리가 난 게 문제였던 것 같다. 한참 애를 쓰고 있는데 등 뒤에서 인기척이 느껴졌다. 돌아보니 그가 있었다.

좀비가 된 그 말이다. 본능이 그를 데리고 온 것이다. 그리고 그를 따라 다른 좀비들도 모여들었다. 당장 빠져나가지 않으면 방법이 없었다. 치료제만 대충 집어 배낭에 넣은 다음 방망이를 들었다. 상대하기 어려웠다. 그도 다른 좀비들도 평소와 달리 움직임이 빨랐다. 빠른 좀비들은 느린 좀비를 노리고 사냥한다. 혼자 사냥하는 모습만 봐온 터라 여럿이 같이 사냥도 하는지 의심을 해왔다. 홀로 사냥하는 모습을 보면 여럿이 힘을 합쳐 먹잇감을 포획할 정도로 지능이 있는 것 같기도 했기 때문이다. 확실하진 않지만, 그때가 그런 경우였던 것 같다. 지능이 높은 좀비 여럿이 나를 일시에 포위했다. 방망이나 칼 휘두르는 정도로는 절대 못 이길 것 같아 휘발유를 꺼내 뿌리고 불을 붙였다. 그 와중에 그에게 붙잡혀 팔을 물렸다. 그와 보관실 바닥에 불이 붙자 좀비들이 잠시 주춤했다. 그 틈을 타

방망이를 휘두르며 몇 놈 좀비의 머리통에 드라이버와 망치와 칼을 쑤셔 박고 그곳을 빠져나왔다. 마지막으로 보관실을 돌아봤을 때 그는 완전히 불길에 휩싸여 있었다.

그렇게 병원을 나왔다. 핸드폰은 가져오지 못했다. 그는 어떻게 됐을지 모르겠다. 병원은 모조리 불탔을 것이다. 이곳에서 병원 방향을 보면 연기가 솟는 것이 보인다. 규모로 봐서 불이 이곳으로까지 번지지는 않을 것 같다.

돌아오자마자 주사하려고 가방에서 치료제를 꺼냈을 때 약병에 쓰인 글자가 눈에 들어왔다. 그런데 이상했다. 마약성 진통제라고 쓰여 있었다. 다른 약병을 잘못 가져온 게 아니었다. 분명 그가 줬던 것과 드론에서 떨어졌던 것과 같은 치료제인데 그렇게 쓰여 있었다.

아무리 다시 읽어봐도 그렇게 쓰여 있었다.

†

벌써 시간이 꽤 흘렀다. 한동안 글을 남기지 않았다. 더 글을 남기는 게 무슨 의미가 있을까 싶지만, 그래도 마지막 글을 남겨야 할 것 같다.

치료제가 아니라 진통제였음을 알았을 때도 상황을 바로 깨닫지 못했다. 뚜껑에 쓰여진 낙서도 의미를 깨닫지 못했다. 그래서 구멍으로 돌아가 시멘트를 파는 헛수고를 계속했고, 한

참이 지난 나중에야 깨달았다. 드론은 밖에서 날아온 것이 아니라 그가 날려 보낸 것이라는 사실을 말이다.

그러고도 며칠이 지나서 이 글을 쓴다.

짝짝이 운동화도, 빨간 외투도, 그도 그리고 나도 지하실에 있었다. 때문에 좀비가 된 후에도 본능이 남아 이 건물 주변을 맴돈 것이다. 짝짝이 운동화에 대한 말을 했던가? 그의 다른 신발 한 짝이 지하실에 있었다. 어디서 많이 보던 운동화라고 생각했는데 기억을 더듬어보니 짝짝이 운동화가 신고 있던 것이었다. 지하실에 들어왔을 때 흘린 것이 아니었다. 짝짝이 운동화는 늘 한 짝만 신고 있었다. 다른 한쪽은 썩어가는 발목이다. 그 신발이 지하실에 있다는 건 분명 그가 살아 있을 때 놓고 갔다는 뜻이다. 물증은 없지만 빨간 외투도 그랬을 것이다. 그한테는 물증이 있다. 열쇠를 그래서 가지고 있었을 것이다.

왜 지하실에 모여 있었을까? 통로 때문이다. 그때는 그곳으로 빠져나갈 수 있었을 것이다. 아니면 적어도 곧 빠져나가리라 기대했을 것이다. 감염에서 회복된 사람들은 지하실에 모여 밖으로 나갈 날만 기다렸을 것이다. 하지만 통로는 다시 열리지 않았다. 낙서는 그때 썼을 것이다.

그들은 다시 감염이 심해지면서 좀비로 돌아갔고 지하실을 나갔다. 뚜껑을 막았던 사람들이 다시 구멍을 열어보고 뚜껑을 뒤집어놓은 다음 시멘트를 부었을 것이다. 나는 그 흔적을 본 것이다.

그 후 그는 좀비 바이러스에서 회복됐다. 지하실의 통로는 그가 드나들던 출구가 아니다. 그곳은 오래전에 이미 막혔다. 연락 방법은 당연히 드론이었다.

나는 치료제가 드론에 실려서 온 줄 알았다. 그게 아니라 그가 병원에서 진통제를 꺼내 드론에 실어 밖으로 보낸 것이다. 치료제는 없다. 있다면 정부가 이 지역을 격리할 이유도, 군인들이 좀비를 총으로 쏠 이유도 없다. 그랬다면 그도 당연히 밖으로 나가 치료를 받았지 이곳에 숨어 살지는 않았을 것이다. 몸이 나아졌다고 느낀 것도 착각이었다. 단지 진통 효과로 통증이 줄었을 뿐이다.

진통제와 돈이 되는 물건을 드론에 실어서 내보냈을 것이다. 그리고 식량과 필요한 물건을 구해 하루하루를 버텼을 것이다.

그러고 나서 내가 좀비 바이러스 감염에서 잠시 회복된 것이다. 그리고 그와 내가 마주쳤고…….

그를 죽이지 말았어야 한다. 그와 함께 돈이 될 물건을 드론으로 내보내 식량을 얻어 이곳에 조용히 숨어 살며 버텼어야 했다. 그가 지금까지 그랬듯이 말이다.

지금이라도 할 수만 있다면 드론으로 밖과 연락하는 방법을 알아내고 싶다. 그러나 지금은 글을 쓸 기운도 없다. 감염이 심하다. 벽에 글을 쓰다가 갑자기 기절해서는 좀비로 변해 밖으로 나가 좀비 무리에 뒤섞이곤 했다. 의식을 잃었다가 길 한가운데서 피를 토하고는 정신을 차렸다. 차라리 나 자신을 가

둬놓자는 판단에 문을 잠가놨는데도 어느새 문을 열고 밖으로 나간다. 오늘도 썩은 피와 살을 토한 채로 쓰러져 있었다. 토사물을 치울 힘도 없다.

나는 기회를 모두 놓쳤다. 불안, 절망, 혼란, 이런 것들에 사로잡혀 있다. 숨이 막힐 것만 같다. 좀비가 되는 시간이 점점 길어지고 있다. 밖을 내다보면 운동화와 빨간 외투가 건물 앞에 있다. 그리고 불에 탔는데도 여전히 살아서 움직이는 그도 같이 건물 주변을 맴돌고 있다. 이대로 정신을 잃으면 나 또한 그들과 같이 격리 구역을 떠돌 것이다.

†

이제는 손이 굳어서 움직이지 않는다. 피부도 심하게 썩었다. 글이 잘 써지지 않는다. 정신을 집중하기 어렵다.

살려주세요. 제발 도와주세요.

†

마지막으로 글을 남깁니다.

살려주세요.

제발 도와주세요.

이곳을 빠져나가게 해주세요.

한차현

서울 동대문구에서 태어나 정릉동에 살고 있다. 1999년 〈괴력들〉 발표 이후 근 20년간 장편소설 《사랑할 땐 사랑이 보이지 않았네》, 《Z : 살아 있는 시체들의 나라》, 《우리의 밤은 당신의 낮보다 요란하다》, 《슬픔장애재활클리닉》, 《사랑 그 녀석》, 《변신》, 《여관》, 《왼쪽 손목이 시릴 때》, 《영광전당포 살인 사건》, 《숨은 새끼 잠든 새끼 헤맨 새끼》, 《괴력들》 등과 장편동화 《세상 끝에서 온 아이》, 작품집 《내가 꾸는 꿈의 잠은 미친 꿈이 잠든 꿈이고 내가 잠든 잠의 꿈은 죽은 잠이 꿈꾼 잠이다》, 《대답해 미친 게 아니라고》, 《사랑이라니 여름 씨는 미친 게 아닐까》를 써냈다. 앞으로도 그렇게 살 생각이다.

노스트로모호* 증후군

한차현

* 리들리 스콧 감독의 영화 〈에일리언〉(1979~) 시리즈에 등장하는, 7명의 승무원과 함께 2,000만 톤의 광석을 싣고 지구로 귀환하는 민항 우주 예인선. 참고로 《노스트로모》는 조지프 콘래드가 1904년 발표한 동명의 장편소설 제목이기도 한데 위 영화와는 전혀 무관한 내용이다.

누군가 또는 무엇인가

20570917. 13:11

폐허가 된 회의실. 소리 없이 문이 열리고 Z가 먼저 들어선다. 뒤이어 청년1이, 청년2가, 잔뜩 긴장한 소녀1과 소녀2가, 여자가, 마지막으로 남자가 부서진 집기들 사이를 조심히 걷는다.

우당탕! 저편 기둥 아래 켜켜이 쌓인 책상과 의자 등이 요란스레 뒤집어진다. 그 아래 누워 있던 누군가 또는 무엇인가가 게으르게 몸을 일으킨다. 으어어어.

"꺄!"

소녀1과 2가 합창하듯 짧지만 강렬한 비명을 지르고, 누군가의 또는 무엇인가의 등장보다는 그 소리에 더욱 놀란 청년2가

흠칫 어깨를 떤다. 여자가 속삭인다.

“저기…… 맞나요?”

“맞습니다.”

Z가 고개를 끄덕인다.

“잘 봐두세요 저 움직임을. 너무 겁먹지 말고.”

진녹색 후드 티를 입은 청년이다. 후드 티는 헐렁하고 청바지 왼쪽 무릎이 너덜너덜 찢어졌다. 청바지뿐 아니라 무릎 역시도 험하게 찢어져서, 너덜너덜 뜯겨 나간 근육과 혈관 사이로 허옇게 뼈가 드러났다. 지나치게 창백한 얼굴. 검게 타들어간 눈매. 초점 흐린 눈동자. 덥수룩하게 헝클어진 머리칼. 청년이 사람들 향해 삐거덕 고개를 돌린다. 비틀비틀 다가온다. 왼쪽으로 비척비척 두 걸음 걷다가 주춤 멈추고, 오른쪽으로 흔들흔들 세 걸음을 다가오다 데꺽 멈춘다. 좀비가 아니라 사람이었다면 어디서 마셨는지 엄청나게 취했구나, 믿지 않을 수 없는 걸음걸이다.

청년 좀비와 소녀2의 시선이 문득 마주친다. 으어어어. 청년의 입이 벌어지고 썩은 벌레 같은 신음이 쏟아진다. 비척비척, 소녀2에게로 다가간다. 이글이글 욕망 가득한 눈빛. 그러나 여전히 굼뜨고 느린 걸음.

“꺅!”

소녀2와 1이 질겁해서 도망간다. 나머지 사람들도 청년 좀비의 동선을 피해 뒷걸음질한다.

"잡히면 안 됩니다. 빠른 녀석은 아니니 집중력 유지해주시고."

Z가 청년의 미간에 베레타92를 겨눈 채 여섯 사람의 움직임을 두루 살폈다.

"넘어지면 큰일 나요. 각자 발밑들 각별히 살피세요."

와당탕. 청년1이 집어던진 의자가 청년 좀비의 잔등을 빗맞고 저편에 나뒹군다. 크어어어. 청년 좀비가 갸우뚱 고개 돌려 청년1을 바라본다.

"와 씨팔, 저게 좀비구나. 진짜네. 저 눈알 좀 봐."

청년2가 나직이 중얼거리고 청년 좀비가 두 팔을 쳐들고 청년1에게 다가간다. 하지만 청년1은 도망가지 않는다. 대신에 손에 든 도끼 자루를 더욱 단단히 움켜쥔다. 오른 손아귀에 긴장감이 차오른다. 영화에서처럼, 영화보다 더욱 멋지게, 놈의 정수리를 갈라놓을 작정이다. 단 한 번의 강력한 스윙. 빗나가서는 안 되지.

탕!

실내 공기를 찢는 총소리. 자욱한 화약 냄새. 왼쪽 어깨에 총을 맞은 청년 좀비의 상체가 그 충격에 휘청, 흔들린다. 으어어어.

탕! 탕!

다시 두 발의 총성. 개중 한 발은 벽에 맞고 다른 한 발은 청년 좀비의 관자놀이를 보기 좋게 관통한다. 컥. 청년 좀비가 움직임을 멈춘다. 머리 왼쪽에 작은 구멍이 나고, 반대쪽 머리의 부서진 조각들이 벽에 튀어 흘러내린다. 상체가 천천히 뒤로 넘어간다. 헌 이불 보따리처럼 털썩. 소녀1이 한 손으로 입을 막고 다른 손으로 소녀2의 손을 잡아 쥔다.

"우아, 죽인다."

청년2가 쓰러져 움직이지 않는 청년 좀비와 Z를 번갈아 바라본다. 그러나 막 불을 뿜은 것은 Z의 총구가 아니다.

"여보."

놀란 여자의 눈이 커진다. 남자가 엉거주춤 격발 자세를 풀며 여자를 향해 어깨를 으쓱, 해 보인다.

"내 실력 어때?"

"수준급이군요."

Z가 여자 대신 답했다.

"덕분에 우리 모두 위기에서 벗어났습니다. 아까도 말씀드렸지만, 오발 사고가 없도록 각별히 주의해주세요. 다시 한 번 부탁드립니다."

청년2가 여자와 남자를 번갈아본다. 두 사람, 부부라고 했지. 아줌마 되게 어려 보이네. T-whylightz의 새로 합류한 멤버 모아나 핑키를 닮았어. 청년1은 내심 못마땅하다. 아깝군. 보란 듯이 첫 번째 사냥에 성공할 기회였는데.

"그런데 너무 느리네. 좀비들, 다 이래요?"

"에든버러 클래스. 굼뜨고 멍청한 걸로 유명한 녀석들이죠.

하지만 안심 마세요. 저놈들은 일부일 뿐이니까. 몇 배는 강하고 빠른 녀석들을 곧 만나게 될 테니까."

Z가 숄더 홀스터에 베레타를 꽂았다.

"시간이 많지 않아요. 이동하겠습니다. 반복하지만 각자의 안전은 자기 자신이 책임집니다. 언제든 어떤 상황이든 집중력을 잃지 않습니다. 자, 출발!"

"다 어떻게 된 건가요"

20570917. 14:12

9월 뙤약볕이 작렬하고 있다. 텅 빈 거리를 사람들이 걷는다. 앞으로 30킬로미터가 그리고 19시간이 남았다. 그때까지 포인트제로에 도달해야 한다.

오전 11시 정각에 헬리콥터가 도착할 것이다. 1, 2분 빨라지거나 늦어질 수도 있을 것이다. 그러나 5분 이상 약속 시간을 넘기지는 않을 것이다. 지상에서 정확히 10분을 머문 뒤 이륙한 헬기가 시속 350킬로미터로 탈출을 시작할 것이다. 생존자 전원이 헬기에 탑승할지 한두 명 이상의 낙오자가 생길지 아직은 모르는 일. 포인트제로에 가까워지면 가까워질수록, 감염자들의 습격은 강력해지고 빈번해질 것이다.

코커스패니얼보다 3.5배 민감한 좀비들의 후각을 속이는 일은 불가능하다. 살아남는 방법은 두 가지다. 가장 좋은 두 번째 방법은 닥치는 대로 좀비와 대결해 그들에게 물어뜯기기 전에 그들의 머리통을 박살내는 것이다. 그리고 가장 좋은 첫 번째 방법, 그들과의 접촉을 열심히 피해 가며 시간 안에 포인트제로에 도착하는 것.

소녀1. 17세. D여자고등학교 2학년. 소녀2의 친구.

소녀2. 17세. D여자고등학교 2학년. 소녀1의 친구.

청년1. 28세. 수상스키 강사. 청년2의 친구.

청년2. 28세. 요식업체 대표. 청년1의 친구.

남자. 54세. JB회계사무소 대표. 여자의 남편.

여자. 42세. 가정주부. 남자의 아내.

Z. 나이 모름. 주거지 부정. 일명 스트레이트워커(Straight-Walker).

이 도시에 일곱 사람이 버려진 것은 불과 3시간 전이다. 그게 30일은 더 지난 것 같다. 남은 시간을 위해 그들에게 주어진 것은 각각 손도끼 한 자루와 실탄 일곱 발이 장전된 자동권총 한 정 그리고 접이식 퇴치 막대 하나. 앞의 두 가지가 불의의 공격에 적극적으로 대처하는, 요컨대 좀비의 뇌를 박살 낼 무기라면 뒤의 한 가지는 다분히 방어적이고 수비적인 도구다. 감염자가 가까이 접근하지 못하도록 탐욕스러운 송곳니와 손아귀의 반경 밖으로 그 위협을 물리적으로 밀어내는, 실전에서는 특히 1대1로 좀비를 맞닥뜨린 상황에서는 뜻밖에 즉시

적 효과를 볼 수 있는 방어 무기다.

"저기요."

빛바랜 상점 간판. 찌그러진 채 기우뚱 처진 출입문. 박살 난 쇼윈도와 쓰러져 누운 마네킹. 실내에서 끌려 나와 아스팔트 바닥에 나뒹구는 가구와 TV와 냉장고. 유리창이 깨지고 바퀴가 주저앉은 자동차들. 파괴와, 약탈과, 방화와, 혼란과, 비명의 오래된 흔적들을 시무룩하게 따라 걷던 소녀2가 다시 Z를 불렀다.

"저기요, 아저씨."

Z가 소녀2를 돌아보았다.

"우리, 안 쉬나요."

"……."

"다리 아파요. 배도 고프고. 화장실도 가고 싶고."

소녀1이 거들고 나섰다.

"3시간도 넘게 걸었잖아요. 한 번도 안 쉬고. 군대에서도 행군할 때 50분마다 10분씩 휴식 시간 준다던데."

걸음을 멈춘 Z가 청년1과 남자의 사이쯤을 바라보았다.

"그럼 조금만 쉬었다 가죠. 15분만."

도심지 이면에 나직하게 자리 잡은 주택가. 곧게 뻗은 길 주변으로 나무들이 말라 비틀어졌고, 한때는 잘 가꾸어졌을 잔디밭 안쪽으로 비슷하게 생긴 단층집들이 빨간 기둥을 얹고 이어지는 중이다. 역시나 폐허다. 역시나 파괴와, 약탈과, 방화와, 혼란의 오랜 비명 소리가 귀에 들리는 듯하다. 역시나 살아 있는 누군가의 흔적은 찾아볼 수 없다.

개중의 한 집을 선택한 Z가 잔디밭 사이 보도블록으로 들어선다. 현관문은 손잡이며 잠금 장치가 말끔하게 부서져 있다. 좀비로 변하기 직전의 폭도들이 그렇게 해놓았을 것이다. 평범한, 음산하도록 밝고 평범한 가정집 풍경이다. 침입자들의 흔적이 곳곳에 눈에 띄긴 하지만 폐허 같은 거리 상황에 비하면 지나치게 평범하고 또 평화롭다. 커다란 곰 인형이 놓인 가죽 소파. 넓고 우아한 대리석 탁자. 벽 한가운데 걸린, 귀여운 소년 둘과 아름다운 부인과 멋진 아빠가 한데 모인 가족사진. 안주인의 깔끔하고 정갈한 취향이 고스란히 묻어나는 주방. 아이들의 재잘재잘 웃음소리가 당장에라도 쏟아질 것 같다. 이삿짐센터 인부처럼 씩씩하게 실내를 가로지른 Z가 주방을 들쑤신다. 통조림 몇 개와 소량의 곡물 가루를 찾아낸다.

"급한 분들 어서 화장실 다녀오세요. 무기 꼭 챙기고, 두 명씩 짝을 지어 다니셔야 합니다."

소녀2와 1이 쪼르르 자리를 벗어나고, 여자와 남자가 곡물 가루를 물에 개고 통조림을 뜯고 가스레인지에 프라이팬을 올린다. 장식장 위, 이런저런 물건들을 구경하던 청년2가 돌연 허리를 꺾는다. 그러고는 묽은 위액을 토하기 시작한다. 우억, 우어억.

"너 왜 그래. 응?"

청년1이 깜짝 놀라 다가간다.

"괜찮아. 콜록."

"뭐야, 씨팔. 뭐야. 감염된 거? 좀비로 변하는 거?"

"아니라고."

청년2가 허리를 펴며 소매로 입가를 훔쳤다.

"여기 있던 사람들, 다 어떻게 된 건가요."

눈물이 그렁그렁한 눈가. 뭔가 지극히 끔찍한, 역겨운, 처참한 장면을 목격한 것 같은 얼굴.

"저기 사진 속 가족들 말예요. 다들 어디 갔나요. 모두 집을 비우고 도망갔나요? 아니면 빌어먹을 좀비로 변해서 어디에 죽은 듯 짱박혀 있는 중인가요?"

"모르지요, 나도."

Z가 허벅지 주머니에서 묵직한 사냥칼을 꺼내 보인다.

"고립 작전이 시작되기 전에 무사히 탈출했는지, 좀비들에게 물어뜯겨 뼈만 남았는지, 그들 중 한 명이 되어 지금 이 빌어먹을 도시 어딘가를 헤매고 있는 중인지……."

20센티미터 길이의 칼날이 매섭게 벼려졌고, 반대편은 더욱 날카로운 톱니가 촘촘한 이를 드러내고 있다.

"5분 안에 식사를 마치고 10분 안에 이곳을 떠날 겁니다. 거기나 어서 치워주세요. 토사물 옆에서 밥을 먹기는 싫으니까."

거실 바닥에 일곱 명이 퍼질러 앉아 정체불명의, 유통기한조차 알 수 없는 음식을 깨작이고 있을 때였다. 쿵. 누군가 우악스럽게 현관문을 열며 들어섰다. 으어어어, 음울한 울음소리.

"꺅!"

소녀1과 2가 반사적으로 비명을 질렀다. 아까만큼 큰 소리는 아니었다. 청년1이 후다닥 일어서서 도끼를 쥐었다. 내가 먼저야. 이번 기회는 안 놓칠 거야. 회색 양복을 입은 좀비다. 50대 후반? 이마는 M자형 탈모가 진행되는 중이고 청색 넥타이는 비뚜름한 상의 바깥으로 튀어나와 있고 왼쪽 뺨은 철조망에 찢겼는지 다른 좀비에게 물어뜯겼는지 벌건 잇몸과 누런 치아가 보일락 말락. 으어어어. 간만의 사람 냄새에 흥분한 양복 좀비가 두 팔을 벌리고 달려온다. 소녀2를 껴안으며 소파에 엎어진다.

"사람 살려! 꺄악!"

소녀2의 목덜미를 크게 한입 뜯어 먹는다. 그러려다 말고 커억, 눈을 크게 뜬다. 청년1이 온 힘을 다해서 내려친 도끼가, 도끼날이, 회색 양복의 뒤통수 한가운데를 7.5센티미터 깊이로 쪼갠 것이다. 회색 양복이 풀썩 쓰러진다. 거기 깔린 소녀2가 다시 찢어져라 비명을 지른다. 청년1이 죽은 뒤통수에 박힌 도끼를 힘겹게 빼낸다. 쩌억, 간장게장 뚜껑 여는 소리가 난다.

으어어어. 현관 밖에 좀비들이 뒤엉켜 있다. 좁은 문 안으로 한꺼번에 비집고 들어오려 안간힘을 쓴다. 모두 세 명. 한쪽 안구가 튀어나와 대롱거리는 피자 배달원 복장의 좀비. 노란 원피스 파마머리의 30대 여성 좀비. 롤링스톤스의 그 유명한 혓바닥 일러스트가 프린트된 옷을 입은 좀비는 엄청나게 비대한 체구다. 실내에 들어선 좀비들이 실성한 들개처럼 씨근덕거린다.

탕! 탕!

Z의 베레타가 0.3초 간격으로 두 차례 불을 뿜었다. 한 발이 오토바이 배달원의 남은 한쪽 눈알을 관통하고 또 한 발이 롤링스톤스 혓바닥의 미간을 박살 냈다. 두 몸뚱이가 그 자리에서 허물어지려는 찰나, Z가 바람처럼 세 걸음을 뛰어 몸을 날렸다. 강력한 왼발 뒤후려차기가 노란 원피스의 안면에 작렬한다. 퍽! 여자의 상체가 휘청 돌아가고, Z의 칼날이 반대 방향으로 날렵하게 허공을 그었다.

툭. 파마머리의 몸에서 떨어져 나간 머리가 둔탁하게 거실 바닥에 떨어졌다. 데굴데굴 두 바퀴를 구른다. 생기 잃은 표정. 그러나 여전히 깜박이는 눈꺼풀. 청년2가 다시 허리를 꺾고 노란 위액을 토해냈다. 우욱!

"나갑시다. 다 드셨으면."

Z가 넋을 잃은 남자의 팔소매를 거세게 잡아 흔들었다.

"정신들 차려요 정신들. 예?"

A바이러스 이후 세대

20570917. 18:34

'페르시안 고양이 백신'이 개발되며 세계 대재앙과 같던 A바이러스의 가닥을 겨우 잡을 수 있었다. 그로부터 정확히 11개월 뒤, 가장 심각하던 중국 선양과 오스트레일리아 타운즈빌, 베트남 일대의 감염 개체 증가율이 0%를 기록했다. 최후의 순간 직전에 기적적으로 멈춘 인류 멸망의 시나리오. 32년 전의 일이었다.

재건의 길은 멀고 험했다. 가장 골치 아픈 한 가지는 '감염자'들을 '어떻게 처리하느냐'의 문제. 감염의 위험은 사라졌다 해도 아이큐 30의 소통 불가, 사람만 보면 물어뜯으려 안달인 존재들과 함께 어울려 살 수는 없었다. 그러나 한때는 이웃이고 가족이며 연인이자 친구였던 그들을 몰살할 명분은 불분명했다. 몇몇 정부에서 그런 여론을 조성하려다가 인권 단체들로부터 뭇매를 맞는 일도 있었다. 쑥밭이 된 도심지 곳곳에 임시 수용 시설이 마련되었다. 감염자를 대상으로 한 광범위한 의학 연구가 그곳을 중심으로 재개되었다.

세월이 흘렀다. A바이러스를 겪어보지 않은 세대가 세계 인구의 3분의 1을 넘어섰다. 실제를 겪어보지 않은 젊은이들에게 '좀비'는 더 이상 공포나 기피의 대상이 아니었다. 그리고 몇 해 전부터 출처를 알 수 없는 이야기들이 떠돌았다. 대한민국의 모처에 마련된 제23수용소에서, 일반인들을 위한 고가의 좀비 체험 프로그램이 비밀리에 진행되고 있다는 것이다. 정말? 아직은 확인되지 않은 소문일 뿐이었다. 하지만 글쎄, 때로 인간은 지나치게 멍청한 짓을 위해 지나치게 치열한 노력을 아끼지 않는, 지나치게 어리석은 동물이니까.

"보세요. 11시 지점."

도로변에 주저앉은 시티투어 버스 2층에 사람들이 모였다. 남자가 Z로부터 건네받은 쌍안경을 눈에 가져갔다. 전방 50미터. 검은 물살을 가로지르는 콘크리트 교각 건너, 철책이 드러누운 수풀 주변에 좀비 몇이 어슬렁거리는 중이다. 다섯 또는 여섯 명.

"저 다리를 건너야 한다는 건가요."

"아니면 20킬로미터 정도를 돌아가야 해요."

소녀2가 거의 신경질을 내듯 말했다.

"20킬로미터라니! 말도 안 돼!"

청년1이 소녀2의 어깨를 톡, 건드렸다.

"걱정 마. 돌아가지 않을 거야."

"하지만 저 좀비들……."

"걱정 말고 내 뒤에만 붙어 있어. 한 방에 한 놈씩 다 잡아줄 테니까."

"오빠, 총 쏴본 적 있어요?"

"없지. 도끼도 휘두른 적 없고. 하지만 아까 봤지?"

Z가 나섰다.

"물리거나 할퀴는 건 상관없어요. 잡아먹히지만 않으면 됩니다. 이거 보이죠?"

허리춤의 작은 가방을 톡톡 두드린다. 하얀 액체가 담긴 1회용 주사기들이 거기에 가득 꽂혀 있다. 감염자들에게 물리거나 생채기를 입었을 때 1시간 안에만 주사를 맞으면 된다고 했다. 그로써 감염의 의심을 100% 제거할 수 있다고 했다. 가장 확실한 보험이라고 했다. 모든 보험이 그렇듯, 필요할 일이 없는 편이 더 좋은 보험.

"그러니 두려워들 마세요. 집중력 잃지 말고 내 지시만 따라주시면 됩니다."

지친 얼굴로 주저앉아 있던 여자가 제일 먼저 일어섰다. 손빗으로 머리를 쓰다듬어 질끈 묶는다.

"명심하겠습니다, 대장님. 그럼 앞장서시죠."

폭 17미터 길이 330미터. 다리 아래로 검은 강물이 유유히 흐른다. 한때는 국내 최고의 신문사 소유였던, 지금은 전체의 3분의 1이 붕괴된 저편 건물 사이로 하루해가 저물고 있다. 저녁이 오며 바람이 거세지고 있다. 바람 속에 먼지의 냄새가, 불의 냄새가, 피의 냄새가, 부패한 살점의 냄새가 드문드문 섞여 있다. 일곱 사람이 빠른 속도로 다리를 건넌다. 군데군데 난간이 떨어져 나간 자리에 부서진 시멘트 조각과 철골이 흉하게 방치되었다.

다리를 3분의 2쯤 건넜을 때다. 크어어어. 좀비들이 화난 목소리가 들려왔다. 50미터 전방, 모두 다섯.

"자, 시작해볼까."

청년1이 베레타의 안전장치를 풀며 저벅저벅 걸어 나갔다. 남자가 여자의 소매를 사뿐 잡았다.

"당신은 내 뒤에 있어. 나서지 말고."

구름의 속도가 빨라지는 중이다. 저녁 늦게 비가 내린다는 예보가 있었다. 팥죽색 교복을 입은 남학생 좀비가 달려오고 있다. 빠르다. 여태 보아왔던 좀비들의 속도와는 비교가 되지 않는다. 고등학교 3학년. 이 도시의 수많은 감염자들이 대개 그렇듯, 이 지옥 속에서 저 낡은 교복을 입고 30년 넘게 살아온 고교 졸업반.

청년1이 물러서지 않는다. 고등학생 좀비가 달려오는 방향을 마주보며 뚜벅뚜벅 거침없이 직진한다. 영화 속 갱단처럼 권총을 비스듬히 쳐든 채로.

탕!

청년1이 쏜 첫 발이 크게 빗나간다. 점점 가까워지는 둘 사이의 거리, 11미터.

탕!

두 번째 총알도 귀 옆을 아슬아슬 스쳐 지나간다. 6미터.

탕!

세 번째 총알이 교복의 왼쪽 어깨를 관통한다. 학생 좀비가 멈칫, 하다가 다시 달려든다. 3미터. 2미터. 1미터. 청년1의 총구가 마침내 코앞에 선 좀비의 뺨을 쿡, 찔렀다.

탕!

얼굴이 박살 난 30년째 고3 좀비가 벌렁 나자빠진다. 털썩.

"어휴. 저 미친 새끼."

숨죽이고 그 활극을 지켜보던 청년2가 안도의 한숨을 내뱉는다. 그러다 말고 깜짝 놀란다.

"어어, 안 돼!"

어느 틈에 뒤따라온 흰색 조리사 작업복 좀비가 청년1을 와락 껴안은 것이다. 청년1보다 머리 하나는 더 큰 덩치. 부둥켜안은 청년과 조리사 좀비가 옥신각신 몸싸움을 시작한다. 조리사는 청년1의 목덜미를 한입 가득 물어뜯기 위해, 청년1은 기를 쓰고 조리사의 품에서 벗어나기 위해. Z는 저편에서 좀비 세 명을 상대하느라 이 위기 상황을 돌볼 겨를이 없다. 청년2가 친구를 위해 겨우겨우 나선다. 도끼 자루를 쥔 손이 달달 떨리고 있다. 그런데 소리를 지르며 용맹스럽게 달려 나가는 이는 청년2가 아니었다. 소녀2였다.

"야앗!"

높이 쳐든 접이식 금속 막대로 조리사 좀비의 머리를, 어깨를, 잔등을 마구 내리친다. 크어어어. 뒤통수가 간질간질해진 조리사 좀비가 어리둥절 뒤를 돌아본다. 소녀2가 재차 휘두른 막대가 얼굴을 찰싹 때린다. 화난 조리사가 청년1을 밀쳐내고는 소녀2를 향해 두 팔을 뻗었다. 크어어어. 빠른 걸음으로 성큼성큼 다가간다. 뒷걸음치던 소녀2가 재빠르게 몸을 틀었다. 제풀에 몇 걸음 더 나아가던 조리사가 부서진 난간 앞에서 엉거주춤 속도를 줄인다.

"죽어랏!"

소녀2가 퇴치 막대로 조리사의 옆구리를 힘껏 떠민다. 버르적거리던 조리사가, 으어어어, 막대 끝을 잡으려 허우적대며 다리 밑으로 떨어진다. 첨벙. 검은 강물이 허연 거품을 일으키며 조리사 좀비를 집어삼킨다. 청년1의 눈이 휘둥그레지고, 소녀2에게로 뛰어온 여자가 혀를 내둘렀다.

"세상에 맙소사, 보고도 못 믿겠네. 너 혹시 좀비어* 출신이니?"

이빨 자국

20570917. 23:16

잡초가 무성한 아스팔트 숲길을 걸었다. 텅 빈 고층 건물들 사이를 걸었다. 부서진 바리케이드와 불에 탄 장갑차와 폐허가 된 부대 막사를 걸었다. 한때 치열했던 격전지를 지나 걷고

* Zombier. '감염자'들의 밤낮 없는 습격이 시민들을 위협에 빠뜨리던 시절, 일부 부유층 등이 신변 보호를 위해 훈련 받은 전직 군인을 고용하곤 했다. 나중에는 이를 위한 용역업체들이 난립하기도 했는데, '좀비어'는 그들을 부르는 별칭 중 하나였다.

또 걸었다. 오전부터 시작한 걸음이 저녁까지 이어지고도 멈추지 않았다. 차가운 9월 밤비가 시작되었다. 으어어어. 사람들의 입에서 감염자들을 닮은 신음 소리가 커져갔다.

자정이 가까워서야 하룻밤 묵어갈 곳에 찾아들 수 있었다. 지하 1층의 대형 마트. 에스컬레이터에서 내려선 사람들이 연속으로 만족스러운 감탄을 뱉어낸다.

"와, 여기는……."

"이런 데가 있었네."

"지역 경찰대가 끝까지 남아 있던 곳이라더군."

"그래서 멀쩡하구나."

"다행이네, 잠은 제대로 자야지."

카운터들이 일렬로 늘어선 너머, 드넓은 매장이 백사장처럼 펼쳐졌다. 감격스럽게도, 이 도시의 상징과도 같던 파괴와 약탈과 방화의 흔적은 일절 찾아볼 수가 없었다. 북적북적 카트를 밀고 다니는 손님들과 그들을 상대하는 매장 점원들의 소란이 귀에 들릴 것 같았다.

"여기까지 고생하셨습니다."

Z가 내내 메고 다니던 배낭을 바닥에 내려놓았다.

"내일 아침 6시 정각에 출발하겠습니다. 그때까지 푹 쉬어두세요. 가야 할 길이 아직 많이 남았으니."

"저기요, 아저씨."

소녀1이 왼손을 쳐들었다.

"여기 있는 물건들, 좀 써도 되나요."

"도둑질을 해도 되냐고 묻는 거야?"

"보세요. 다들 비 맞아서 이렇게 젖었어요. 하루 종일 걷느라 제대로 먹은 것도 없고. 이대로 잠들었다간 내일 일어나지도 못할 거예요. 어차피 주인도 없는 것들인데."

"……15분 줄게. 빨리 끝내."

퍼질러 앉아 있던 사람들이 앞다투어 일어선다. 매장 사이사이로 빠르게 흩어진다. 청년2가 음료수 냉장고로 달려가 1.5리터 콜라병을 집어 든다. 허겁지겁 마개를 비틀어 따고는 꿀꺽꿀꺽, 꿀꺽꿀꺽, 선 자리에서 3분의 2를 마셔 없앤다. 소녀들이 저장 식품 코너에서 닥치는 대로 먹을 것을 주워 담는 동안, 남자와 여자가 의류 매장 깊숙이 들어선다. 두 사람의 눈과 눈이 은밀히 마주친다.

"이쯤이면 되겠지?"

"글쎄요."

"자, 빨리 시작해."

여자가 청바지 지퍼를 내린다. 그러다 말고 남자의 눈치를 살폈다.

"가 있어요. 나 혼자 입을 수 있으니까."

"부부끼리 뭐 어때. 옆에 있을게."

"새삼스럽게……. 저기 지키고 서서 누구 안 오나 봐줘요."

하는 수 없이 남자가 숙녀복 매대 사이로 가서 등을 돌렸다.

여자가 부지런히 옷을 벗는다. 축축하게 젖은 청바지를 벗은 일이 생각보다 쉽지 않다. 아까부터 그녀를 괴롭히던, 가을비에 흠뻑 젖은 팬티를 벗고 수건으로 은밀한 곳을 닦는다. 남자의 등 뒤에서 여자의 옷 갈아입는 소리가 나직이 이어진다.

"엄마야!"

깜짝 놀란 남자가 뒤를 돌아보고는 헉, 숨을 들이마신다. 엉덩방아를 찧은 여자가 새하얗게 질려 있고, 어디서 나타났는지 청색 야구 점퍼를 입은 남자 좀비가 그녀를 향해 맹렬히 기어가는 중이다. 하반신이 잘려 나가고 없다. 허리 아래로 너덜너덜 썩은 살점과 요추와 척수를 질질 늘어뜨리며, 뱀처럼 빠른 속도로, 마침내 여자의 벗은 하체를 와락 덮친다.

"아악, 사람 살려!"

남자가 미친 듯이 달려갔다. 눈이 뒤집힐 노릇이었다. 반토막 좀비의 얼굴을 냅다 걷어찼다. 퍽! 한 번 더 걷어찼다. 퍽! 그러나 여자의 종아리를 깨문 턱관절은 꿈쩍도 하지 않는다. 비명 소리에 놀란 Z가, 청년1, 2가 다급하게 쫓아왔다.

"우아 씨팔."

반토막 좀비의 흉측하고 게걸스러운 몰골을, 벌렁 드러누워 비명을 지르는 여자의 노팬티를 목격한 청년들은 얼이 빠졌다. 지체 없이 몸을 날린 Z가 뒤에서 좀비를 끌어안았다. 머리채를 거세게 끌어당기는 동시에 사냥용 칼의 톱날을 목에 가져갔다. 한데 엉겨 붙어 있으므로 도끼를 휘두르기도 위험하고 총을 쏘기엔 더더욱 조심스러운 노릇. 힘차게 다급하게 칼질을 시작한다. 처걱처걱. 우적우적. 근육이 끊어지고 뼈가 벌어지는 소리. 날카로운 톱날이 반토막 좀비의 목을 절반 가까이 썰어냈다. 커어어……. 마침내 여자의 종아리로부터 놈의 게걸스러운 주둥이를 빼낼 수 있었다.

"봅시다. 움직이지 마요."

서둘러 여자의 상처를 확인한다. 왼쪽 장딴지에 선연한 이빨 자국. 벌겋게 피가 고이고 있다. 그러나 살점이 완전히 뜯겨 나가지는 않았다. 불행 중 다행이었다.

우어어어어.

허리 아래가 잘려 나간, 모가지도 반 이상 잘려 나간 야구 점퍼가 버르적거린다. 목이 잘린 틈새로 쉬익쉬익 듣기 거북한 숨소리가 이어지고 있다. 남자가 놈의 가슴을 밟았다. 데저트 이글을 꺼내 안전장치를 푼다.

"빌어먹을 놈."

탕! 탕! 탕!

밭은 숨소리마저 사라지고, 뒤에서 발만 동동 구르던 소녀2가 마침내 여자에게 다가갔다. 새하얗게 노출된 허벅지를 옷가지로 덮어준다.

"괜찮아요? 아줌마 괜찮아요?"

Z가 대신 답했다.

"상처가 크지 않아요. 이만하면 다행입니다."

"……뜨거워요."

여자가 입가를 찡그렸다.

"물린 데가, 아픈 게 아니라 불타오르듯이 뜨거워요. 원래 이런 거예요?"

"감염자에게 물려본 사람만이 그 느낌을 알지요."

Z가 능숙한 손놀림으로 소독을 마치고 붕대를 감았다.

"조금 있으면 몸 전체에 열이 나고, 손아귀에 힘이 빠지고, 졸음이 쏟아질 겁니다. 혀가 풀어져서 말도 하기 힘들 겁니다. 감염된 부위가 깊고 넓을수록 그런 현상이 빠르고 두드러지지요. 혈압이 미친 듯이 상승하고, 의식을 잃고, 그러다가 심장이 잠시 멎고, 그러고는 '감염자'가 되어 다시 눈뜨는 거지요."

허리춤에서 자주색 작은 가방을 꺼내 든다. 우윳빛 액체가 반 넘어 담긴 20cc 유리 주사기.

"따끔합니다. 움직이지 마세요."

여자의 팔등에 주삿바늘이 깊이 꽂히고, 약물이 주입되고, 실제보다 길게만 느껴지는 순간. 다섯 사람의 시선이 그로부터 떠날 줄을 모른다. 안도와, 호기심과, 두려움 등으로 말해질 감정들이 얼굴 위로 복잡하게 얽힌다.

"이제 끝났습니다. 별일 없을 겁니다."

"질문 있는데요."

청년1이 손을 들었다.

"여기, 이 매장 안에, 저런 꿈틀이가 또 있을까요?"

'저런 꿈틀이'가 뭐냐고 되묻는 이는 없었다.

"있겠지요. 없다고 장담할 수 없겠지요. 별의별 것들이 다 있겠지요. 하체만 살아서 돌아다니는 것들도 있겠지요."

"아아, 엄청난 밤이 되겠군."

"긍정적으로 생각해요. 이렇게 쾌적한 환경에서 하룻밤을 보낼 수 있다는 게 어딥니까."

Z가 청년1의 어깨에 손을 올려놓았다.

"적당한 곳에 바리케이드를 치고 안전한 공간을 확보합시다. 선제적 방어와 탈출에 적합한 위치를 먼저 찾읍시다. 몇 시간이라도 잠을 자둬야 해요. 그래야 내일 움직일 수 있어요. 자, 움직이자고요."

스트레이트워커

20570918. 04:13

새벽이 깊었다. 유령 마을 같은 매장 안에 새벽 깊은 적막이 가득하다. 문명이 멈춘 세상. 인터넷도 핸드폰도 끊긴 세상.

식품 코너 구석, 피자와 크루아상을 굽는 조리실 입구에 침대, 책상, 냉장고 등등을 얼기설기 쌓아올렸다. 배고픈 감염자들의 습격에 대비한 일차 저지선. 그 너머 공간에 종이 박스와 담요를 깔고 사람들이 바투 드러누웠다. 두려움이 살을 에었지만 죽음 같은 고단을 이기지는 못해, 모두 빠르게 잠에 빠져들었다.

4시가 넘었다. 날이 밝으려면 두 시간은 더 있어야 한다.

Z 홀로 깨어 있었다. 혹시 모를 감염자들의 습격에 대비해 잠든 이들을 지키고 있었다. 등산 버너에 불을 피워 새벽 추위를 쫓았다. 버너 불빛이 어둠 속 그의 얼굴을 보얗게 비쳤다. Z는 잠든 이들이 깰새라 나직한 목소리로 무전 통화를 했다.

— 6.8지점까지 왔습니다. 지금과 같은 속도면 정해진 시간 안에 도착 가능할 것 같습니다.

그가 앉은 위치가 독특하다. 아군 초소를 등지고 외부 침입자를 향해 사주 경계를 서는 게 아니라, 침입 예측 경로와 바리케이드가 한데 바라다보이는 3각 지점을 택했다. 피아 모두의 동태를 파악하기 용이한 위치다.

— 별다른 사항은 없나.

— 한 사람이 경미한 상처를 입었습니다. 회원 번호 57f02139. 23시 08분 경에 왼쪽 종아리를 2와 2.5 사이로 물렸고, 즉시 해독제를 주입했습니다.

— 그만하면 다행이군.

— ……조금 더 지켜봐야 할 것 같습니다.

— 무슨 소리야.

— 열이 떨어지지 않습니다.

— 열이라.

— 방금 전에 체온을 쟀는데 39도가 넘습니다.

— 증상은?

— 그 밖에는 아직 우려되는 증상이나 반응들이 나타나지 않고 않습니다. 하지만…….

— 하지만 뭐. 감염이라도 된 것 같다는 거야 뭐야.

— 잘 모르겠습니다. 노스트로모호 증후군이 의심되기도 하고.

— 예의 주시해. 무슨 일이 생길 것 같으면 즉시 보고하고.

— 물론입니다.

— 내일 보자고.

조끼 주머니에 무전기를 집어넣는데 어둠 속에서 바스락 소리가 들렸다. 칼을 긋듯 베레타를 빼 들었다. 얼음장 같은 반사 신경이었다.

“저예요. 쏘지 말아요.”

소녀2다. 두 손바닥을 반짝 쳐들고 다가온다.

“쏘지 말아요, 같은 소리는 의미가 없어. 쏘지 않을 행동을 해야지.”

“화장실 좀 다녀왔어요.”

“좀비에게 그렇게 물리고 싶어?”

“죄송해요.”

파랗게 타오르는 버너 불빛 앞에 주저앉는다.

“아, 따뜻해.”

“안 피곤해?”

"피곤하죠. 다리도 아프고. 평생 걸을 거리를 오늘 하루에 다 걸었으니."

"……."

"그런데 잠이 안 와요. 자고 싶지도 않고요."

저편 바리케이드 안쪽에서 나직이 코고는 소리가 들려오고 있다. 누군가 몸을 뒤치는 기척. 잠결에 짧게 웅얼거리는 소리. 새벽이 머지않은 대형 마트는 온갖 물건들로 가득한 사막이다. 바람이 심할 때면 하룻밤 사이에 모래언덕의 지형이 바뀌는 원시 처녀림. 어쩌다 길을 잘못 든 유목민들이 잠시 머물다 가는 곳.

"아저씨."

"응."

"스트레이트워커라고 했죠?"

"……."

"실은요, 이번 모험에 참여하게 됐을 때 좀비보다 기대되는 게 아저씨였어요. 스트레이트 워커. 도대체 어떤 사람일까."

"보기보다 무척 직설적이구나."

"불쾌하셨다면 죄송해요. 그럴 의도가 아니었어요."

"……."

"예전부터 그런 생각을 많이 했거는요. 세상의 수많은 인권 운동가들은 어째서 수용 시설 속 감염자들의 인권에 대해서만 그렇게 열을 올릴까. 육체적으로 정신적으로 더욱 소외되고 고통 받는 이들은, 오히려, 우리와 똑같이 생각하고 행동하는 스트레이트워커들 아닐까."

전 세계에 단 3,500여 명. 산모가 돌연 A바이러스에 감염되었을 때, 숨진 어머니의 뱃속에서 억척스럽게 살아난 비극의 존재 — 존재의 비극. 흡혈족에게 물려 감염된 인간 산모가 출산한 데이워커(Day Walker)가 흡혈족의 강인하고 민첩한 신체적 능력과 함께 인간처럼 '화창한 대낮에도 거리를 확보'할 수 있는 유전적 우월성 모두를 물려받은 것처럼, 비슷한 환경 속에서 출생한 스트레이트워커(Straight Walker) 역시 인간과 A바이러스 감염자의 어떤 특성들을 고스란히 물려받은 존재이다. 그리하여 300미터 밖에서 접근하는 동료 감염자들을 빠르게 냄새 맡을 수 있으며, 그리하여 해독제 없이도 감염의 위협으로부터 완벽하게 자유로우며, 그리하여 물 한 모금 마시지 않고도 50년 이상을 반동면 상태로 버틸 수 있으며, 그리하여 보통의 인간들과 다름없이 사고하고 행동하며 더불어 똑바로(Straight) 걷는 운동신경을 갖고 있다.

"스트레이트워커로 살면서 가장 힘든 게 뭔지 아니."

두 무릎에 턱을 기대고 모닥불 아닌 가스버너 불을 쬐던 소녀2가 Z를 바라보았다.

"외로움? 가족도 없고 동족을 만나기도 힘든?"

"그도 그렇지만."

"아, 스트레이트워커들은 유전적으로 2세를 가질 수 없다던데, 그런 상실감?"

"식욕."

Z가 긴 한숨을 내뱉었다.

"스트레이트워커들이 감염자로부터 물려받은 가장 큰 생리적 특성은, 바로 식욕이야. 살아 있는 인간의 살을 물어뜯고 싶은, 미칠 것 같은 욕구 본능."

"어머나."

"두려워하지는 마. 인간으로부터는 그보다 더한 저주를 물려받았으니……."

"저주, 라면."

"자제력. 본능대로 행동했다가는 그 결과가 어떻게 되리라는 것을 너무도 잘 아는 판단 능력."

"……."

"날 밝으면 갈 길이 멀다. 어서 가서 눈 좀 붙여. 확 잡아먹기 전에."

웃을 듯 울 듯, 소녀2가 황황히 일어섰다.

"예, 그럼 수고하세요."

기습

20570918. 05:21

여명을 앞둔 5시 21분. 예고 없는 습격이 시작되었다. 선반 위에 아슬아슬 설치해둔 냄비며 빈 깡통 같은 발생 장애물이 누군가에 의해 바닥에 떨어지면서. 와장창 요란한 소리를 내면서.

50미터 전방 가전제품 매장이다. 감염자 여럿이 웅성웅성 이곳으로 다가오고 있다. 여섯. 아니면 일곱, 또는 여덟.

"좀비!"

Z가 고이 잠든 바리케이드 쪽에 외쳤다.

"일어나요. 어서!"

남자가 가장 먼저 눈을 떴다. 밤새 신음 소리를 내던 옆자리 여자의 어깨에 손을 가져간다. 좀 괜찮아? 뜨겁다. 놀랍도록 몸이 뜨겁다. 청년2가 잠결에 깜짝 놀라 다리를 쭉 뻗다가 하필 엉겨 붙어 있던 청년1의 사타구니를 힘차게 걷어차고 만다. 아 씨팔 뭐야! 청년1의 비명 소리에 소녀들이 깜짝 놀라 잠을 깼다.

감염자들이 15미터 앞까지 접근했다. 으워어어. 살아 있는 살덩이들을 발견하고는 몹시 흥분한 얼굴들이다. 으워어어! 큰 키에 팥죽색 개량 한복을 입은 좀비가 가장 먼저 달려든다. 쩔뚝쩔뚝 달려든다. 회색 한복 바지의 왼쪽 발목 아래가 잘려 나가고 없다. 그래서 왼발에 체중을 실을 때마다 털컥털컥 이상한 소리가 난다. 대님 아래로 부러진 정강뼈와 종아리뼈가 바닥을 딛는 소리다. 다섯 걸음을 도움닫기 해서 훌쩍 뛰어오른 Z가 허공에서 힘차게 도끼를 휘두른다. 턱. 정수리가 인중 위까지 쪼개진 개량 한복이 신음 소리도 못 내고 허물어졌다.

"힘내. 어서 일어나봐."

남자가 여자를 끌어안듯 부축해서 걸음을 옮긴다. 여자는 하룻밤 사이에 기운이 쪽 빠진 얼굴이다. 카아아악. 두 사람 앞을 키 작은 여자 좀비가 가로막고는 처절히 울부짖는다. 갈색 뿔테 안경을 썼고, 무릎까지 오는 회색 정장 치마를 입었고, 상의는 어디 갔는지 속옷 하나 걸치지 않은 알몸이다. 제법 익숙하게 데저트이글을 뽑아낸 남자가 회색으로 부패한 여자의 젖가슴을 겨냥했다가, 이내 뿔테 안경 한가운데 총구를 가져갔다. 탕! 그러고는 여자를 이끌고 걸음을 계속했다.

연주황색 소방관 출동 복장의 감염자가 성난 얼굴로 달려들자 청년1이 제법 날렵하게 권총을 뽑아든다. 탕! 탕! 단 두 발만에 소방관 좀비의 광대뼈를 부서뜨린다. 옛날 서부 영화 속 무법자처럼 총구에 후, 입김을 불며 만족스러워한다. Z가 사냥칼과 도끼를 춤추듯 휘두르며 아슬아슬 좀비 두 명을 쓰러뜨린다. 현란하고도 위협적인 동작이다. 꺅! 소녀1이 좀비에게 붙들렸다. 두툼한 겨울 승복을 입은 비구승 좀비다. 파르라니 민머리. 홀쭉하게 마른 뺨. 퀭한 눈을 뒤룩거리며 소녀1의 목을 한가득 물어뜯으려 한다. 청년2가 달려들었다.

"저리 꺼져!"

비구승이 멘 회색 가방을 두 손으로 잡아 쥐더니 일순 엄청난 힘을 발휘하며 집어 던지듯 한다. 카아아아. 중심 잃은 비구승이 저편 바리케이드에 부딪치며 나가떨어진다. 켜켜이 쌓아두었던 의자며 책장이 와르르 무너져 내린다. 청년2가 화염병 하나에 불을 붙였다. 만일을 대비해 어젯밤에 만들어놓은 것들 가운데 하나다. 바리케이드 쪽에 힘껏 화염병을 집어 던진다. 펑! 비구승의 온몸에 일순 화염이 옮겨 붙는다. 연꽃이 피듯 활활 타오른다. 대중 앞에 나선 분신 승려의 모습 그대로다. 크어어어. 불덩이가 된 비구승이 괴롭게 바닥을 기어 다닌다.

새로운 좀비들이 나타났다. 50미터 전방, 가전제품 매장과 부엌 용품 매장이 맞닿은 어름이다. 한눈에 보기에도 수가 엄청나다. 아까보다 다섯 배는 많은 것 같다. 30명? 40명? 사람들이 소리 없이 경악한다. 청년1이 손에 쥔 베레타를 내려다보았다. 총알이 얼마나 남았더라. "마지막 한 발은 꼭 남겨둬. 최후의 자신을 위해서." 좋아하는 좀비 소설 속 대사가 아련히 떠올랐다. 살아 있는 시체들이 사나운 속도로 달려들고 있다. 검은 파도의 물결.

"후퇴! 모두 후퇴!"

Z가 앞장섰다.

"이쪽으로! 에스컬레이터는 안 돼!"

지하 3층 주차장으로 향하는 비상문을 열고 다급히 손짓한다. 여보, 힘내. 다리에 힘 좀 줘봐. 남자가 여자를 안고 힘겹게 걸음을 옮긴다. 소녀2와 소녀1이 그 뒤를 따른다. 좀비들의 발소리가 가까워진다. 청년1이 청년2에게서 화염병 하나를 빼앗는다. 덜덜 떨리는 손으로 라이터를 켜지만 쉽지 않다.

"빨리! 빨리 와!"

비상문 밖에 선 사람들이 청년1을 외쳐 부른다. 마침내 기름 젖은 심지에 불이 붙었다. 2미터 앞까지 접근한 무리들을 향해 그것을 집어 던진다. 촤락. 유리병이 깨지고, 시너와 휘발유를 5대5로 섞고 거기 설탕을 조금 녹인 용액이 순식간에 강력한 화염을 뿜어내고 온 사방에 아름다운 불길이 번진다. 크어어. 좀비들이 일순 멈춰 서며 어쩔 줄 모른다.

"빨리!"

청년1이 다급하게 손짓하는 사람들 속으로 몸을 날린다. 이어 쾅! 철문이 닫혔다. 그런데 잠금 장치가 없다. Z가 문틈 아래에 도끼날을 거세게 밀어 넣는다. 이만하면 문을 밀어 열기가 쉽지 않을 것이다. 성난 좀비들이 한꺼번에 밀어닥친다 해도, 문짝이 떨어지기까지 적어도 3분은 벌 수 있을 것이다.

사람들이 타닥타닥 계단을 밟아 내려갔다. 여자를 부축해 걷는 남자의 속도가 가장 느리다. 소녀2가 여자의 반대편 팔을 부축해 보조를 맞춘다.

"괜찮아. 고맙지만."

"돕고 살아야지요."

쾅쾅쾅쾅. 쾅쾅쾅쾅. 계단참에 선 사람들이 고개를 돌려 방금 전 탈출한 곳을 바라본다. 철문 두드리는 소리. 끔찍하게 울부짖는 신음들.

"움직여요! 이쪽으로!"

Z가 선두에 서고 청년2와 1이 뒤를 따른다. 지하 3층 주차장. 텅 비었다. 남겨진 차량이 있다 해도 쓸 만한 것은 없을 터였다. 출구 → EXIT라 쓰인 안내문을 따라 사람들이 바삐 걷는다. 길은 가파르고 바닥은 울퉁불퉁하며 공기는 습하고 사위는 어둑하다. 어디선가 오래된 정육점 냄새가 나는 것 같다.

"빌어먹을, 주차 도장 안 찍어왔네."

청년1이 투덜거렸지만 아무도 웃지 않았다.

"꺄!"

남자와 함께 여자를 부축해 걷던 소녀2가 비명을 지른다. 그 날카로운 소리가 쨍, 지하 출구에 울려 퍼진다. 갑자기 어디서 나타났을까. 오래전부터 거기 그렇게 있었던 것일까. 어둠 구석에 쭈그려 있던 그림자가 홀연 몸을 일으킨다. 보라색 등산조끼와 주황색 꽃 모자를 쓴 아줌마 좀비다. 누구에게 얼마나 뜯어 먹혔는지 얼굴 위에 온전히 남아 있는 살점이 많지 않았다. 으워어어어. 슬프도록 배고픈 울음소리. 지리산 종주라도 막 끝낸 듯 지친 걸음으로 한 발 두 발 다가오던 등산복이 덜컥, 걸음을 멈춘다.

탕!

등산복이 왼쪽 눈썹 윗부분에 총을 맞고는 고개를 꺾으며 벌렁 넘어간다.

사람들이 놀란다. 놀란 얼굴로 총 쏜 이를 바라본다. 소녀2가 쳐든 총구가 파들파들 떨리고 있다. 3.5미터. 그 정도면 대단히 깔끔한 실력이다. 청년1이 다시 투덜거렸다.

"우아 씨, 나보다 낫네."

결혼기념일

20570918. 09:33

"……못 걷겠어."

파괴의 도시에, 다시 해가 떠올랐다. 이른 새벽부터 시작한 걸음이 세 시간 넘게 이어지고 있다. 여자가 다시 쓰러졌다. 두 번째다. 사람들의 표정이 덩달아 어두워진다.

"저기서 잠시 쉬었다 갑시다."

사거리 한 귀퉁이, 빨간 간판의 햄버거집이다. 이 거리의 다른 건물들이 대개 그렇듯 창문은 깨지고 출입문은 부서져 나갔으며 실내는 엉망으로 들쑤셔졌다. 가게 입구, 한 손에 커다란 햄버거를 들고 다른 손으로는 브이 자를 그려 보이는 멜빵바지 배 나온 소년의 입상도 군데군데 화마에 그을려 있다.

음식을 주문 받고 내오는 카운터 위, 남자가 잡다한 물건들을 쓸어내고 여자를 눕혔다. 수통을 열어 여자의 허옇게 부르튼 입술 사이에 물을 흘린다. 으, 으음. 그러나 한 모금도 못 넘기고 줄줄 흘러내리고 만다.

"아파? 많이 안 좋아? ……말 좀 해봐."

여자가 나직이 신음한다. 어떤 의사 표현을 하는 것 같지는 않다. 남자는 당장에라도 눈물을 쏟을 것 같은 얼굴이다. 주방으로 넘어간 청년1과 2가 사방을 들쑤신다. 침입자들이 몇 차례 다녀갔는지 나오는 것이라곤 녹슨 오이 피클 깡통과 1회용 케첩 몇 봉지뿐.

"아까 거기서 음식 좀 챙겨올걸."

"이럴 줄 알았나."

청년1이 투덜거리고 청년2가 다독거렸다.

"조금만 참아. 이제 몇 시간 안 남았어. 이 지옥을 탈출할 때까지."

"그래. 멋지게 축배를 들어야지. 뭐 먹을까?"

"글쎄. 당분간 고기는 못 먹을 것 같네."

폐허 같은 햄버거 가게 안에 묘한 기류가 흐른다. 유리창이 박살 난 창가에 Z와 남자가 마주서서 대화를 나눈다. 끓어오르는 감정을, 남자가 애써 억누르는 중이다.

"감염자에게 물리는 정도는 상관없다고 했잖아요. 어제, 분명히 치료제를 주사했잖아요."

"예. 보신 대로."

"지금 열이 40도가 넘어요. 의식도 거의 없는 상태고."

"너무 걱정 마세요. 조금만 더 지켜보시자고요."

"뭐를 더 언제까지 지켜봐요. 죽을 때까지? 좀비로 변할 때까지?"

"흥분하지 마시고요. 다만……."

"흥분하는 게 아닙니다. 내 사람 내가 걱정하는 거지요. 상태가 갈수록 안 좋아지고 있어요. 이게 안 보이세요? 못 느끼세요?"

"잠깐만요. 이러지 마시고……."

"노스트로모호 증후군이 뭐죠?"

소녀1이 껴들었다.

"어제 그랬다면서요. 무전기로 어디랑 교신하면서. 얘가 다 들었다는데."

남자는 의아한 얼굴이고 Z는 놀란 얼굴이며 소녀1 뒤편에 선 소녀2는 난처한 얼굴이다.

"말해줘요. 우리 모두 알 권리가 있잖아요. 저 아줌마가 노스트로모호 증후군이라면, 그렇다면 어떻게 되는 건가요? 좀비로 변해 우리에게 덤벼드는 건가요?

"그런 게 아니야. 그런 문제가 아니라고."

"그런 문제가 아니면 어떤 문제인데요."

시큼한 오이 피클을 어적어적 씹으며 그 대결을 지켜보던 청년1이 스르르, 저작 운동을 멈춘다. 일회용 머스터드 소스를 쪽쪽 빨아 먹던 청년2의 얼굴이 하얘진다. 저게 도대체 무슨 소리인가. 저 예쁜 아줌마가 감염되었단 말인가? 분명히 주사를 맞았는데? 그렇다면 치료제가 말을 듣지 않는, 그런 경우도 있을 수 있다는 소리인가? 빌어먹을 지금 장난하나.

"그건, 일종의 정신적 장애와 관계된……. 극도의 공포나 스트레스로 인해 신체 기능이 일시적으로 저하되는 경우지. 상상임신. 상상암. 알지?"

"상상임신?"

소녀1이 고개를 갸웃거리고 Z가 왼손으로 턱을 쓰다듬는다. 자신의 진심을 어떻게 전달해야 할지 몰라 안타까운 모습 같다. 자신의 거짓을 어떻게 숨겨야 할지 몰라 걱정스러운 모습 같기도 하다.

"아."

카운터 위에 얌전히 누워 있던 여자가 발작하듯 상체를 일으킨다. 쌔근쌔근 어깨로 거친 숨을 내쉰다. 사람들이 달려간다.

"정신 좀 들어?"

남자가 여자의 손을 잡았다. 납빛으로 굳은 여자의 얼굴. 허옇게 부르튼 입술을 달싹인다.

"아아, 아아아……."

겨우 부축을 받아 카운터 아래로 내려서다 우욱, 누런 물을 토해낸다. 고개를 꺾고 주룩주룩 토사물을 게워낸다. 먹은 것도 없는데 그 양이 상당하다. 뭐라 형연할 수 없는 냄새가, 갓난아이 똥 냄새 비슷하지만 그보다 몇 배는 비릿하고 역한 냄새가 후끈 피어오른다. 소녀2가 얼굴을 감싸 쥐고, 베어 물던 피클을 집어 던진 청년1이 옷에 손가락을 닦았다.

"여보! 여보!"

한가득 토한 여자가 다시 정신을 잃었다. 남자가 축 처진 여자의 어깨를 흔들었다. 토사물로 번들번들 더러워진 입가를 닦아내고 거기 입을 맞춘다. 죽은 사람처럼 눈 감은 여자는 아무런 반응도 없다.

"일어나. 정신 좀 차려봐. 제발…… 제발……."

남자는 고개가 자꾸 넘어가는 여자를 어렵게 안은 채, 점퍼 주머니에서 뭔가를 꺼내 든다. 짙은 남색 보석함. 반짝이는 다이아 반지를 꺼내 여자의 약지에 힘겹게 끼워준다.

"하필 오늘 같은 날……. 저녁에 멋지게 기념하려고…… 그러려고 했는데……."

남자는 차마 말을 잇지 못하고 어깨를 떤다. 소리 없는 눈물을 흘린다. 소녀1의 눈가가 빨개졌다. 소녀2에게 속삭인다.

"오늘이 결혼기념일이래. 20주년이래."

"어머나 어떡해."

숙연하고 아름답고 안타깝고 지저분한 분위기. Z가 남자의 어깨에 손을 올렸다.

"예쁜 반지군요. 부인께 잘 어울려요."

남자가 화난 사람처럼 벌떡 일어섰다. Z에게 뭐라고 따져 들려다가, 시커먼 한숨을 내뱉으며 시선을 돌린다.

"나중에 깨어나면 무척 좋아하실 겁니다. 제가 장담합니다."

"……."

"하지만 그러려면 우리가 더 강해져야 합니다. 힘을 모아야 해요."

Z가 오른손 검지로 손목시계를 톡톡 두드렸다.

"지금 시각 09시 39분. 포인트제로에 도착해 헬리콥터에 올라탈 때까지 정확히 81분이 남았습니다. 이동하기 불편한 분이 계시지만 다행히 거리가 멀지 않습니다. 아침 일찍 좀비들이 우리의 잠을 깨워준 덕분이지요."

거기서 말을 멈추고는 사람들을 한 차례 둘러보았다.

"들것에 환자분을 싣고 두 사람씩 교대로 이동할 겁니다. 최고의 안전 요원들과 전문 의료진이 우리를 기다리고 있습니다. 우리 자신에게 우리 모두의 안전과 생명이 달려 있습니다. 환자분의 회복이, 이 부부의 운명이 바로 우리 모두에게 달려 있습니다."

남자가 여자의 이마에 자신의 이마를 가져다 댔다. 소녀1이 소녀2의 손을 꼭 잡아 쥐었다. 청년2가 베레타92을 들어 제법 신중히 가늠쇠를 들여다보았다.

"1시간 20분이면 못 견딜 만큼 긴 시간이 아닙니다. 할 수 있습니다. 마지막까지 우리 힘을 믿어봅시다."

고양이

20570918. 11:00

레드이글 그랜드하이츠. 이 도시에서 가장 높은 건물. 정문 앞 계단참에 다다른 남자와 청년2가 기진맥진 들것을 내려놓았다. 무시무시한 1박 2일 여정이 비로소 끝나가고 있다.

"저기 독수리 상 보이나요. 건물 꼭대기."

Z의 손끝이 가리키는 곳을 갸웃거리며 보던 사람들이 눈살을 찌푸린다. 정오 가까운 시간이지만 하늘은 흐리기만 하다. 110층 꼭대기. 맹금류를 닮은 조각상이 까마득히 보인다.

"저게 레드이글인가."

"날개를 쫙 폈군. 당장에 날아오를 것 같아."

"웃기고 있네."

"자, 이동합시다."

로비는 텅 비었다. 벽 여기저기 팬 총탄 자국. 거무튀튀하게 빛바랜 혈흔. 파괴되고 약탈당한, 누군가 경황없이 떠나간 흔적들. 냉랭한 공기 속에, 이 도시 어디에서나 그랬던 것처럼, 오래된 정육점 냄새가 진동하고 있다.

"어머, 쟤 봐."

사람들을 뒤따라 복도를 걷던 소녀1이 목소리를 높인다. 텅 빈 안내 데스크가 놓인 어름, 고양이 한 마리가 웅크리고 앉아 있다. 고등어를 연상시키는 줄무늬의 아기 고양이. 이편을 빤히 주시한 채, 인형처럼 미동도 없다. 소녀2가 박수를 친다.

"완전 귀엽다."

"가보자, 가보자!"

구워지는 식빵처럼 나직이 웅크린 아기 고양이가 느리게 눈을 깜빡깜빡, 두 소녀를 올려다본다.

"여기서 냥이를 다 만나네. 아우 이뻐."

"안녕? 뭐하고 있었어? 배고파? 우쭈쭈."

소녀2가 손을 가져가려 하자 고양이가 냐오오, 응답한다. 뱀의 그것처럼 길고 빨갛고 끝이 갈라진 혓바닥이 날름 춤춘다. 그 길이가 20센티미터를 넘는다.

"꺄!"

소녀들이 동시에 비명을 지르고, 그 소리에 놀란 고양이가 꼬리를 세우며 카아! 적의를 드러낸다. 소녀1을 향해 발톱을 세우며 달려든다. 탕! 9밀리미터 파라블럼탄이 초속 380미터의 속도로 날아가 놈의 사지를 반 토막으로 찢어놓는다.

"거기 두 명!"

Z가 베레타를 집어넣으며 엘리베이터에 들어선다.

"빨리 좀 타. 제발 아무거나 만지지 말고. 여기서는 움직이는 모든 게 괴물이라는 거 몰라?"

엘리베이터가 120층을 향해 올라간다.

들것에서 내린 여자가 쓰러질 듯 남자의 품에 파묻혀 있다. 상태가 조금은 호전된 것 같기도 하다. 소녀2가 시무룩한 얼굴이다. 뱀 혀를 가진 고양이 때문이다. 청년1이 지친 사람들을 한 명 한 명 돌아보았다. 괜찮은 모험이었어, 다시는 경험하고 싶지 않지만.

엘리베이터가 갑자기 멈추고 불이 꺼졌다. 포인트제로 직전의 뜻하지 않은 돌발 변수. 칠흑 같은 어둠 속에서 누군가 투덜거렸다.

"끝까지 말썽이네, 제기랄."

잠시 후 깜빡깜빡 비상 보조 전원이 들어오고, 사람들은 불안한 얼굴로 서로를 돌아보았다. 82층이다. 거기서 더 이상 움직이지 않는다.

"고장 난 건가요?"

먹통이 된 계기판 버튼을 청년1이 부산하게 눌러본다.

"딱 10분 남았어요. 11시까지."

Z가 엘리베이터 문에 붙어 서서 안간힘을 썼다.

"30층 정도에서 멈추지 않아 다행이군. 여기 좀 잡아줄 사람 없나요?"

청년1과 2가 달라붙어 힘을 보탰다. 가까스로 문을 열 수 있었다. 승강장 턱이 눈높이까지 올라가 있다. 남자가 가장 먼저 엘리베이터 밖으로 기어 나갔다. 그리고 사람들이 밀어 올리는 여자를 잡아당겨 끄집어냈다. 다음은 소녀2, 다음은 소녀1. 청년2의 엉덩이를 밀어 탈출을 도우며 Z가 외쳤다.

"시간 없어요. 기다리지 말고 빨리들 올라가요. 어서!"

비상계단은 건물의 나이만큼이나 오래된 구조이다. 폭은 좁고 단은 지나치게 높아 여간 위태롭지 않다. 일곱 사람의 절박한 발소리가 우박처럼 쏟아지고 가쁜 숨소리가 씨근덕씨근덕 뒤따른다. Z의 땀에 젖은 얼굴이 종잇장처럼 일그러지고 있다. 남자에게 여자를 넘겨받은 게 91층이었다. 그로부터 15층을 쉬지 않고 걸어 올라온 참이다.

"제가 업을게요."

청년1이 선뜻 나섰다. 소녀2가 허리에 손을 얹고 하악하악 거의 온몸으로 숨을 쉬었다. 허벅지가 터질 것만 같다.

"몇 시지?"

"11시 정각이요."

"빌어먹을."

"아저씨, 헥헥……, 무전…… 어서 무전해요. 우리 조금 늦는다고."

"못 해."

"아니 왜요? 그것도 무슨 원칙 같은 게 있는 거예요?"

"……."

"빨리요! 우리 거의 다 왔다고 해요! 106층이라고."

Z가 무겁게 늘어진 여자를 청년1에게 넘겼다. 그리고 벅찬 숨을 골랐다.

"……쇼핑센터에, 놓고 왔어. 깜빡 잊고."

사람들이 말을 잃었다. 지친 얼굴들이 너나없이 어두워졌다.

"뭐해요?"

청년2가 외쳤다.

"빨리 올라갑시다! 기다려주겠지. 당연히 그렇겠지!"

포인트제로

20570918. 11:08

마침내 120층. 그리고 레드이글 루프톱.

이 도시에서 가장 높은 곳.

철문이 콰당 열리고 사람들이 비명에 가까운 신음을 지르며 쏟아져 나왔다. 헉. 헉. 헉. 헉. 헉. 헉. 저마다 쓰러질 듯 무릎을 짚고 서서 가쁜 숨을 고른다. 잔뜩 일그러진 얼굴로 주변을 둘러본다.

테니스장 네 동을 합친 넓이. 인공 잔디가 결 따라 깔끔하게 깔린 바닥. 커다란 원 안에 알파벳 H가 찍힌 이착륙장. 구조용 헬기는 보이지 않았다.

"뭐야, 왜 없어."

청년1이 울먹울먹 주변을 둘러본다. 회갈색 시가지 풍경이 사방에 아찔하게 펼쳐져 있다. 먹구름 가득한 하늘. 바람이 불었다. 오늘도 비가 내릴 모양인가.

"왜 안 왔냐고!"

"진정해요. 아직 11시 8분입니다."

청년1이 120층 옥상 아래로 몸을 던질 듯 발광한다. 마침내 Z의 멱살을 붙들고 늘어졌다.

"진정하라고? 그게 가능해? 도대체 당신 뭐야!"

"이거 놔."

"못 놓겠다. 11시 정각에 도착한다며? 오기는 오는 거야? 확실해? 빌어먹을 무전기를 놓고 왔다니. 일부러 이러는 거야, 지금?"

청년2가 두 사람 사이를 뜯어놓았다.

"왜 이래. 우리끼리 힘 뺄 필요 없잖아."

"꺄!"

소녀2와 소녀1이 합창으로 비명을 질렀다. 겁에 질려 흐느끼기 시작한다. 저편 독수리 상. 거대한 레드이글이 금세라도 비상할 듯 날개를 펴고 있는, 그 어름. 크고 작은 생명체들이 새카맣게 무리를 짓고 있다. 고양이다. 적어도 500마리는 넘을 것 같다. 고양이들이 이편으로 사뿐사뿐 다가오기 시작한다.

"나 미치겠군."

청년2가 빠르게 성호를 그었다.

"끝판에 좀비 고양이라니. 맙소사. 저것들은 도대체 어디서 온 거야."

"페르시안 고양이 백신이라고 들어봤죠?"

Z가 사냥칼을 뽑아 들고 무리 앞에 나섰다.

"백신을 개발하기 위해, 무려 8년 동안, 지구상의 무수한 동물들이 희생되어야 했지요. 호랑이, 사자, 치타 같은 고양잇과도 그중 하나고. 설명 더 필요해요?"

"맙소사. 이 주변에 동물원 같은 건 설마 없겠지."

우욱!

남자의 품에 안겨 있던 여자가 다시 경련했다. 허리를 꺾고 괴롭게 몸을 떨더니, 다시 속을 게워내기 시작한다. 피다. 검붉은 피가 뭉근하게 섞인 토사물이다.

"여보!"

남자가 여자를 끌어안고 어쩔 줄을 모른다. 소녀들이 두 손을 맞잡고 발을 동동 구른다. 수백 마리 고양이들이 일곱 사람을 에워싸고 조금씩 거리를 좁혀오는 중이다. 바람이 불고 그 예 차가운 빗방울이 떨어지기 시작한다. 탕! 탕! 청년1과 Z의 총구가 불을 뿜었다. 그러나 총알은 곧 바닥날 것이다. 청년2가 마지막 남은 화염병에 불을 붙였다. 천천히 거리를 좁혀오는 무리를 향해 힘차게 팔매질을 한다. 화르르 불이 일고 고양이들의 물결이 흩어진다. 그러나 불은 곧 꺼질 것이다.

"헬기다!"

소녀2가 외쳤다. 독수리 상이 날아오르려 하는 하늘가, 잿빛 구름을 뚫고 검은 물체가 날아들었다. 붉은 불빛을 반짝이며 하강하는 중이다. 타타타타. 타타타타. 러시아의 Mi-28N 나이트 헌터. 최고 시속 324킬로미터에 220마력의 강력한 힘을 갖춘 중무장 헬기다. 옥상 위에 굉음과 비바람이 물결친다. 문이 열리기도 전에 헬멧부터 부츠까지 검은 전투복을 입은 요원 둘이 뛰어내린다.

"살았어. 하느님 맙소사 살았어."

화염방사기가 검붉은 불꽃을 뿜었다. 지켜보는 이들의 얼굴이 후끈 달아오르도록 강력한 불길이다. 화마의 공격을 겨우 피한 고양이 몇몇이 어둔 구석으로 그림자처럼 사라졌다.

"죄송합니다. 딱 13분 늦었습니다. 중간에 작은 사고가 발생하는 바람에……."

또 다른 요원이 기진맥진 주저앉은 Z를 잡아 일으킨다.

"회원들 챙겨주세요. 나는 괜찮으니."

"예, 바로 출발하겠습니다."

빗방울이 굵어지고 있다. 헬기 엔진 소리가 고막을 두드리고, 커다란 타월에 감싸인 채 부축을 받던 소녀2가 끝내 울음을 터뜨린다.

"씨팔, 이런 거 다시는 안 해."

청년1이 요원들의 도움을 받아 헬기에 훌쩍 뛰어오른다. 후우우우, 길고 긴 한숨을 뱉어낸다. 엉망으로 지저분해진 청년2와 시선을 맞춘다. 서로 절레절레 고개를 젓는다.

"대박. 완전 대박."

"무슨 일들을 겪었는지, 아무도 믿지 않을걸."

그런데 문제가 생겼다. 남자와 여자 앞에 선 요원 둘이 멈칫,

서로를 바라본다. 얼굴을 덮은 헬멧 때문에 그 표정은 보이지 않는다.

"혹시 이분이 57f02139 회원입니까?"

Z가 대답했다.

"그렇습니다. 빨리 이송해서 정밀 검사를 받아야 합니다."

"에에…… 문제네, 이거."

"예?"

"저기 선생님, 잠시 비켜주시겠습니까? 잠시만."

남자를 겨우 떼어낸 요원들이 여자의 상태를 살핀다. 왼쪽 종아리의 물린 상처에 시약을 바르고, 집요하게 손가락을 놀려가며 동공과 구강 상태를 확인하고, 혈액을 채취하고 체온을 잰다. 그러고는 저들끼리 뭐라 숙덕인다. Z가 심각한 얼굴로 그들을 지켜본다. 남자가 차갑고 굵은 빗방울을 맞으며 멍히 서 있다. 당장이라도 쓰러질 것 같은 모습이다. 11시 25분이 넘었다. 헬멧으로 얼굴을 가린 요원 한 명이 다가왔다.

"유감입니다. 어렵겠습니다."

"……뭐가 어렵단 말씀인가요?"

"57f02139 회원, 저희로서는 이송이 힘들겠습니다."

Z의 미간이 형편없이 구겨졌다.

"이거 보세요. 무슨 말씀을 하시는 겁니까, 이런 상황에서."

"운송 계약에 따라 결정된 내용입니다. 우리도 뒷일을 생각해야 하고요. 수용소 밖으로 감염자를 유출시키는 행위가 얼마나 큰 사안인지 아실 텐데."

"큰일 날 분들이네. 감염자라니? 누가 감염자야! 이상한 소리 말고 어서……."

당장이라도 쓰러질 것 같은 남자가 당장이라도 쓰러질 것 같은 걸음으로 다가왔다. 비에 젖은 머리칼 사이로 듬성듬성 탈모의 흔적이 훤하다.

"그게 무슨, 무슨 소리인가요. 이송이 힘들다니. 도대체 그게……."

키 큰 요원. 다스베이더를 흉내 내듯 굵은 저음.

"저분 보호자 되시나요?"

"제가…… 그렇습니다. 남편입니다."

"곧 이륙해야 합니다. 남쪽에서 태풍이 올라온다는 소식입니다. 그러니 속히 결정해주세요. 저분을 여기 두고 우리와 함께 떠나시든지 아니면……."

"크아악."

목을 졸린 듯 잔뜩 억눌린 울부짖음. 감염자 특유의 거친 숨소리. 놀란 남자가 흠칫 어깨를 떨며 뒤를 돌아보았다. Z가 본능적인 속도로 베레타92를 꺼내 들었다. 기억이 틀리지 않는다면 두 발, 적어도 한 발이 남아 있을 것이다.

여자다.

여자가 홀로 서 있다. 누구의 도움도 없이. 한때 여자였던 감염자다. 허리가, 어깨가, 목덜미가 사람의 것 같지 않게 뒤틀린 여자 감염자가, 광기에 붉어진 눈을 크게 뜨고 먹잇감들을 둘러본다. 입가에 뿌연 거품이 줄줄 흘러내리고 있다. 왜 안 떠나지, 무슨 문제라도 있나? 바깥 상황이 궁금해진 청년2가 헬기 밖으로 고개를 내민다. 뜻하지 않은 풍경에 헉, 밭은 숨을 들이마신다. 연신 성호를 긋고 또 긋는다.

"쏘지 마!"

남자가 울부짖는다. 젖은 바닥에 무릎 꿇고 통쾌하게 흐느낀다. 빗줄기가 거세졌다. 요원 둘이 올무 막대로 여자의 목을 걸어맸다. 움직이지 못하도록 양쪽에서 잡아당겼다. 화난 여자가 버르적버르적 두 손으로 허공을 휘저었다. 무릎 꿇은 남자에게 달려들려 애쓰지만 쉽지 않다.

"쏘지 말아요……. 제발, 제발……."

남자의 흐느낌이 헬기 엔진 소리에 묻힌다. Z가 겨누던 총을 천천히 내려놓았다. 차가운 빗물 한 줄기가 주르륵, 뺨을 타 내렸다.

계산

20570922. 14:21

가을 깊은 금요일 오후. 아트앤라이프 빌딩 34층.

JB회계사무소.

문이 열리고 방문자가 한 걸음 반을 들어서다 멈춘다. 지나치게 밝고 우아한 실내 분위기가 적잖이 부담스럽다. 그쯤에 서면 가장 먼저 얼굴을 마주하게 되는 위치의 노랑 단발머리 직원이 고개를 쳐든다. 세상 가장 밝고 우아한 미소로 방문자를 맞이한다.

"안녕하세요."

"저어, 장 대표님 좀 뵈러……."

"어서 들어오세요. 약속을 하셨는지요?"

"그렇습니다."

"실례지만 성함이?"

"……Z라고 하면 아실 것 같군요."

이런 곳은 영 불편해. 화약 냄새, 비명 소리 낭자한 정글 세계가 훨씬 안락하지. 인터폰으로 짧은 통화를 주고받은 노랑 단발머리가 다시 방긋 웃었다.

"이쪽으로 오세요."

사뿐히 앞장서더니 복도 가장 안쪽, 갈색 나무문을 가볍게 노크한다. 그러고는 손수 문을 열어주며 고개를 까딱, 해 보인다.

방문자가 등장하자 책상 앞에 앉아 있던 누군가 힘차게 일어섰다. 블라인드 쳐진 창가를 돌아 Z에게로 다가온다. 스스럼없이 손을 내민다. 유순한 눈매, 얇고 섬세한 입술, 감성적인 문양의 청색 넥타이와 반짝이는 타이핀 차림의 남자로부터 좀비 공원의 그를 떠올리는 것은 쉬운 일이 아니다.

"오시는 데 힘들지 않았습니까?"

"아닙니다."

"점심은 드셨고요?"

"예, 먹었습니다."

"차를 한잔……."

"사양하겠습니다."

"이쪽으로 앉으시지요."

"감사합니다."

응접 소파에 마주앉은 두 사람의 시선이 허공에서 잠깐 마주쳤다가 비껴 지나간다.

"나흘 만인가요."

"그렇지요."

"그게 4년 전의 일 같네요. 원, 맙소사."

남자가 휘파람이라도 불듯 입술을 오므리고 절레절레 고개를 저었다.

"조용하더군요. 조용해도 너무 조용하더군요. 언론도. 경찰도. 귀찮게 하는 사람도 없고. 한 차례 조사를 받으러 다녀오긴 했지만."

"그럴밖에요. 게다가 선생님은 피해자 가족 아닙니까."

"하지만 그래도 사람 한 명이 사고로 죽은 문제인데."

"죽은 건 아니지요. 엄밀히 말해서."

Z가 얼굴을 찡그렸다.

"살아 있다고 하기도 어렵겠지만."

남자가 하얀 편지 봉투를 탁자 위에 올려놓았다.

"나머지 금액입니다."

봉투를 집어 든 Z가, 내용물을 확인해볼까 잠시 고민하다가 만다.

"여하튼 고생 많으셨어요. 처음엔 이런저런 걱정이 적지 않았는데, 일이 기가 막히게 잘 끝난 것 같아서 무척 다행스럽습니다."

"저도 그렇게 생각합니다."

"그런데 설마 하니,"

남자가 오른손 엄지와 검지 끝으로 양 콧구멍 사이를 두 차례 매만졌다.

"그 여자가 다시 살아서 돌아오는, 그런 일은 설마 없겠지요?"

"그런 걱정은 하실 필요 없을 겁니다. 적어도 우리 세대에는"

Z가 무릎을 짚으며 일어섰다. 4시까지 본부로 돌아가야 한다. 새로운 팀의 체험 프로그램이 오늘 저녁 시작된다. 11명, 무려 4박 5일 일정이다.

문 앞에 선 두 사람이 다시 짧게 손을 맞잡았다.

"다시 뵐 일은 없겠지요?"

"당연히요. 그럼 가보겠습니다."

"멀리 안 나갑니다. 아참,"

Z의 뒤통수에 대고 남자가 물었다.

"그거, 노스트로모호 증후군이 뭔가요."

"아."

"갑자기 생각이 나서……. 그런데 아무리 찾아봐도 그런 단어는 안 보이더군요."

Z가 피식 웃었다.

"나도 모르지요. 즉석에서 만든 말이니까."

"아, 정말?"

남자가 따라 웃었다. 입술을 이상하게 일그러뜨리며 큭큭, 큭큭.

정해연

소심한 O형. 덩치 큰 겁쟁이. 호기심은 많지만 그 호기심이 식는 것도 빠르다. 사람의 저열한 속내나, 진심을 가장한 말 뒤에 도사리고 있는 악의에 대해 상상하는 것을 좋아한다. 장편소설 《더블》, 《악의 – 죽은 자의 일기》, 《봉명아파트 꽃미남 수사일지》, 《지금 죽으러 갑니다》를 출간했고, 데뷔작인 《더블》은 중국과 태국에 각각 번역, 출간되었다. 2012년 대한민국 스토리 공모대전에서 《백일청춘》으로 우수상을 수상했으며, 2016년 YES24 e-연재 공모전 '사건과 진실'에서 《봉명아파트 꽃미남 수사일지》로 대상을 수상했다. 1981년에 태어나 오늘을 살고 있다.

아이

정해연

불을 지르기로 했다. 저대로 두었다가는 곧 저들이 쇠창살을 부수고 그들을, 이 건물을, 도시를, 그리고 어쩌면 세계를 삼킬 것이었다. 저들은 점점 힘이 거세어지고 있다. 이것은 그들이 예상치 못한 일이었다.

그들은 그들이 원한 영생의 삶을 창조했지만, 반면 그들이 원한 것은 이런 모습이 아니었다. 그것들은 피부가 허물어졌으며, 이가 뿌리까지 드러나 보이다 하나 둘 뽑혀 나갔고, 툭 튀어나온 눈알이 빙글빙글 헛돌았다. 몸에서는 썩은 냄새가 나고, 허물어진 피부에서는 오래된 기름처럼 진득한 피가 흘러나오다 이내 굳어버리곤 했다. 그것은 그들이 만들었으나 그들이 원하지 않은 존재들이었다.

7년 전인 2011년 5월. 명국제약에서는 극비의 실험을 진행 중이었다. 명국제약의 대표이사 이하 몇 명 말고는 그 실험의 의뢰가 어디서부터 온 것인지 알지 못했다. 어쨌거나 확실한 것은 이 신약만 성공한다면 명국제약은 단숨에 제약업계 1위, 아니 전 세계적인 기업으로 우뚝 설 수 있었다. 아니, 인류를 구원하는 구원자가 될지도 몰랐다.

기원전 247년에 즉위한 진시황 시절부터 인간의 탐욕은 영생을 향해 있었고, 수많은 과학자와 의학자가 그 금기에 도전했으나 번번이 실패해왔다. 인간에게 도전은 필수 불가결한 과제 같은 것. 명국제약의 대표와 일부 임직원들이 뜻을 모았다. 그렇게 명국제약 본사 지하에 연구소가 세워졌다. 명국제약에서 극비리에 부른 단 세 명의 연구원과 명국제약의 회장 이하 주주 상위 1%만이 알고 있는 초극비 사안이었다. 그들은 그것을 EL프로젝트라고 불렀다.

Eternal Life. 영원한 생명 프로젝트였다.

세 명의 연구원 중 김재우 연구관은 실력 면에서 가장 뛰어났으며, 그만큼 성공에 대한 욕심이 컸다. 그는 집요하게 연구를 파고들었으며 다른 두 명의 연구원보다 더 일찍 출근하여 늦은 시간까지 연구에 몰두했다. 그리고 EL연구소 설립 3년. 성과를 내지 못하는 연구소에 대한 존폐를 논의하는 아주 절체절명의 드라마틱한 순간 김재우는 그 약을 내놓았다.

이름은 짓지 못했지만 일단 가칭 EL신약이라고 명명했다.

그는 아주 자신만만했다. 반면 회장 이하 책임자들은 증명을 요구했다. 증명을 하려면 인체 실험은 반드시 필요했다. 극비인 프로젝트는 당연히 극비리에 임상 실험을 준비했다. 물론 불법이었다.

따라서 이야기가 흘러 나갈 위험이 없는 인물로 대상자들이 선정되었다. 노숙자들이나, 집을 나와 갈 데가 없는, 그러고도 가족이 찾지 않는 인물들로 20명의 피험자가 채워졌다. 매일 같은 시간에 주사를 맞고, 실험 기간 동안은 다른 데에 나가지 않는 대신에 그들에게는 상당한 대가가 약속되었다. 어차피 길바닥에서 스러져가던 인생, 그렇게라도 전환점을 맞고자, 아니 사실은 그런 원대한 꿈이 아니라 그저 추운 길바닥보다는 삼시 세끼 주는 연구소가 나을 것 같아서 실험에 응한 사람들이었다.

주사를 놓은 지 일주일, 연구소는 희망을 보았다.

피험자 스무 명 중 열두 명의 생체리듬이 점점 사라지고 있었다. 그럼에도 그들은 살아 있었고, 몸을 움직였다. 그것은 대단한 사건이었다. 생체리듬이 없어진다는 것은 노화가 더 이상 일어나지 않는다는 것, 노화가 없는 채로 계속 살아 있다는 것은 영생에 한 발짝 다가갈 수 있음을 증명했다.

연구원들은 즉각 핫라인을 통해 윗선까지 보고할 준비를 마쳤다. 그러나 보고는 보고서가 채 마무리되기도 전에 무산되었다. 생체리듬이 사라진 열두 명의 사람, 아니 '그것'들이 나머지 여덟 명을 공격했기 때문이었다.

공격이라는 단어가 적절한지는 알 수 없다. 그저 때리고 괴롭힌 것에 끝나지 않고 그들은 여덟 명을 물어뜯고 사지를 찢어냈으며, 뜯어낸 피부를, 피하지방을, 근육을, 내장기관을 탐욕스럽게 먹어 댔다. 그들은 눈을 희번덕거렸다. 간신히 살려낸 여자 한 명을 제외하고 일곱 명의 사람이 그들의 목구멍에 삼켜졌다. 그리고 첫 주사가 주입된 지 13일 만에 스무 명에서 열두 명이 된 피험자들의 피부가 녹아들며 관절이 짐승처럼 툭툭 불거지고 썩은 시체의 냄새를 풍기기 시작하다 지금의 모습까지 이어진 것이다.

참혹한 모습이었다. 그들은 죽어 있었으며, 또한 살아 있었다. 만약 연구원들의 실험이 일부 성공한 것이라면 그들은 죽은 채로 영생을 살아야 했다.

졸지에 열두 명이 되어버린 피험자들은 다음 먹이를 구하기 시작했다. 그러나 철창에 갇혀 그들은 나오지 못했다. 저 위대하신 하느님의 성경에도 그런 말이 있다. 구하라, 그러면 너희에게 주실 것이요, 두드리면 열릴 것이라.

인간은 멍청하다. 아무리 위험한 상황에서도 반드시 나오고 마는 찰나의 실수, 안전 불감증. 철창 앞을 지나던 한 연구원이, 매일같이 지나던 장소였지만 그날은 더욱 아무 생각 없이, 의도 없이 철창 앞을 평소보다 조금 더 바짝 지나쳤고, 살이 썩어 문드러지고 근육이 너덜너덜해져 조금 더 팔을 길게 뻗을 수 있게 된 피험자 가운데 하나의 손에 잡히고 말았다. 피험자는 연구원의 팔을 끌어당겨 뜯어 먹었다. 가까워진 연구원의 머리채를 누군가 잡아당겼고, 귀를 먹은 뒤 머리를 통째로 뽑아내었다. 안타까운 것은, 그날 그들의 먹잇감이 된 그 연구원이, 그들을 창조한 김재우 연구관이었다는 사실이다.

자신이 창조한 괴물들에게 뜯어 먹힌 김재우 연구관이 다른 사람들에게 발견되었을 때는 가느다란 약지 손가락 하나만 건질 수 있었다. 그 손가락에 불과 얼마 전 끼워졌던 결혼반지가 있었다. 극비리에 진행된 실험이었던 탓에 김재우 연구관은 결국 실종 처리되었다. 김재우 연구관의 손가락은 결혼반지와 함께 아마 EL연구소의 어느 변기 관을 통과했을 것이다.

†

비상벨이 울렸다. 긴급 회의가 소집되었다. 그들은 인정했다. 이제 더 이상 그들을 피험자로 두고 있을 수 없다고. 이 프로젝트는 철저히 그리고 처절하게 실패한 거라고.

"묻을까요? 땅을 파서 저들을 묻고 시멘트를 부으면 절대 살아 나올 수 없을 겁니다. 살아 나온다는 표현이 맞는 건지는 모르겠지만."

머리가 벗어진 명국제약의 김 이사가 손수건으로 머리인지 이마인지 구분 못할 지점을 닦으며 말했다. 그는 피험자들이 변하고 있다는 사실을 대수롭지 않게 받아들였지만 변모한 피험자들을 보고는 심한 구토에 혼절까지 했던 인물이다.

"묻으려면 누군가 하나하나 저들을 묶고 날라서 구덩이에 넣어야 한다는 얘긴데 그걸 누가 할 수 있죠? 아마 시도하다가 5초도 되지 않아 저들의 뱃속으로 들어가야 할 겁니다."

그 말에는 누구도 반기를 들지 못했다. 이후로도 몇 가지 방법들이 나왔지만 모두 실효성이 없었다. 그들을 이 세상에서 없애려면 저 철창을 뚫고 들어가야 했으나, 그럴 수 있는 사람은 아무도 없었다. 게다가 생체리듬이 없어도 살아 있는 저들을 단순히 묻는 것만으로 이 세상에서 사라지게 만들 수 있다고는 누구도 장담하지 못했다.

그래서 결국 불을 지르기로 한 것이었다.

절대 피할 수 없는 철창 안에 휘발유를 붓고 불을 질러 그들을 완전히 소멸할 생각이었다. 일반적인 사체처럼 얌전히 누워 있을 것이라 기대하지 못하는 이상 완전히 불살라 존재조차 없게 하는 것 외에는 방법이 없었다.

연구소는 폐쇄하기로 했다. 그 어떤 증거도 남기지 않기 위해 디데이 일주일 전부터 모든 서류들이 소각되었다. 이제 EL 프로젝트를 진행하던 지하 벙커에는 피험자들을 가둔 철창만이 남아 있었다.

마지막 정리, 라고 사람들이 부르기 시작했다.

그 마지막 정리를 맡은 것은 EL연구소의 연구원 중 하나인 이주형 연구원이었다. 모두들 그에게 깔끔한 뒷정리를 바란다며 어깨를 두드리고는 짐을 챙겨 연구소 밖으로 피신했다. 이

주형은 미리 준비된 방화복을 입고 산소마스크를 썼다. 소방관들이 쓰는 것보다 성능이 훨씬 좋은 것이었다. 희생되는 연구원은 하나면 충분했다.

그는 철창 앞에 섰다. 옆에는 트럭 20대를 가득 주유할 수 있는 양의 휘발유가 흰색 통에 담겨 늘어서 있었다. 뚜껑을 열고 주저 없이 그들을 향해 쏟아부었다.

끼이?

맨 앞에 서 있어 휘발유를 직격으로 맞은 것은 지난번 청계광장에서 데려온 노숙인 김 씨였다. 그는 이제 완전히 인간의 모습이 아니었다. 정강이뼈가 훤히 드러날 정도로 피부며 근육들이 허물어져 있었다. 그들은 더 이상 인간의 말을 하지도 않았다. 동물이 억지로 내는 것 같은 소리를 내뱉었다. 하지만 적어도, 자신들에게 뭔가 큰일이 닥칠 것이라는 예감은 있는지, 휘발유를 뿌리자 혼란스러워 하는 모습을 보였다.

준비된 휘발유를 다 뿌리고 남은 마지막 한 통을 들고 주형은 몸을 돌렸다. 철창 바로 맞은편 쇼룸에 들어 있던 여자가 이쪽을 보고 있었다. 생체리듬이 죽고 변화가 시작된 피험자들이 변화가 없던 다른 피험자들을 공격하던 그 끔찍한 지옥에서 살려낸 단 한 명의 여자였다. 그녀는 간절한 눈으로 주형을 바라보았다.

"제발…… 살려주세요……."

여자는 피부가 허물어지지 않았다. 끼이, 라든가 꾸이? 같은 이상한 말도 쓰지 않았고 정확한 한국어를 구사했다. 치아의 뿌리가 드러나거나 눈알이 빠지지도 않았다. 생체리듬도 여전했다. 약 투여도 끊지 않고 계속 진행했지만 그녀는, 변화하지 않았다.

약이 효과가 없었던 걸까, 아니면 변종 영생의 출현인 걸까. 연구원들조차 답을 내리지 못한 상태로 여기까지 왔다. 마지막 기대를 걸고 그녀를 다른 피험자들과 분리해 체크해왔다. 하지만 이번 마지막 정리 명단에는 그녀도 포함되었다.

괴물이 아니었음에도, 죽음의 그늘에 발이 담겨 있지 않았음에도, 모든 것을 보고 겪었다는 이유 하나만으로.

"제발요……. 아이가 있어요."

주형은 쇼룸의 유리문을 통해 불룩한 여자의 배를 보았다. 7개월의 배는 어쩐 일인지 만삭과 별반 다르지 않아 보였다.

그녀를 이곳에 데리고 온 것은 주형이었다. 당시에는 임신인지도 모른 채였다. 영양실조로 아사 직전에 놓인 굴다리 밑의 그녀를 주변 노숙인들이 건드리려는 찰나였다. 이곳에 데리고 온 뒤 임신인 걸 알았고, 내보내려 했으나 피실험 대상자의 새로운 타입이라며 윗선에서는 실험을 계속하길 원했다. 실험에 응했을 때는 그녀도 아이에 대한 애착이 없는 줄 알았는데……. 그동안 실험을 거치며 자신이 변하지 않는 것은 아이 때문이라고 생각한 나머지 어쩌면 없던 모성애가 생긴 것인지도 모른다.

하지만…… 그녀를 살리면 세상에서 묻혀야 할 판도라의 상자가 열릴지도 모른다. 주형은 마지막 남은 휘발유 통을 집어 들었다.

"제발, 제발……."

†

화재가 난 것을 처음 알아차린 것은 명국제약 옆 건물인 주엘화장품 본사 사무실 직원 유제영 부장이었다. 중국의 한한령(限韓令, 한류 제한령)으로 수출이 무산되자 곧장 타격이 왔다. 사태가 장기화할 조짐이라는 뉴스 보도에 주엘화장품은 인력 감축을 의논하기 시작했다. 인사과의 동기가 알려준 정보에 유제영은 오히려 몰랐으면 속이라도 편했을걸, 하고 생각하며 옥상으로 올라갔다. 담배를 빼물어 불을 붙였을 때였다. 어디선가 매캐한 연기 냄새가 난다는 생각이 들었다. 별 생각 없이 아래쪽을 내려다보니 시커먼 연기가 건물을 기어오르는 괴물처럼 피어 올라오고 있었다. 화재라는 것은 깊이 생각하지 않아도 즉각 알 수 있었다. 유제영은 즉시 휴대폰을 꺼내 119에 신고했다.

명국제약의 비밀 공간인 지하 벙커에서 난 불이 위층으로 옮겨 붙은 것은 마지막 정리를 했던 이주형 연구원도, 마지막 정리를 지시했던 윗선 역시 예상하지 못한 바였다. 화재에도 완벽할 수 있도록 꾸민 지하 벙커였다. 그들이 간과한 것은 건물의 외장재였다. 드라이비트로 마감한 외장재는 단열과 비용 절감에는 최상이었지만 화재에는 최악인 자재였다. 화재가 난 즉시 빠르게 불이 옮겨 붙으면서 더불어 심각한 유독가스를 내뿜는다. 어떻게든 알려지는 것을 막아야 했던 그들의 위험한 임상 실험이 예상치 못한 곳에서 드러날 위기에 처한 것은 그 누구도 예상치 못한 일이었다.

다행히 십여 명의 회사 직원과 내빈객이 유독가스를 마셔 병원으로 이송됐지만 부상이나 사망 등의 인명 피해는 발생하지 않았다. 다만 비밀리에 소집된 연구원들과 신약 개발을 주도한 윗선들은 긴장 속에서 소방서 측의 화재 원인 조사 결과만을 기다리고 있었다.

"불이 지하에서 번진 것 같다는 목격자 제보가 있는데요."

"아뇨. 지하에서는 불이 날 일이 없어요. 불똥이 튈 만한 공사를 한 것도 아니고, 저희가 화기를 다루는 것도 아니고요."

주형은 경찰 조사에서 눈 하나 깜박하지 않고 진술을 마무리했다. 이미 지시 받은 대로였다. 남은 화재 조사 결과는 알아서들 짜고 칠 예정이었다. 화재 조사 전담반이 투입되면 휘발유를 이용한 방화라는 것이 금방 판명 날 것이었지만 주형이 신경 쓸 바가 아니었다.

경찰서를 나오려는데 50대 후반 정도로 보이는 여자의 새된 목소리가 주형의 귓전을 때렸다.

"임산부도 있었어요. 저랑 같이 나오긴 했는데……. 병원에는 안 보이더라고요."

주형은 걸음을 멈췄다. 뒤를 돌아보았다. 조서를 꾸미던 형사가 서류를 훑어보며 고개를 가로저었다.

"그날은 휴일이어서 회사 직원들도 거의 쉬었기 때문에 건물 안에 사람이 많이 없었어요. 들락거리는 것도 1층에서 전부 통제되기 때문에 임시 출입 카드를 받은 사람이나 회사 직원들 명단은 저희가 다 갖고 있거든요. 채 삼십 명이 되지 않습니다. 임산부는 없었어요."

"아닌데……. 분명히 봤는데."

여자는 고개를 갸웃했다. 형사는 별 의심 없이 다시 타자를 빠르게 쳤다. 이 여자의 참고인 조사를 빨리 끝마쳐야 퇴근할 수 있어서 그러는지도 모른다. 주형은 고개를 돌리고 천천히 경찰서를 벗어났다.

"제발, 제발……."

그 말에, 그 눈물에, 그 간절함에 지하 벙커를 나오던 주형은 다시 발걸음을 돌려 여자의 쇼룸을 열었다. 몇 번씩이나 감사하다는 인사를 남긴 여자가 나간 뒤, 주형 역시 계단 위로 올라오며 라이터에 불을 켰다.

후회하지 않을 거라고, 언젠가 그때 만약 그런 선택을 하지 않았더라면 평생 죄책감에 시달렸을 거라고 당시에는 생각했다. 그러나 아주 잠깐의 시간이 지난 무렵, 그는 자신이 금세 후회하리라고는 생각하지 못했다. 몇 번씩이나 감사해 하며 살아남은 여자가 며칠 뒤 자신이 죽은 채 발견될 것이라고 생각하지 못했던 것처럼.

†

살인 사건은 은항동 317번지 소재, 은항빌라 지하 1층에서 일어났다. 지하층으로 내려가는 계단 밑에 두 개의 현관문이 붙어 있는 구조였다. 지하 두 세대 중 살인 사건이 벌어진 쪽은 B102호. 신고인은 B101호의 세입자 최소영이었다. 최소영은 인근 룸살롱에서 일하는 아가씨로, 그날도 다른 날과 마찬가지로 새벽 4시 30분경 집에 도착하였다. 술에 얼큰하게 취해 있었고, 평소와 마찬가지로 2차를 집요하게 요구하는 손님들을 기분 상하지 않게 돌려세우느라 상당히 피곤했다.

비명이 들린 건, 그래서 꿈이라고 생각했다. 너무 몽롱한 정신이었고, 흠칫 해서 깨어났으나 다시 비명이 들리지 않았기 때문이었다.

다음 날 오후 2시경 최소영은 잠에서 깨어났다. 일반 직장인들이 점심 식사를 마치고 한참 업무에 집중할 시각, 최소영은 해가 중천에 떠서야 자신만의 아침을 맞이했다. 평소에 딱히 음식을 해 먹는 스타일이 아니었기 때문에 최소영은 대충 모자를 뒤집어쓰고, 귀찮음을 무릅쓰고 집을 나섰다. 그녀의 행동 패턴대로라면 늘 그래왔던 것처럼 최소영은 계단을 곧장 올랐을 것이었다. 그러나 첫 번째 계단에 발을 올렸을 때 최소영은 문득 걸음을 멈추었다. 그러고는 천천히 뒤를 돌아보았다. 집을 나서서 계단으로 이동하는 동안 곁눈으로 뭔가를 보았기 때문이다.

"어……."

최소영은 자기도 모르게 뒷걸음질을 쳤다. 그냥 페인트였을 수도 있고, 뭔가 염색된 물이라고 생각할 수도 있었음에도 최소영은 그 순간 그것이 피라고 느꼈다. B102호의 현관문 밑으로 흘러나온 상당량의 액체. 만져보지 않아도 끈적끈적한 느낌으로 잔뜩 흘러 B102호 앞을 물들이고 있었다. 마치 붉은색 카펫이라도 깔아놓은 양.

112에 신고했고, 그것은 결국 피가 맞았다.

†

형사팀, 감식팀, 구급대가 각각 출동했다. 제일 먼저 도착한 형사팀의 팀장 최재성은 살인 사건임을 직감했다. 바깥의 소란에도 아무런 인기척도 들리지 않으니 사람은 없을 테지만 그는 으레 초인종을 눌러보았다. 역시나 답변이 없었다. 결국 구급대원과 함께 잠금쇠를 강제로 부수고 안으로 진입했다.

그리고 눈앞에 펼쳐진 광경에 구급대원인 누군가는 입을 틀어막고 눈을 크게 뜨더니 이내 참지 못하고 토악질을 했고, 감식반의 누군가는 사진기를 들이대다가 현기증이라도 오는 듯 눈을 질끈 감았다. 최재성은 그대로 굳은 채였다. 눈을 피할 수도 없었다. 경찰 생활 30년을 앞두고 있었다. 이렇게 참혹한 광경을 본 적이 있을까. 인간이 아무리 망각의 동물이라고 한들, 그는 단연코 가장 최악의 사건 현장 속에 지금 서 있음을 의심치 않았다.

피비린내가 진동했고, 냄새의 지독함만큼 거실은 피바다였다. 거실과 현관문의 중간 지점쯤에 벌러덩 천장을 보고 누운 시신이 있었다. 시신은 여성이었다. 허옇게 눈을 뜨고 입을 한껏 벌린 얼굴은 영화에서 보아도 끔찍하리만치 고통이 그대로 담겨 있었으나, 그 양옆으로 늘어진 웨이브 갈색 머리는 한때 그녀도 외모에 신경을 쓰던 여성이었음을 확고히 알려주었다.

피는 배에서 쏟아져 나온 것이었다. 지퍼가 망가진 가방처럼 여자의 배가 양쪽으로 벌어졌고, 늑골부터 골반뼈에 이르기까지 여실히 드러나 있었다. 창자를 포함한 내장들이 일거에 쏟아진 피의 흐름을 따라 한쪽으로 흘러나와 있었다. 옮기다 쏟아진 곱창전골처럼 그것들은 단 한 줄기도 생명을 가지지 못했다.

구역질과 동시에 신음이 났지만 최재성은 꼼짝도 하지 않은 채 시신을 눈에 담았다. 옆을 보니 감식반의 사진 촬영을 담당한 직원이 거의 기절할 것 같은 얼굴로 입을 틀어막은 채 움직이지도 못하고 있었다. 사진기를 빼앗아 들고 최재성은 직접 사진을 찍었다. 수사대원들이 쏟아낸 오물로 현장이 더럽혀지기 전에. 이 끔찍한 살인을 저지른 괴물의 흔적이 지워지기 전에.

그로부터 삼십여 분 뒤 최재성의 연락을 받고 감식팀장이 도착했다. 올해 59세로 조금 있으면 정년이 된다. 삼십여 년을 감식팀에 몸담고 온갖 사건과 시신들을 보아온 그였다. 늦가을 낙엽처럼 여기저기 나동그라져 토악질을 해대거나 양손을 절레절레 저으며 물러서는 직원들 대신에 조금은 더 냉정한 시선으로 사건 현장을 확인해줄 감식팀장이 필요했다.

"나도 이런 광경은 처음 보네. 원한인가……. 그렇다고 하기엔……."

뭔가 미심쩍은 얼굴로 그가 말했다. 아무렇지 않은 척하고 있기는 했지만 경력이 무색할 정도로 얼굴색이 좋지 않았다. 하지만 그는 역시 프로였다. 세 시간 뒤 그는 지칠 대로 지친 얼굴로 지하에서 올라왔다. 최재성이 빌라 앞에서 담배를 피우며 뒤집힌 속을 다스리고 있을 때였다.

"이상해. 일반적인 살인 사건으로 보기에는 너무 이상해."

"뭐가요?"

최재성은 바닥에 담배꽁초를 던진 뒤 운동화 바닥으로 비벼 껐다. 허리를 숙여 불 꺼진 꽁초를 주워 들고는 주머니에 들어 있던 휴지로 감싸 상의 주머니에 넣었다. 감식팀장이 담배를 끊은 지 벌써 십 년도 넘었다는 얘기를 얼핏 들은 것이 생각나서였다. 담배를 완전히 끊은 사람은 일정 시간이 지나면 담배 냄새를 역겨워하기도 한다.

"이거 봐."

감식팀장이 카메라를 들이밀었다. 카메라 뒷면 액정 화면에 끔찍한 현장의 사진이 떡하니 찍혀 있었다. 간신히 가라앉힌 속이 다시 뒤집히려 했다.

"이건 아까부터 실사로 봤잖아요."

"자세히 봐. 단면을."

"단면?"

최재성은 크게 숨을 들이켠 뒤 다시 사진을 보았다. 감식팀장은 그가 더 잘 볼 수 있도록 커다랗게 열린 여자의 배 부분을 확대시켰다. 그런 친절은 필요 없는데. 그렇게 농담을 하려다가 말았다. 사진을 통해 보니 양쪽으로 갈라진 여자의 배 단면이 심상찮아 보이기는 했다. 칼부림 정도로 생각할 수 있는 수준이 아니었다.

"강제로 찢은?"

살과 근육의 단면이 불규칙할 정도로 너덜너덜했다.

"좀 더 자세히 봐."

감식팀장은 여기를 보라는 듯 단면을 더욱 확대시켰다. 최재성은 미간을 찌푸리면서 시선을 사진 안에 박았다. 계속 보니 이제는 뭔가 둔감해지는 것 같기도 했다. 인간은 적응의 동물이라고 했던가. 잔인함에 적응될수록 더욱 잔인해질 수 있는 것 또한 인간이다.

"바깥을 향해 단면들이 쓸려 있는 것 보이지 않아? 현미경이 있다면 더 확연히 보여줄 수 있을 것 같은데, 아쉽군."

현미경까지는 필요 없을 것 같았다. 팀장이 확대해준 덕분에 더 자세히 볼 수 있었다. 바깥을 향해……. 그 말이 딱 맞았다. 여자의 배 내부에서 바깥을 향해 쓸려 있는 자국들. 최재성은 심장이 쿵쿵 뛰었다. 불길한 감각이 온 몸을 휩쓸고 지나갔다. 감식팀장이 말했다.

"안에서 바깥을 향해…… 뭔가가 여자의 배를 찢은 거야. 예리한 흉기가 아니라 그냥 강제로 뜯어낸, 외부 공격이 아니라 여자의 내부 공격. 이거 참, 내가 말하면서도 지금 꿈을 꾸는 게 아닌가 싶을 정도군. 이런 것은 처음 봐. 살인? 대체 어떻게 살인하면 이런 모습이 될 수 있는 거지?"

감식팀장은 그 길로 국과수로 돌아가 24시간이 지나기도 전에 1차 감식 보고서를 전송해 왔다. 감식 보고서를 첨부해 최재성은 보고서를 작성했다. 어떤 해괴한 힘이 존재하는지는 알지 못하나, 수사본부를 설치해 빠른 해결을 해야 한다는 골자의 보고서였다. 그리고 조금 뒤 최재성은 그 보고서에 대한 답변을 받았다. 경찰서장의 부름으로 은밀하게.

"덮어."

그 두 마디의 말을 끝으로 사건은 국정원으로 이송되었다.

†

명국제약의 이주형 연구원은 그 시각, 서울의 밤거리를 비틀거리며 활보하고 있었다. 조금 전 실내 포장마차에서는 몇 번씩이나 테이블을 잡은 채로 바닥을 뒹군 덕분에 쫓겨났다. 몸을 가눌 수 없을 정도로 취했지만 이상하게 정신은 맑았다. 잊고 싶은 것일수록, 기억은 점점 더 또렷해져만 갔다.

뉴스를 보지 말걸 그랬다. 그냥 자신이 한때 몸담았던 제약회사가 거대한 화재로 사라졌구나, 그렇게 치부하며 살았어야 했다. 뉴스 따위…… 보는 게 아니었다. 주형은 그날 뉴스를 보다 한 빌라에서 벌어진 잔혹한 살인 사건 보도와 맞닥뜨렸다. 한눈에 알아보았다.

'그 여자다.'

화재의 순간 지하 벙커에서 탈출시켜준 임신부. 분명 그 여자였다. 뉴스에서는 시신과 현장 사진을 내보낼 때 모자이크 처리를 했지만, 여자의 팔목에 있는 문신 때문에 주형은 그 여자임을 확신했다. 배가 갈린 여자의 참혹한 시신이 발견되었다고 앵커가 목소리를 높였다.

'배…….'

주형은 지금 자신의 머릿속에 떠다니는 추론 때문에 괴로웠다. 어쩌면 자신의 그 한순간의 행동이 모든 걸 망친 건지도 모른다는 생각에 두려웠다.

순간, 눈앞이 휭, 하니 돌았다. 주형은 비틀거렸다. 아니, 비틀거렸다고 생각했는데 크게 휘청거려 지나가는 여자와 부딪혔다. 여자가 새된 비명을 내지르며 주형을 밀쳤다. 덕분에 주형은 땅바닥에 굴렀다.

"으으……."

신음을 흘리며 일어나려 했다. 몸을 가누기가 힘들어 비척비척 힘을 주어 일어나려는데 자신의 앞에 바짝 다가온 남자의 구둣발이 눈에 들어왔다. 지나가는 사람이 아니었다. 구둣발은 움직이지 않은 채 주형을 내려다보고 서 있었다. 일으켜주지도 않고, 괜찮느냐고 묻지도 않았다.

남자가 도리어 무릎을 굽히고 앉았다. 주형은 남자의 얼굴을 자세히 보고 싶었지만 쉽지 않았다. 눈앞이 흐렸고, 빙빙 돌았다. 자신이 보고 있는 남자의 눈이, 검은 머릿결이, 코가, 입술이 한데 엉켜 돌았다.

"이주형 씨?"

주형은 눈을 끔뻑거리며 고개를 들려 애썼다. 그리고 간신히 고개를 끄덕거리던 찰나 엄청난 충격이 뒷머리를 강타했다.

†

깨어난 곳은 어딘지 알 수 없는 곳이었다. 창문도 하나 없이 사방이 회벽으로 막혀 있었다. 진갈색 철제문은 벌겋게 녹이 슬어 있었다. 낮인지 밤인지 알 수 없는 어두운 공간을 천장에서 늘어뜨린 백열등 하나가 밝히고 있었다.

움직여보려 했지만 여의치 않았다. 의자에 묶여 있었다. 그걸 깨달은 순간 주형에게 극심한 공포가 덮쳤다. 그는 온 힘을 다해 몸을 비틀었고, 의자에서 벗어나려 애썼다.

"움직이지 마세요. 그냥 고정시키기 위해 묶은 것뿐이니까."

날아 들어온 것은 남자의 목소리였다. 아무런 감정도 느껴지지 않는 차가울 정도로 차분한 남자의 목소리에 소름이 끼쳤다. 주형은 고개를 들었다. 늘어져 있던 목이 굳었는지 뻐근한 통증이 있었다.

남자는 다가와 주형의 몸을 풀어주었다. 얼굴은 들켜도 상관없다는 듯 그대로 드러내고 있었다. 매끈한 피부에 얄팍한 눈을 가진 남자. 얇은 입술로 미소를 짓고 있었지만 절대 부드러운 인상이 아니었다. 그것 말고는 남자에게서 읽어낼 수 있는 것은 아무것도 없었다.

"이주형 씨."

남자가 주형의 맞은편 의자에 앉아 그의 눈을 똑바로 응시했다. 주형은 자신이 왜 여기에 불려 왔는지 알 수 없었지만, 그 순간 직감했다. 어떤 거짓말도 그에게는 전혀 통하지 않을 것임을.

"EL프로젝트에 참여한 핵심 연구원이었죠?"

주형은 대답하지 않았다. 남자는 이미 모든 것을 알고 있었으며, 주형에게 대답을 원하는 것은 아니라는 생각이 들었다.

"그리고 마지막 정리를 하셨고요?"

"이미…… 알고 계시잖아요."

남자는 피식 웃었다.

"알고 있죠. 당신이 임신한 여자를 몰래 풀어줬다는 것도."

남자는 후, 웃으며 양손을 비볐다.

"그럼 질문을 바꿔볼까요? 당신은 그 여자의 죽음에 대해 어떻게 생각합니까? 연구원으로서……."

주형은 그를 응시했다. 이제 그는 위압적이지 않았다. 연구원으로서. 그 말처럼 그는 자신이 알지 못하는 존재에 대해 묻고 있는 것이었다. EL프로젝트가 만들어낸, 주형이 살려낸 그 미지의 존재가 여자를 어떻게 죽였으며, 그 존재가 사라졌다는 것만으로도 이 나라에 어떤 위협이 될 것인가에 대해.

"지금 이 사안은 국가의 손으로 넘어왔습니다. 하지만 절대 이 일은 공표되어서는 안 된다는 결론이 나왔습니다. 지금 단계에서는 미지의 존재 때문에 국민들을 공포로 몰아넣을 필요가 없지요."

이 남자는 국정원 직원일까. 그런 생각이 들었지만 굳이 입 밖으로 내지는 않았다.

"자, 이제 다시 질문으로 돌아가겠습니다. 그 여자의 죽음, 뭐라고 생각합니까?"

주형은 아찔한 듯 눈을 질끈 감았다. 감은 눈덩이 안에서 암

혹이 밀려 나가고 자신이 보았던 뉴스 영상들이 눈앞을 가득 메웠다. 서울의 한 빌라 촌에서 끔찍한 시신이 발견되었다는 아나운서의 목소리가 머릿속에서 크게 울려 퍼졌다. 모자이크 처리를 한 사진이 점점 선명해지더니 주형의 머릿속에 여실히 그 모습을 드러냈다. 안에서 바깥으로, 마치 폭발물을 삼켰다가 터진 것처럼 벌어진 여자의 배. 구역질이 밀려 올라왔다. 주형은 눈을 떠올렸다.

"아이가, 태어난 겁니다."

"태어나다?"

"아이가, 엄마를 찢고, 태어난 겁니다."

역시, 라고 말하고 싶은 듯 국정원 직원이 고개를 살짝 끄덕였다. 그는 고통스러워 보이는 주형의 얼굴에서 시선을 떼지 않고 있었다.

"좀비, 라는 말 아시죠? 미국뿐 아니라 국내에서도 꽤 인기를 끌었던 좀비 영화들이 있죠. 인간을 잡아먹고, 물리면 다시 좀비가 되어 아수라장이 되는 영화들. 묻겠습니다. 만약 아이를 찾지 못한다면 어떻게 되는 겁니까?"

이제 주형의 머릿속은 그날 아비규환의 현장이 잠식하고 있었다. 열두 명의 피험자들이 다른 피험자들을 뜯어 먹던 그날의 일.

그들은 인간이었으나, 인간이 아니었다. 형체만 인간일 뿐, 언어도 하지 못했으며 육체는 썩어가는 시신보다 못했다. 살아 있어서는 안 될 것들이 살아 있었다. 휘발유를 뿌리고 불을 질렀다. 그때까지만 해도 죄책감은 없었다.

불이 붙자 그것들이 비명을 질러댔다. 그들은 펄펄 뛰었고, 팔을 하늘 높이 치켜들었으며, 그 불길을 벗어나기 위해 불붙은 자신의 팔을 뜯어냈다. 살이 타는 냄새가 진동했다. 그 비명 소리와 냄새에서 벗어나기 위해 주형은 단 한 시간도 취하지 않은 순간이 없었다.

그것들은 인간이었을까. 지금 다시 생각해도 주형은 대답할 자신이 없었다.

주형은 고개를 거칠게 내저었다. 지금 해야 할 것은 이 남자의 질문에 대한 답이다. 좀비, 이 사람의 말대로 그 단어에 가장 가까운 것이기는 했다. 그러나 이 질문의 핵심은 하나다. 그 존재가 지금 이 순간, 확산될 가능성이 있느냐 없느냐.

연구 기간 중 연구원 하나가 그들에게 물리기는 했으나, 그들은 굶주림 끝에 입에 들어온 인육을 모조리 뜯어 삼켰다. 결국 물리는 것만으로도 같은 존재가 될 수 있느냐 없느냐는 확인하지 못했다. 예상과 다른 존재가 나온 것만으로도 그 연구는 실패였다. 그렇기 때문에 모든 것을 없애는 것, 당시의 목표는 그것뿐이었다. 목표라는 판 위에서 죄책감 따위는 필요치 않았다.

한참 만에 주형은 입을 열었다.

"알 수, 없습니다."

†

그로부터 불과 한 시간 뒤 주형은 어둠에 가득 찬 사무실에서 깨어났다. 아픈 머리를 뒤흔들어보았다. 국정원 직원과 대화를 끝낸 직후 자리에서 일어난 주형을 뒤에서 누군가 수건으로 입을 가렸다. 거세게 몸을 틀기는 했지만 일순 온몸에 힘이 풀리면서 그는 정신을 잃었다. 깨어난 곳은 등도 없는 어둡고 차가운 사무실이었다.

주형은 일어나 더듬거리면서 문을 찾았다. 하지만 문은 굳게 잠겨 있었고, 밖으로 난 작은 창마저 쇠창살로 막혀 있어 깰 수가 없었다. 주형은 문을 거세게 흔들며 소리쳤다.

"이봐요! 아무도 없어요!"

같은 시각, 국정원은 비밀리에 아이를 찾아 사살하라는 지시를 내렸다. 모든 것은 수면 위로 올라와서는 안 되는 일이었다.

†

아이는 유영했다. 물은 따뜻했고, 다정하게 온몸을 감쌌다. 조금 미끈거리기는 했지만, 그것이 오히려 더 좋았다. 하지만 어느 순간부터 아이의 공간이 좁아지기 시작했다. 예전처럼 유영하고 싶었지만, 몸을 뒤집는 것이 고작일 정도로 공간이 비좁았다. 아이가 공간을 사랑하기 시작한 이후로 아이에게는 이 공간이 전부였다. 이 공간 말고는 다른 곳은 상상해본 적도 없었다. 그러나 공간이 아이를 압박하기 시작한 뒤로 아이는 이 공간을 벗어나고 싶었다. 이 공간을 벗어나면 어떤 세상이 아이를 기다리고 있을지 알 수 없었다. 하지만 알 수 없다는 그 자체가 아이의 심장을 뛰게 하기 시작했다. 이 공간을 벗어나면 어쩌면 더 크고 따듯한 공간이 아이를 기다리고 있을지도 몰랐다.

'나가자.'

공간을 넓히려 벽을 두드려보기도 했다가 발로 밀어도 보며 며칠을 보낸 끝에 아이는 결국 결심했다. 이 공간을 나가보기로.

아이는 힘껏 양손을 뻗었다. 어디선가 날카로운 소리가 들려왔다. 비명 소리 같기도 하고 새의 지저귐이 바로 머릿속에서 들려오는 것 같기도 했다. 하지만 아이는 멈추지 않았다. 이미 아이에게 그 공간은 너무나 답답했기 때문이다. 아이는 자신을 가두고 있는 벽을 손으로 느꼈다. 말랑하고 부드러운 뭔가였다. 아이는 손톱이 자라 있었다. 그것을 이용하면 이 공간을 벗어날 수 있을 거라고 여겼다.

손가락에 힘을 주어 손톱을 세웠다. 말랑하지만 질긴 벽에 손톱을 박아 넣었다. 그리고 온 힘을 다해 벽에 손가락을 쑤셔 넣었다. 이상한 일이었다. 그렇게 하면 할수록 처음 들었던 새 소리인지 비명 소리인지가 점점 커다래졌다.

아이는 놀라서 손가락을 쑥 뺐다. 눈앞에 아이의 손가락만

한 구멍이 뚫렸다. 그 구멍으로 환한 빛이 보였다. 저곳은 어디일까. 아이의 호기심이 극대화되었다.

궁금해 하고만 있을 때가 아니었다. 아이가 유영하던 부드럽고 따뜻한 물들이 구멍을 통해 빠져나가고 있었다. 그럴수록 숨을 쉬지 못해 불편함을 느꼈다. 아이는 구멍에 왼쪽 검지와 오른쪽 검지를 꽂아 넣고 있는 힘껏 벌렸다. 처음에 구멍을 뚫을 때나 힘들었지, 한번 구멍을 내놓고 나니 양옆으로 찢어내는 것은 한결 수월했다. 마치 종이에 금을 그어놓고 결을 따라 찢는 것 같은, 아이에게는 그렇게 쉬운 일이었다.

일거에 아이를 감싸고 있던 물들이 쏟아지고, 그 흐름을 따라 아이도 어딘가로 떨어져 내렸다. 아이는 딱딱한 바닥에 등을 부딪쳤다. 아이는 흠씬 젖어 있었다. 눈이 부셨다. 자신의 양손이, 배가 반짝거리고 있었다. 빛이었다.

아이는 상체를 일으키고 앉아 얼굴을 쓸어내었다. 빨갛고 미끄러운 물이 얼굴에서 턱으로 주르르 흘러내렸다. 아이는 몸에 묻은 물기를 털어내었다. 그때 보았다. 하늘을 향해 한껏 벌려져 있는 자신의 어머니를.

"어으…… 어으……."

아이의 입에서는 기괴한 소리가 나왔지만 그 자체가 아이에게는 이상하게 느껴지지 않았다. 지금 막 세상에 쏟아져 나왔지만 아이는 벌써부터 기어 다닐 수 있었다. 아이는 어머니에게로 갔다. 어머니는 입을 크게 벌린 채였다. 눈을 깜박이지도 않았고, 아이에게 웃어주지도 않았다. 아이는 벌려진 어머니의 배를 보았다. 아이는 손을 뻗었다. 바닥에 쏟아진 것과 같은 빨갛고 진득거리는 물이 어머니의 배 안에 고여 있었다. 아이는 물에 손을 담갔다. 따뜻했다. 손바닥으로 물을 두드릴 때마다 찰박거리는 감촉이 기분 좋았다. 어머니는 따뜻했다. 아이는 다시 어머니의 얼굴로 기어갔다. 그러고는 어머니의 동굴 같은 입안에 손가락을 넣었다. 거기에는 아무런 물도 없었다. 그것이 이상했지만, 아이는 어떻게 해야 할지 알지 못했다. 아이는 어머니의 양 볼을 감싸 쥐고 자신의 볼을 가져다 댔다.

잘 자요 엄마.

그렇게 말해주고 싶었지만, 아이의 입에서는 그런 말이 나오지 않았다.

"으으어우…… 아거으가……."

아이는 양 손바닥으로 바닥을 짚었다. 그리고 온 힘을 다해 엉덩이를 치켜들었다. 끼긱거리는 마찰음과 함께 무릎이 펴졌다. 아이는 그렇게 일어날 수 있었다. 아이는 몇 발짝을 더 움직여보았다. 어쩐지 오른쪽 어깨는 축 처지고, 왼쪽 어깨는 하늘을 향해 비대칭을 이루었지만, 한쪽 다리는 펴지고 다른 한쪽 다리는 펴지지 않아 절룩였지만, 아이는 일어날 수 있었다.

조금만 놀다 올게요, 엄마.

방금 태어난 만큼 아이는 바깥세상이 너무나 궁금했다. 잠든 엄마는 조금 더 쉬게 내버려두고 아이는 바깥세상을 구경하고 싶었다. 아이는 이곳을 나갈 수 있는 곳을 찾아 두리번거렸다. 문이 열려 있었다. 조금 전 자신이 세상으로 나오기 전까지 엄마가 고통에 몸부림치며 도움을 요청하기 위해 나가려 했다는 것을 아이는 알지 못했다. 그 고통이 자신 때문이었다는 것도. 그리고 이 집을 나가면 다시는 돌아오지 못할 것이라는 것도 알지 못했다.

†

아이는 밖으로 나갔다. 계단을 내려갔다. 신발도, 몸에 걸친 옷도 없었지만 아이는 그런 것을 착용해야 '보통'이라는 것을 알지 못했다. 아이가 딛는 계단마다 시뻘건 핏자국이 발자국을 만들었지만 아이는 그것 역시 문제라고는 생각하지 못했다.

계단을 내려가 건물 밖으로 나가자마자 햇살이 쏟아졌다. 눈이 부셨다. 반사적으로 아이는 팔을 들어 눈을 가렸다. 하지만 곧 천천히 팔을 내렸다. 포근한 기분이 들었다. 엄마의 배안에 있을 때만큼은 아니었지만 자신을 감싸는 햇살에 아이는 행복감을 느꼈다. 역시 엄마의 배안에서 나오길 잘했다는 생각이 들었다.

아이는 천천히 걸었다. 세상엔 신기한 것들이 너무나 많았다. 철제 덩어리 같은 것들이 건물 바깥에 일렬로 줄지어 있었다. 아이는 그것이 주차장이라는 것을 알지 못했다. 탈 수 있는 자동차라는 간단한 상식도 몰랐다. 아이에게 세상의 상식을 알려줄 엄마는 지금 집에서 잠들어 있기 때문이었다.

아이는 차와 차 사이로 들어갔다. 둥그런 고무 바퀴도 신기했고, 매끈한 철들도 예쁘다는 생각이 들었다. 슬쩍 손을 대 만져보았다. 손에 묻어 있던 찐득한 것이 차에 그대로 묻어났다. 큰 잘못이라도 들킨 것처럼 아이는 화들짝 놀라 차에서 손을 떼었다.

그때였다.

으르르릉.

아이로서는 오늘 보고 겪고 듣는 모든 것이 처음인 일이어서, 그 순간 들린 소리 역시 무엇인지 알지 못했다. 뭔가 깊은 곳에서 강하게 진동하는 것 같기도 한 그 소리가 들린 직후 아이는 네발 달린 개를 발견했다. 개는 허연 이를 드러내며 다가왔다. 자신의 무릎 정도밖에 되지 않아 보이는 작고 하얀 개였다. 늘어진 귀에 핀을 꽂아 마치 사람의 묶은 머리처럼 꾸며놓은 이상한 개였다.

아이는 무서웠다. 뒷걸음질을 쳤지만, 아이가 움직일수록 개의 으르렁거림은 심해졌다. 허옇게 드러낸 이빨 아래에서 침이 뚝뚝 흘러내렸다.

웡!

개가 크게 짖으면서 달려들었다. 아이는 팔을 뻗어 막아보려

했지만 오히려 개에게 팔을 물리고 말았다. 개는 허옇게 뒤집어진 눈을 하고 이빨로 아이의 팔뚝을 물어뜯었다. 그냥 물기만 했을 뿐인데 밀가루로 붙여놓은 반죽처럼 아이의 팔뚝 살이 뚝 떨어져 나갔다. 바닥으로 떨어진 개의 입에 시커먼 팔뚝살이 물려 있었다. 개는 그것을 씹어보려고 하다가 툭 뱉어냈다. 그러고는 조금 전보다 더 크게 으르렁거리기 시작했다. 경계의 빛으로 눈을 번득거리면서 꼬리를 바짝 추켜세웠다. 두 번째로 개가 달려들었을 때 아이는 양팔로 힘껏 개를 잡았다. 개는 아이의 손아귀에 잡혀 몸을 버둥거렸다.

인간은 굳이 가르쳐주지 않아도 자연히 깨우치는 것이 있다. 배고플 땐 먹어야 한다는 것. 눈이 부실 때 반사적으로 팔을 들어 얼굴을 가리는 것 같은. 아이는 누가 가르쳐주지도 않았는데 그 개를 어떻게 조용히 시켜야 할지 이미 알고 있었다. 아이는 개를 한 손으로 잡고는 다른 한 손으로 개의 머리를 젖혔다. 그리고 마치 성인 어른이 닭다리라도 뜯는 것처럼 곧장 입으로 개의 목덜미를 물었다. 개가 버둥거렸고, 서서히 움직임이 적어졌다. 바짝 세웠던 꼬리는 어느새 축 처져 엉덩이 안쪽으로 말려 들어갔다.

"메리, 메리 어딨……."

여자의 목소리가 들리는가 싶었다. 아이는 그것이 여자의 목소리라는 것을 아주 잘 알았다. 어머니의 뱃속에 있을 때 들렸던 목소리와 비슷한 톤이었다. 반가웠다. 아이는 개를 문 채로 정면을 응시했다. 여자는 이 개를 찾는 걸까.

메리라는 이름을 부르면서 오던 여자가 아이를 발견했다.

여자는 그 자리에서 굳은 채로 눈을 크게 떴다. 현실에 없어야 할 뭔가를 본 것 같은 얼굴이었다. 입을 벌린 채로 비명도 지르지 못하고 서 있었다.

여자는 강아지 메리의 예방접종을 위해 동물병원으로 가고 있었다. 평소와 똑같은 날이었고, 메리는 자신을 향해 꼬리를 흔들며 간식을 요구했다. 그 모습을 보며 소소한 행복을 느끼고 있었다. 갑자기 끈이 풀리는 바람에 강아지가 튀어나갔지만 여자는 걱정하지 않았다. 낮이었고, 그래서 아파트 단지를 오가는 차가 많지 않아 사고 걱정을 하지 않아도 되었기 때문이다. 무엇보다 메리는 사람을 좋아해서 누군가를 물 걱정도 없었다. 그런데 그런 메리가, 자신이 슬플 때마다 위로해주던 강아지가 괴물에게 죽임을 당한 것이다.

괴물은 덩치가 크지 않았다. 물론 메리에 비하면 훨씬 컸지만 인간에 비교하면 갓 태어난 아기 사이즈였다. 그러나 갓 태어난 아기일 리가 없다. 갓 태어난 아기가 그렇게 걸어 다니거나 개를 물어 죽일 수도 없거니와 멀리서도 느껴지는 악취, 썩은 피부일 리도 없었다. 무엇보다 머리통에 드러난 뼈에서는 역겨운 느낌의 뭔가가 흐르고 있었다.

여자는 반사적으로 뒷걸음질을 쳤다.

그때였다. 아이가 여자를 향해 손을 뻗었다. 그냥 왜 그러는지가 궁금했을 뿐이다. 놀라지 말라고. 이 무서운 개는 당신을 해치지 못할 거라고 이야기해주고 싶은 마음뿐이었다.

하지만 아이가 자신을 향해 팔을 뻗는 것만으로도 위협을 느낀 여자는 온 힘을 다해 뒤돌아 달리기 시작했다. 여자는 사십 평생 그렇게 달려본 적이 없었다. 가족과도 같았던 메리의 시체를 수습하고 싶은 생각 따위는 전혀 하지도 못한 채였다. 자신의 생명을 위협하는 저 괴물에게서 최대한 멀리 떨어지는 것이 그녀의 일대 목표였다.

아파트에서 벗어나 길 초입새에 있던 편의점으로 달려 들어간 여자는 하얗게 질린 얼굴로 외쳤다.

"전화 좀 빌릴게요!"

아파트 앞에서 편의점을 6년째 운영하고 있던 사장은 치한이 여자를 쫓아온 것인가 하고 생각했다. 그래서 여자에게 휴대폰을 내밀고는 곧장 유리문 쪽으로 가 바깥의 동태를 살폈다. 전화를 건 여자의 외침이 들리기 전까지는.

"괴물이에요!"

†

119안전센터에서 신고를 받은 것은 아내의 출산 소식을 기다리며 한쪽 눈으로 책상 위 휴대폰을 흘깃거리던 보고 있던 센터 직원 홍석두였다. 홍석두는 여자의 외침을 듣고 순간적으로, 장난 전화일 가능성과 여자가 정신병 환자일 가능성에 대해 생각했다. 그러나 매뉴얼대로 홍석두는 여자가 현재 있는 곳이 안전한지에 대해 물었다. 편의점 안에 있기는 하지만 언제 괴물이 쫓아올지도 모른다고 여자가 다급하게 대답했다. 홍석두는 여자와 통화하며 다른 한 손으로는 가장 가까운 곳에 있는 지구대에 콜을 했다.

"곧 경찰이 갈 겁니다. 안전하게 편의점 안에 계세요. 불안하시면 문을 걸어 잠그셔도 되고요. 경찰이 도착할 때까지는 전화 끊지 마세요."

"감사합니다."

홍석두는 시계를 올려다보았다. 일반적으로 경찰이 도착하기까지는 4분 정도 걸린다. 그런데 고작 1분 정도 지났을까. 전화기 너머에서 편의점 문이 열리는 알림음이 들려왔다. 여자가 들어온 사람에게 떨리는 목소리로 물었다.

"경찰이세요?"

어떤 대답을 들었는지는 모를 일이었다. 들어온 걸로 보이는 사람이 여자에게 전화기를 넘겨받은 것인지 딱딱한 남자의 음성이 들려왔다.

"상황 종료. 이 사건은 국정원에서 컨트롤한다. 상황 종료하도록."

무슨 일이냐고 물을 새도 없이 전화가 끊겼다. 홍석두는 나중에서야 팀장에게 설명을 들을 수 있었다. 하지만 내내 알 수 없는 일이었다. 어떻게 국정원에서 119센터의 전화 통화 내용을 듣고 거기까지 일 분 안에 쫓아갈 수 있었던 것일까.

†

아이가 태어난 아파트와 같은 곳에 사는 40대 초반의 남자 성재경은 그 시각 출근길에 오르고 있었다. 프로그램 엔지니어가 그의 직업으로 요즘은 회사에서 용역 계약을 맺은 은행으로 출근하고 있었다. 은행의 시스템 정비는 주로 야간에 이루어져야 하기 때문에 낮밤이 바뀌는 일이 허다했다. 어제도 자정이 다 되어서야 퇴근했다. 대신에 출근 시간을 딜레이시켜주는 혜택이 있어 힘들어도 버틸 만했다.

그런데 요즘은 유달리 기운이 없다. 아무래도 인생의 재미를 못 느껴서인 것 같다. 출근하고 퇴근해서 집에 돌아오면 잠이나 자는 시간들이 반복되자 삶이 더없이 무료해졌다. 결혼도 안 했고 애인도 없어서 일 말고는 딱히 즐거울 일이 없다. 강아지라도 한번 키워봐야 할까. 그런 생각을 하던 차에 성재경의 걸음이 멈추었다.

주차장에 세워둔 차와 차 사이에 강아지가 모로 드러누워 있었다. 아니, 누워 있다기보다는 죽어 있는 것 같았다. 재경은 주변을 둘러보았다.

"누가 개를 치었나. 나쁜 사람들. 어떻게 저렇게 버리고 갈

수가 있지."

다른 날이었다면 아마 재경 역시 다른 사람들을 욕했을 뿐 그냥 지나쳤을 것이다. 오늘따라 동물을 키워볼까 생각하기도 했거니와 지나치려고 보니 강아지의 발이 푸르르 떨리는 것 같아 보였기 때문이다 성재경은 강아지에게로 다가갔다.

자신이 본 것이 맞았다. 강아지는 네 다리를 파르르 떨고 있었다. 가끔 경련이 나는 듯 쭉 뻗기도 했다. 살아 있다.

동물 애호가도 아니고 평소 동물 복지나 구조에 관심이 있던 사람도 아니었다. 그러나 재경은 그날따라 뭔가에 홀린 듯 그 강아지를 구해야 한다고 생각했다. 강아지에게 다가갔다.

재경의 인기척을 알아챘을까. 강아지의 눈이 돌연 홱 뒤집어졌다. 검은 눈동자는 아래쪽으로 깔리고 흰 눈동자에 빨갛게 핏줄이 서 있었다. 벌린 입에서는 찐득한 침이 질질 흐르고 있었다. 그때였다. 강아지가 그대로 일어났다. 부러지기라도 한 것인지 목은 바닥을 향해 드리워진 채였다. 강아지가 움직일 때마다 역겨운 냄새가 퍼졌고, 이상하게도 멀쩡했던 피부가 움직일 때마다 썩은 고깃덩이가 떨어지듯 몸에서 툭툭 떨어졌다. 미처 떨어지지 못한 것은 배 쪽에서 덜렁거렸다.

구역질이 밀려왔다. 재경은 무서웠다. 분명 평범했던 개의 피부가 저렇게 단숨에 변해버릴 수 있을까. 저것은 마치……. 썩고 있는 것 같지 않은가!

와아아악!

뒷걸음질 치던 재경을 향해 강아지가 입을 크게 벌리며 달려들었다. 재경은 반사적으로 오른팔을 들어 얼굴을 가렸다. 강아지의 이빨이 동시에 재경의 팔을 물어뜯었다.

"으악!"

재경은 비명을 지르며 나동그라졌다. 아무리 몸부림을 쳐도 개는 떨어질 기미가 없었다. 더 이상 불쌍한 개가 아니었다.

"살려주세요!"

자신의 안에서 나오는 것이라고는 믿을 수 없을 정도로 거친 목소리가 튀어나왔다. 그때였다. 세 대의 검은 차량이 날카로운 마찰음을 내며 도로변에 섰다. 문이 열리고 검은 양복을 입은 남자들이 우르르 내렸다. 몇 명인지, 뭐하는 사람들인지, 어떤 얼굴의 사람들인지 궁금해하고 파악할 새도 없이 재경은 자신의 팔뚝에 아직도 매달려 있는 괴물 같은 강아지를 떨쳐내기 위해 사력을 다했다. 그는 팔을 휘젓다가, 이내 번쩍 들어 올려 도로에 팔을 크게 휘둘렀다. 강아지의 등이 그의 움직임을 따라 크게 원을 그리며 바닥에 부딪혔지만 재경의 고통만 더해질 뿐 강아지는 떨어지지 않았다.

이제 손끝에는 저린 기분도 들지 않았다. 그는 강아지의 표정에 소름이 끼쳤다. 아무런 원한도, 분노도, 바닥에 메다꽂혀진 통증도 없는 강아지의 표정. 식욕 말고는 아무것도 느껴지지 않았다. 강아지는 덥석 이빨을 박은 재경의 팔에서 흘러나오는 피를 꿀꺽꿀꺽 마시고 있었다.

그때였다. 곁눈질로 심상찮은 움직임이 보였다. 그는 자신이 본 것을 믿을 수 없다는 듯 고개를 돌리고 남자들을 보았다.

남자들이 자신의 양복 안주머니에서 꺼낸 것은 총이었다. 총을 꺼내 들고 이쪽을 겨냥하고 있었다. 여기는 대한민국이다. 저들이 누구든지 간에 개에 물린 민간인을 구하겠다고 총을 겨누지는 않는다.

푹.

총은 소리도 나지 않았다. 하지만 분명 총알이 날아왔고, 개에게 박혔다. 식은땀이 주르륵 흘러내리고 다리가 풀려버렸다. 어디를 맞은 건지 개가 축 늘어졌다. 재경은 풀썩 바닥에 주저앉았다. 남자들이 여전히 총을 겨누며 이쪽을 향해 달려왔다. 재경이 자신의 팔뚝에서 개의 입을 벌려 이빨을 빼내었다. 축 늘어진 개를 팽개치듯 옆으로 밀어냈다. 세 남자가 그를 에워쌌다.

"도와준 건 고맙지만 당신들 뭐……."

기운이 빠진 채로 불평하듯 말하던 재경의 입이 돌연 멈추었다. 다가온 세 남자 중 한 명이 총구를 재경의 머리통에 가져다 댔기 때문이다. 차가운 총구의 느낌이 모골을 송연하게 했다.

"무슨……."

"조용히."

남자는 여전히 총구를 재경의 머리통에 댄 채로, 다른 한 팔을 들어 손목에 걸린 시계를 응시했다. 그리고 그 상태로 정적의 시간이 흘렀다.

재경은 자신에게 대체 무슨 일이 벌어진 것인지 알지 못했다. 개에게 물려 다친 것은 자신인데 왜 꼼짝도 없이 이런 꼴을 당하고 있어야 하는지 알 수가 없었다. 무엇보다 대낮에 누구의 시선을 받든지 관심도 없다는 듯 총을 들이대는 이자들은 대체 누구란 말인가. 평생 살아본 것 중에서 가장 느리고, 가장 두렵고, 가장 신경이 곤두선 시간이 흘러갔다.

몇 분쯤 지났을까, 웬일인지 눈앞이 흐려졌다. 물감이 묻은 붓을 씻은 물처럼 눈앞이 여러 가지 색깔로 뒤섞여갔다. 피부가 간지럽기 시작하더니 찢어질 듯 건조한 기분이 들었다. 그는 눈만 내리깔아 자신의 팔뚝을 보았다. 심각한 가뭄을 맞은 논바닥처럼 피부가 쩍쩍 갈라지고 있었다. 수분을 완전히 잃은 피부 한 점이 뚝 떨어져 나가 뻘건 근육을 드러냈다.

'어, 몸이 이상해요.'

재경은 그렇게 말하려고 했지만 정작 그의 입에서 나온 것은 기괴한 소리였다.

"으그어…… 그아……."

남자가 시계를 주시하다 말고 손목을 내렸다.

"십 분."

그 소리가 명령인 것처럼 남은 두 사람이 재경의 머리통에 남자와 똑같이 총구를 가져다 댔다. 그러고는 동시에 그들은 방아쇠를 당겼다.

퍽.

세 방향에서 총탄을 얻어맞은 재경의 머리는 순식간에 터져 버렸다. 사방으로 피와 뇌수가 흘렀다. 거기에서 나는 냄새는 피비린내가 아닌 썩은 내였다. 남자는 자신의 손등에 튄 피를 내려다보고는 조금의 감흥도 없는 얼굴로 주머니에서 손수건을 꺼냈다. 밀봉된 손수건은 특수 물질로 처리된 것이었다. 손수건을 꺼내 남자가 손등을 닦아내는 동안 다른 두 명의 남자가 재빨리 차로 달려가 문을 열었다. 파랗게 질린 얼굴로 뒷좌석에 앉아 있는 것은 명국제약의 이주형 연구원이었다. 그는 손을 부들부들 떨고 있었다.

남자가 여유로운 걸음으로 차 쪽을 향해 왔다. 죽어 자빠진 남자를 나머지 두 명이 수습하고 있었다. 코앞까지 다가온 남자가 주형을 향해 서늘한 얼굴로 말했다.

"십 분. 물린 지 십 분이면 좀비화가 진행되는군요."

주형은 떨리는 눈으로 쓰레기봉투 안으로 들어가는 남자의 처참한 시체를 보았다. 눈앞에 죽어 자빠진 저 남자는 민간인이었다. 아무리 어떻게 변할지 모른다 하더라도, 그는 인간이다. 길바닥에서 처참한 죽음을 맞이할 이유가 없는 피해자였다.

"다, 당신들……."

EL신약은 명국제약이 사활을 걸고 극비리에 진행한 장기 프로젝트였다. 하지만 그 시작은 누군가의 의뢰였다. 어떤 공격에도 고통이 없는, 죄책감도 느끼지 않는, 공격형 존재를 만들어 달라는 것.

어느 순간 어렴풋이 알게 되었다. 의뢰인은 바로 누군가 돈 많은 개인이 아니라 국가라는 것. 계속된 실패 속에서도 그래도 국가를 위한 일이라고, 불법적으로 인체 실험을 하고 있지만 그래도 국가를 위하는 일이라고만 생각해왔는데……. 엄청난 돈이 주어졌고, 그래서 점점 눈앞의 진실을 가리는 것도 모르고 있었다. 김재우 연구원의 죽음도 우연이라고, 진실을 감지하고 있으면서도 그렇게 자위했다.

이제는 완벽한 실패라는 것을 저들은 알고 있다. 그래서 국가의 주도로 자행된 이 실험의 잔인한 결과를 그들은 완전히 이 세상에서 애초에 없었던 것으로 만들려고 한다.

남자가 주형의 옆자리에 올라탔다. 그는 다가온 다른 두 남자가 가지고 있던 쓰레기봉투 중 한 곳에 자신의 손을 닦은 수건을 던져 넣었다.

"숙주를 잡으러 가지. 그런 괴물들이 이 나라를 어지럽히기 전에."

문이 닫히고, 차가 출발했다. 남자가 인이어를 꽂았다. 저 인이어 너머의 누군가는 이 나라를 손바닥 들여다보듯 쉽게 보고 있을 것이었다. 저들이 숙주라고 말하는, 좀비 아이를 찾기 위해.

†

태어나서 처음 두려움이라는 것을 느꼈다. 자신을 보는 사람들의 두려움 그리고 비명을 지르는 그 사람들을 보며 느끼는 자신의 두려움.

먼저 자신을 공격하고 물어뜯은 것은 그 개였다. 그래서 그 개를 떼어내기 위해 한 행동일 뿐이었다. 개의 목을 물어뜯었을 때 식욕이 일었던 것은 사실이지만, 그것이 문제라고 아이는 생각하지 못했다.

그런 자신을 본 여자가 뒷걸음질 치며 입을 크게 벌렸을 때에야, 비로소 아이는 문제가 생긴 거라고 생각했다. 여자를 향해 손을 뻗었지만 여자는 필사적으로 도망쳤다. 아이는 자신의 손에 들린 개를 내려놓았다. 땅바닥에 모로 누운 자세의 개는 혀를 빼문 채 눈을 뜨고 있었다. 아이는 주변을 둘러보며 앞으로 나아갔다. 세상은 아이에게 모든 것이 처음이었고 신기했으나 동시에 두려움이었다.

아이는 걷기 시작했다. 아파트를 벗어나, 키 작은 나무들이 조경을 이루고 있는 공원 옆길로 들어섰다. 한낮의 태양이 공원의 나무들 사이에서 영롱한 빛을 비추고 있었다. 보석 같다. 나무와 나무들 사이에서 새의 지저귐이 이리저리로 부딪히고 있었다. 아이는 넋을 잃고 그 광경을 보았다.

"뭐……."

소리가 들려, 아이는 옆을 돌아보았다. 몸에 달라붙는 트레이닝복을 입고 머리를 높게 올려 묶은 여자가 눈을 휘둥그레

뜨고 굳은 채 아이를 보고 있었다.

"괴물이야! 꺄아아악!"

여자가 새된 비명을 질렀다. 아이는 무서웠다. 사람에게서 그렇게 높은 소리가 난다는 것이 당황스러웠다. 저런 소리를 들으면 분명 공원 안에 있는 새들이 놀랄 것 같았다. 아이는 작은 몸으로 여자를 향해 팔을 뻗으며 다가갔다. 소리 지르지 말라고. 무섭다고. 새들도 무서워할 거라고.

하지만 그러면 그럴수록 여자는 더 높은 소리를 냈다. 이내 엉덩이를 쿵, 하고 땅에 박으며 주저앉더니 알 수 없는 소리를 내며 울기 시작했다. 여자의 몸에서 물이 나왔다.

아이는 걸음을 멈추고 그 물을 보았다. 문득 목이 말랐다. 하지만 물로 해결할 수 없는 갈증임을 아이는 본능으로 느꼈다. 여자의 목 안쪽에 있는 또 다른 색의 물이 아이의 갈증을 거둘 수 있을 것이었다.

그래도 아이는 여자에게 더 다가가지 않았다. 세 명의 중년 남자들이 이쪽을 향해 달려오고 있었기 때문이다. 아이는 뒷걸음질 쳤다. 아이는 사람들이 왜 그러는지 알 수 없었다. 어디로 가야 할지 모르는 채로, 단지 자신을 보고 비명을 질러대는 사람들이 없는 곳으로 도망가야 한다고 생각한 아이가 간 곳은 화장실이었다.

아이는 그곳에서 거울을 보았다.

†

— 서린 공원에서 타깃 체크!

— 5분 소요. 공원 봉쇄하고 부엉이 눈 가릴 것.

부엉이는 그들만이 쓰는 언어로 목격자를 지칭했다. 눈을 가리라는 것은 목격한 것이 외부로 흘러나가지 못하게 관리하라는 뜻, 어떤 방법을 쓰든지 말이다. 타깃을 찾아냈다는 연락을 받자 주변 봉쇄를 지시한 남자는 가속페달을 더욱 거세게 밟았다.

†

거울을 들여다본 아이는 거울 속의 자신이 다른 사람들과는 다른 모습이라는 것을 한눈에 알 수 있었다. 자신을 향해 비명을 지르던 사람들이 무섭기는 했지만 이런 얼굴은 아니었다. 그들은 피부가 갈라지거나 떨어져 나가지도 않았고 썩은 내를 풍기지도 않았다. 진물을 흘리거나 이빨이 건천에 허옇게 드러나 있지도 않았다.

아이는 엄마를 떠올렸다. 사람들이 왜 자신에게 이러는지, 왜 사람들과 자신의 모습이 다른지 알려줄 수 있는 것은 엄마뿐이라는 생각이 들었다. 지금쯤이면 엄마도 잠에서 깼을 것이었다. 어쩌면 아이가 없는 것을 알고 놀라서 찾아다니고 있을지도 모른다. 엄마에게 가야겠다, 고 아이는 생각했다. 엄마라면 자신을 보호해줄 것이다. 알 수 없는 것들을 알려줄 것이다. 엄마의 따뜻한 물속을 생각하며 아이는 거울 앞에서 고개를 돌렸다.

그런데 생각이 나지 않았다.

어떻게 집으로 돌아가야 할지, 자신이 어떻게 여기까지 왔는지. 그렇게 먼 거리를 걸어온 것 같지는 않은데 돌아가는 길이 떠오르지 않았다. 아이는 무서웠지만 그래도 엄마에게 돌아가야 한다고 입을 앙다물었다.

†

공원 한복판에 엉덩방아를 찧은 채 정신없이 비명을 지르던 여자는 다가온 세 명의 남자에 의해 부축을 받고 겨우 일어났다. 여자는 아이가 들어간 화장실을 손으로 가리키며 온몸을 부들부들 떨었다.

"괴물, 괴물……."

남자들은 여자가 혹시 미친 건 아닐까 하는 생각을 잠깐 하기는 했지만, 여자의 행동에 결국 화장실로 가보기로 했다. 여자를 두고 두 발짝 정도 남자들이 걸음을 떼었을 때였다. 검은색 전투복에 검은색 복면을 착용해 눈만 내놓은 남자들이 순식간에 네 사람을 에워쌌다. 거리를 좁혀 오는 그들을 보며 네 사람은 동시에 눈을 휘둥그렇게 떴다. 그들은 알지 못했다. 아이를 본 것만으로도, 아이의 존재에 대해 들은 것만으로도 자신들의 일상이 한순간에 암흑 속에 처박힐 줄은.

†

철컹.

손잡이를 돌렸지만 쇳소리만 들릴 뿐 문이 열리지 않았다. 아이는 당황했다. 분명 저것을 돌려 들어왔는데 왜 나갈 수가 없는지 알 수가 없었다. 그때였다. 굉음이 들려왔다. 아이는 몸을 부르르 떨며 소리가 나는 곳을 향해 고개를 치켜들었다.

천장이 하늘로 솟구친다.

아이는 보이는 대로 그렇게 생각할 수밖에 없었다. 기중기에 의해 지붕 4분의 1이 뜯겨 나갔다고는 생각하지 못했다. 화장실의 지붕의 한구석이 휀히 뚫려 하늘이 보였다. 아이는 멍하니 하늘을 올려다보았다. 하지만 그것은 아주 짧은 순간이었다. 뚫린 지붕 위로 검은 옷의 대원들이 올라와 아이를 내려다보고 있었다.

"끼이이에……."

아이는 놀라 뒷걸음질 쳤다. 자신을 내려다보는 대원들은 손에 호스가 달린 노즐을 들고 있었다. 그 노즐의 끝이 동시에 아이에게로 향했다.

"쏴."

누군가의 낮고도 묵직한 음성이 들리기 무섭게 노즐에서 물줄기가 뿜어져 나왔다. 숨을 억누르는 이상한 냄새가 퍼졌다. 그것이 휘발유라는 것을 아이는 알지 못했다. 그러나 자신의 몸을 흠뻑 적시는 이 물질이 두려운 것이라는 것을, 자신을 아프게 할 거라는 것은 알고 있었다.

"꾸끼에엑!"

아이는 비명을 지르며 사방으로 펄쩍펄쩍 뛰었다. 아이의 뜀을 따라 물줄기가 집요하게 쏟아졌다.

†

화장실 문 앞에 서 있는 남자는 안에서 들려오는 아이의 비명을 무덤덤한 얼굴로 들으며 주변을 살펴보았다. 어느새 화장실 반경 10미터 둘레에는 거대한 푸른 장막이 둘러쳐져 있었다. '안전제일'이라는 표지판만 보고서 사람들은 그곳이 공사 중이라고 생각할 터였다.

"준비됐습니다!"

지붕 위에 선 대원의 소리에 남자는 고개를 끄덕였다. 그리고 옆을 향해 고개를 돌렸다. 연구원 김주형이 파랗게 질린 얼굴로 서 있었다.

"올라가."

주형은 덜덜 떨었다. 남자가 총을 꺼내 주형의 어깨를 누르듯 밀었다. 어쩔 수 없이 주형이 걸음을 떼기 시작하자 그 뒤를 남자가 따라왔다. 지붕으로 연결된 사다리 위를 주형이 천천히 올랐다. 남자는 아래에서 주형을 지켜보았다. 지붕 끝에 도착한 주형이 완전히 올라서자, 빠른 몸놀림으로 남자 역시 지붕으로 올라갔다.

주형은 입술을 파르르 떨면서 자신의 발밑을 내려다보았다. 아이였다. 아이라고 표현하기도 힘들 만큼 작은, 갓 태어난 아기……. 그 아기가 휘발유에 젖은 채 살기 위해 온몸을 버둥거리고 알 수 없는 비명을 질러대고 있었다.

"처음 봤지? 소감이 어때?"

남자가 비꼬듯 말했지만, 주형은 아무런 대답도 할 수 없었다. 딱히 대답을 기대한 건 아니라는 듯 남자는 주형을 가볍게 일별하고 아래쪽을 향해 말했다.

"붙여."

주형은 그것이 무슨 말인지 못 알아들은 사람처럼 고개를 퍼뜩 들었다. 그의 눈에 지포라이터를 꺼내 드는 남자가 보였다.

"잠깐……."

주형이 뭐라 말하기도 전에 라이터에 불이 켜졌다. 대원은 그것을 곧장 아래로 던졌다.

펑!

아이의 주변에서, 아이의 몸 위에서 푸른 불이 춤을 추었다.

지옥 같은 냄새가 일순간에 퍼졌다.

"끼아아아아아아약!"

주형은 귀를 막았다. 그러나 아이의 괴성은 머리로, 온몸으로 파고 들어왔다. 죽어서도 떨쳐낼 수 없는 소리라는 예감이 들었다.

꾹 감았던 눈을 주형이 천천히 떴을 때, 아이는 거대한 소각장이 되어버린 화장실 안에서 완전히 불길에 휩싸인 채 힘을 잃어가고 있었다. 하늘을 향해 고개를 한껏 젖히고 입을 크게 벌린 아이는 마치 뉴스 속에 보도되었던 아이 엄마의 시체 사진과도 같았다. 아이는 빛을 잃어가는 눈으로 주형을 보고 있었다.

주형은 아이가 자신을 향해 뭔가 묻고 있다는 것을 느꼈다. 그리고 그게 무엇인지 주형은 알 것 같았다.

'내가 뭘 잘못했죠?'

아이는 잘못이 없었다. 인간의 추악한 욕망이 만들어낸 존재가 아이였을 뿐.

†

아이의 움직임이 완전히 사라졌다. 아이의 고개가 꺾였고 몸이 바닥으로 쓰러졌다. 타닥타닥, 마른 장작이 타들어가는 것 같은 소리만 들릴 뿐이었다. 역한 냄새 때문에 요원 중 한 명이 지붕 아래로 내려가 구토를 하긴 했지만, 다른 사람들은 눈 하나 깜박하지 않고 그 죽음을 지켜보았다.

"꺼."

아이의 시신 위로 소화기의 하얀 분말이 쏟아져 내렸다. 시커멓게 된 아이의 몸이 하얀 분말에 덮였다. 남자는 손목시계를 응시했다. 그대로 영겁 같은 시간이 다시 흘렀다. 주형은 아무 생각도 하지 못한 채 초점 잃은 시선으로 힘없이 바닥을 응시했다.

이내 남자의 입이 열렸다.

"십 분."

남자는 확인하듯 지붕 아래를 내려다보았다. 아이의 움직임은 여전히 없었다. 확인하듯 주형을 보며 한쪽 입 끝을 올리며 웃었다.

"확실하군."

남자는 요원들에게 고갯짓을 했다. 주형은 자신의 뒤로 요원들이 다가오는 것을 느꼈다. 그가 뒤를 돌아보는 순간 요원 중 한 명의 발길질에 주형이 지붕의 구멍 아래로 떨어졌다.

모든 것이 슬로모션처럼 보였다. 바닥으로 떨어지면서 주형은 아이의 시신을 볼 수 있었다. 하얗게 변해버린 아이는 어머니의 자궁에서 잠이 든 듯 몸을 웅크리고 있었다.

'내가 뭘 잘못했죠?'

한 번도 들어본 적 없는 아이의 목소리가 주형의 귓전을 파고들었다.

나의 잘못이다, 라고 주형은 생각했다. 불법임을, 아니 법을 넘어 인간으로서 해서는 안 되는 실험을 한 나의 잘못, 그러면서도 인간적인 척, 크게 베풀어주는 척 임산부를 살려준 나의 잘못.

'벌은 내가, 우리가 받아야 하는데.'

그렇게 대답해주고 싶었다. 하지만 입을 열기도 전에, 주형의 몸이 땅바닥에 떨어지기도 전에, 하늘에서 날아온 총알이 그의 머리를 관통했다.

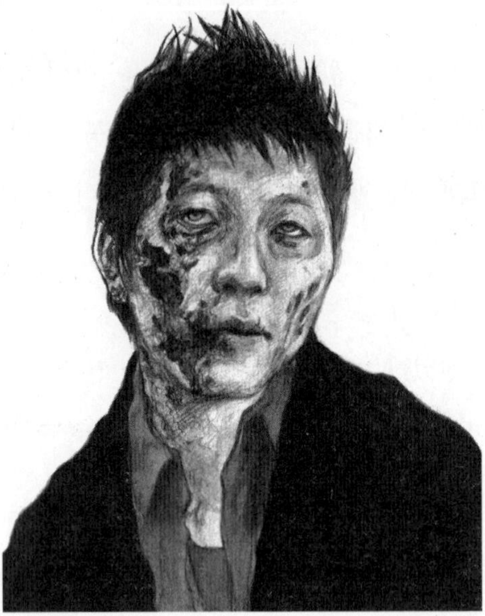

임태운

SF에 구애하는 마음으로 소설을 쓰고 있다. 소설집 《마법사가 곤란하다》, 장편소설 《이터널 마일》, 《태릉좀비촌》을 펴냈으며 공동 단편집 《앱솔루트 바디》, 《드림 플레이어》 등에 표제작을 실었다.

백혈(White Blood)

임태운

모세가 두 아들을 가리켜 이르기를 하나의 이름은 게르솜이라 이는 내가 이방에서 나그네가 되었다 함이요. 하나의 이름은 엘리에셀이라 이는 내 아버지 하느님이 나를 도우사 바로의 칼에서 구원하셨다 함이더라. ― 출애굽기 18장 3절

1

대방벽이 무너지는 순간 우주선 이륙장으로 쏟아져 들어오던 좀비들의 붉은 눈이 생생하게 피어오른다. 그건 마치 삶과 죽음의 경계에 흐르는 스틱스의 강물이 둑을 깨고 범람하는 모습. 그 가운데 강바닥에 붙어 있어야 할 아귀들이 탐식에 사로잡혀 발하는 눈빛이었다.

쓰레기통에 앳된 나를 숨기고 뚜껑을 덮어주며 기다리라 말

하던 어머니의 까슬까슬한 손길도 함께 떠올랐다. 흐린 날마다 철제 뚜껑을 거세게 두드리던 빗방울 소리는 누군가 거칠게 휘갈긴 장송곡의 지겨운 변주나 다름없었다. 만약 그 음표를 그려낸 작곡가가 신이라면 악보를 동그랗게 구겨서 그의 목구멍에 처넣고 싶다고 늘 생각했다.

기억의 역류와 감각의 혼재.

이것이 냉동 수면에서 강제 해동될 때의 자연스러운 각성 과정이라는 것을 깨달은 나는 그제야 비로소 침착해질 수 있었다. 때문에 눈을 뜨는 순간에는 미리 외워둔 매뉴얼대로 즉각 대응할 수 있었다.

"반란입니까!"

"으읍느드. 그러니 이 멱살 좀, 켁. 놔주시겠습니까."

내 오른손에 목덜미를 붙잡혀 버둥거리는 사내의 얼굴이 금세 붉어졌다. 곱슬머리에 통통한 몸집을 한 그는 간편한 선내 우주복을 입고 있었고 무기는 보이지 않았다. 나는 여전히 그를 놔주지 않은 채 동면 캡슐의 반대쪽에 서 있는 여인을 노려보았다.

"도기를 놔줘요. 제가 차근차근 설명하겠습니다."

연약해 보이는 여인의 손에는 A급 선원에게만 지급되는 총이 쥐어져 있었다. 아마 한 번도 격발해본 적은 없는 듯했다. 그렇지 않으면 저렇게 파르르 떨고 있진 않을 테니까. 나는 도기라 불리는 남자의 목을 놓아줬다. A급 선원의 말에 불복하는 위험이 총상보다 더 크다고 판단했기 때문이다. 그녀가 벌벌 떨다가 실수로 우주선 내벽에 구멍을 낼까 봐 우려되기도 했고.

"괜찮아요, 도기? 그러길래 물러나 있으라고 했잖아요."

도기는 잠시 심호흡을 하더니 씩 웃었다.

"궁금하잖아요, 갑판장님. 콜록. 의식이 있는 '화이트블러드(백혈인간白血人間)'를 보는 게 처음이라서. 와, 힘 한번 좋네."

갑판장이라 불린 여자는 총을 집어넣고 동면 캡슐의 제어판에 뭔가를 입력했다. 그러자 내 허리에 묶여 있던 3중 벨트가 풀렸다. 무릎을 움직여봤다. 오랫동안 가동되지 않아서인지 다소 묵직한 통증이 느껴졌지만 곧 원래의 감각이 돌아올 것이다.

"왜 반란이라고 생각했죠?"

"창문을 봤습니다."

창문에는 광활한 우주 공간이 펼쳐져 있었다. 별들의 바다가 넘실대고 있었다. 감수성이 예민한 사람이 봤더라면 무척 낭만적인 광경이었겠지만, 내게는 그것이 이상 신호로 보였다.

"원래대로라면 저는 개척 행성 카난에 도착하기 전까지 잠들어 있어야 합니다. 창밖에 붉은 하늘이 아니라 우주가 보인다면 여행 도중에 뭔가 문제가 생겼다는 뜻이고, 그 첫 번째 고려 대상은 D급 노역자들의 반란이었습니다."

내 대답에 도기는 감탄한 듯 보였다.

"눈을 뜨자마자 그런 걸 생각했단 말입니까? 난 10분 동안 구토하고 비명을 지른 다음 캡슐 유리벽에 머리도 박았는데……."

그것이 보통 동면 캡슐에서 강제로 깨어난 사람들이 보이는 반응이다. 헛구역질을 참는 듯한 갑판장의 안색을 보아하니 그녀는 이 모든 광경을 직접 지켜본 모양이다. 알몸 상태였던 내게 갑판장은 선내 우주복을 건네주며 말했다.

"반란은 아니에요. 지금 우주선에서 깨어 있는 사람은 우리가 전부거든요."

"그럼 무슨 문제가 생긴 거죠?"

"절 따라오세요. 직접 보여주는 게 빠를 것 같네요."

2

22세기가 황혼기에 접어들던 무렵. 인류의 우편함에 달갑지 않은 편지 한 통이 날아들었다. 지구로부터 발부된 퇴출 통지서였다. 우리는 먹이사슬의 정점에 선 이래 그 어떤 맹수에게도 왕좌를 내준 적이 없었지만 정작 인류에게 체크메이트를 선언한 주인공은 이빨도, 발톱도 없는 존재였다.

특수광견병 Z19. 물리면 즉시 감염되는 치명적인 좀비 바이러스였다. 전 지구적 방역은 실패로 돌아갔고 치료제의 개발 역시 성과가 없었다. 살아남은 자들은 죽지 않는 자들로부터 안전해지기 위해 대방벽을 세웠으나 그로 인해 조금씩 고사당해갔다.

고갈되는 식량 자원과 인공 방벽이 만들어낸 이상기후로 인해 인류는 준비 중이던 우주 이민 계획을 무리하게 앞당겼다. 그동안 물색해온 행성 중 지구의 환경과 가장 유사한 BL91637번 행성을 '카난(Canaan)'이라 명명하고 그곳으로 떠나기 위한 방주를 만들기 시작한 것이다.

그렇게 훗날 '첫 번째 방주'라 불리는 거대 우주선 게르솜이 만들어졌다. 새로운 행성에서 토대가 되어줄 다양한 자재와 동식물을 재현할 수 있도록 조합된 유전자 캡슐 그리고 4만 4,000명의 승무원들이 탑승했다. 지구에서 쌓은 신분과 재력은 게르솜 탑승에 아무런 영향을 주지 못했다. 뛰어난 두뇌를 갖고 있거나 아니면 강력한 면역력과 신체 조건을 타고나야 했다. 때문에 최상위권의 두뇌를 가진 천재들뿐 아니라 비루한 삶을 유지하던 노예나 사형수들까지 포함되기도 했다.

지구 전체를 진동하게 만드는 것 같은 거대한 발진음과 함께 게르솜은 우주의 반대편을 향해 날아갔다. 남은 자들은 차곡차곡 종말을 향해 걸어갔고, 무법이 판치는 가운데 해가 질 때마다 동족상잔이 일어났다. 그렇게 40년의 세월이 흘렀다. 대방벽은 무너지기 일보 직전이었고 남겨진 인류는 2,000여 명에 불과했다.

끈질기게 생존한 이들은 게르솜이 남기고 간 잔해들을 조립해 계획에 없던 두 번째 방주 엘리에셀을 꾸역꾸역 만들어냈다. 엘리에셀은 게르솜에 비해 크기는 훨씬 작았지만 더욱 강력해진 엔진과 발전된 동면 기술을 갖고 있었다.

문제는 형편없이 적게 실린 물자와 자원이었다. 만약 '카난'에 도착한 게르솜 선원들이 행성의 척박함을 이기지 못하고 전멸했다면? 우주여행 중 사고를 만나 애초에 개척 행성에 착륙조차 하지 못했다면? 그럴 경우 엘리에셀의 선원들 역시 형의 운명을 따라갈 수밖에 없는 위태로운 상태였다. 더구나 세 번째 방주가 만들어질 재료가 없었기에 이번에도 남겨진다면 인류에게 남은 건 확실한 멸망뿐이었다.

대방벽이 무너진 날, 엘리에셀은 발진했고 탑승객들은 일제히 동면 캡슐에 들어가 깊은 잠에 빠졌다. 40년 전에 출발한 게르솜이 카난에 무사히 당도해 살 만한 터전을 가꾸고 있기를 꿈꾸면서.

안타깝게도 그 꿈은 이뤄지지 않은 모양이다.

3

"나이는?"

"마흔입니다. 동면 기간 동안 흐른 시간을 더하지 않은 상태라면요."

"잠든 사이 스물두 살을 더 먹었다고 하면 억울할 테니 넘어가죠. 본명과 별명이 있는데. 둘 중 뭐라고 부르면 되나요?"

"카이. 카이입니다."

"그래요, 카이. 저게 뭐로 보이세요?"

우리는 엘리에셀의 관제실에 있었다. 시야를 가득 메우는 거대한 창문에는 익숙한 물체가 떠올라 있었다. 거북을 연상시키는 거대한 몸집. 우리 세대 전원에게 익숙한 포스터에서 접해본 모양 그대로였다.

"게르솜이군요. 왜 저기 있는 거죠?"

저들은 오래전에 카난에 도착해 있어야 했다. 우주 한복판에서 아우가 형을 따라잡게 된다면 그건 어떤 각도로 봐도 반가운 소식은 아니었다. 최악의 경우 정착 계획이 실패했다는 뜻이다.

내 질문에 갑판장은 골치가 아프다는 듯 대답했다.

"두 시간 전에 로이가 저를 깨웠어요. 아, 로이는 우리 우주선의 통합 A.I.예요. 비상 상황이 발생하면 순서대로 담당 승무원을 깨우도록 돼 있죠. 제 직책은 항로 변경 담당자거든요. 지구를 떠난 지 22년 만에 처음으로 우주선은 일시 정지된 상태. 아직 목적지의 절반도 오지 못했는데 무슨 문제가 생긴 걸까 덜컥 걱정이 되더군요. 로이는 제가 상황을 보고 직접 판단해야 한다고 생각했나 봐요."

그리고 로이는 갑판장에게 게르솜을 보여준 것이다. 갑판장은 우주선을 멈춘 로이의 판단이 옳았다고 생각했다. 게르솜이 왜 저곳에 정지해 있는지 그 이유를 알아야 했다.

"그래서 도기를 깨웠어요. 그가 이 우주선에서 가장 훌륭한 엔지니어거든요."

B급 선원인 도기는 관제실의 모든 프로그램을 다룰 줄 알 뿐만 아니라 소형 셔틀의 운전면허도 갖고 있었다. 제정신을 차리는 데 시간이 좀 걸렸지만 도기는 자신이 해야 할 일을 잘 알고 있었다. 그는 다양한 루트로 게르솜에 메시지를 보냈다. 하지만 응답은 오지 않았다.

도기가 나섰다.

"게르솜이 만들어졌을 당시는 동면 기술이 완벽하지 않아서 20년에 한 번씩 깨어나 신체를 재점검 받아야 했습니다. 그래서 마치 불침번 서듯 항상 세 명 이상의 선원이 깨어 있어야 하는데, 답이 없다는 건 아주 불길한 징조인 거죠."

도기는 그래서 과감한 시도를 했다.

"전 로이의 도움을 받아 게르솜의 보안 방벽을 해킹했습니다. 내부 상황을 보여줄 카메라 시스템을 들여다보려고요. 이게 그 화면들입니다."

곧 관제실의 창문 한편에 여러 개의 영상이 띄워졌다. 게르솜의 관제실과 여러 통로 그리고 수면실도 있었다. 폭동이나 화재의 징후는 없었다. 다만 정돈돼 있지 않고 지저분했을 뿐.

특이한 점이 있다면…….

“사람이 안 보이죠? 관제실에서 가장 가까운 승무원용 수면실의 냉동 캡슐이 모두 비어 있어요.”

“마치 유령선처럼…… 인간들만 실종이 된 겁니다.”

걱정으로 위장한 호기심이 도기의 눈빛에서 읽혔다. 아무래도 모험가나 낭만가 유형인가 보다.

“그런데 4층 밑으로는 영상 신호가 잡히지 않아요. 대부분의 수면실이 그 아래에 몰려 있는데 말이죠. CCTV가 파괴되었거나 고장 났다는 건데 분명 무슨 사고가 일어난 겁니다.”

그래서 두 남녀는 나를 깨우기로 한 것이다. 개척 행성에서 일어날 수 있는 모든 폭력 사태에 대응할 수 있도록 신체 능력을 증강시킨 강화인간인 화이트블러드를. 폭염과 혹한을 모두 견딜 수 있고 심폐 지구력 또한 일반인의 여섯 배에 달한다. 걸어 다니는 전투 병기라고 하면 이해가 쉬울 것이다. 그런 내가 필요하다는 이유는 대강 짐작이 갔다.

“저보고 다녀오라는 거군요.”

갑판장은 미안하다는 듯 어깨를 으쓱했다.

“게르솜의 책임자를 찾아 무슨 사고가 일어난 것인지 알아내야 합니다. 만약 살아남은 이가 전무하다고 해도 게르솜의 화물칸에는 개척 행성에서 쓸 건축 자재와 식량 자원들이 가득 쌓여 있을 거예요. 그걸 카난으로 ‘견인’해 가야겠죠. 하지만 저와 도기는 강화 시술을 받지 않은 과학자들이에요. 반면에 당신은 대방벽의 궂은일들을 모두 처리해 온 '해결사'라고 기록돼 있더군요. 로이는 이 방주 전체를 통틀어 당신이 미지의 공간에서 가장 생존력이 뛰어난 개체일 것이라고 판단했어요."

"명령을 따르겠습니다. 이런 예측 불가의 상황에서 '사용'하기 위해 저 같은 F급 시민을 방주에 태운 거니까요."

"아니, 뭐. 꼭 사용이란 말을 쓸 것까지는……."

"제 부하를 데려가고 싶은데요."

"두 명까지 깨울 수 있어요. 데브리 제거용 비상 셔틀은 4인용인데, 운전을 하려면 도기가 타야 하니까요."

나는 잠시의 고민도 없이 두 명의 화이트블러드를 골랐다.

"그럼 이오타와 베타를 데려가겠습니다."

4

이오타는 내가 가장 신뢰하는 총잡이다. 온갖 화기와 폭약에 통달하고 냉철한 판단력을 갖췄다. 그녀는 동면에서 눈을 떠 내 얼굴을 보자마자 입을 열었다.

"결국 반란을 벌이기로 한 겁니까. 그렇다면 저는 죽을 때까지 대장님과……."

"너의 개인적 충성은 고무적이지만 그런 거 아니다. 옷이나 입어."

이오타는 무기고에서 원거리 저격총과 머신건, 투척형 폭탄을 챙겼다.

반면 베타는 열혈 청부업자다. 녀석은 원래 내 목을 노리고 덤벼든 인간 사냥꾼이었다. 두들겨 패서 굴복시킨 다음 부하로 삼긴 했는데 대방벽 안에서도 틈틈이 내 목을 노렸다. 그리고 난 번번이 격파해냈고.

"우주 오징어의 습격입니까! 내 이놈들을 그냥……."

"너의 상상력도 인상적이지만 그런 거 아니다. 음, 아니지. 어쩌면 아직 확신하기 이른 문제려나."

베타는 레이저 피스톨과 진동 날 도끼를 들었다. 유탄 발사기도 챙기고 싶어 했지만 우주선에 구멍을 뚫을 수 있다는 이유로 갑판장이 허락해주지 않았다.

베타는 심기가 영 불편한지 투덜거렸다.

"저기, 대장. 우리가 꼭 이 여자 명령을 따라서 사지로 들어가야 합니까? 그냥 이걸로 목 따고 우주선을 입맛대로 점거하면 되잖아."

그 말에 갑판장과 도기의 얼굴이 창백해졌다. 내가 대꾸하려고 할 때 이오타가 베타의 뒤통수를 후려쳤다.

"이 멍청아. 시술 받을 때 우리 몸에 심어진 제약을 잊었어? A급 선원을 다치게 하는 순간 우리의 생명 반응은 정지돼버릴걸? 로이에겐 그런 권한이 있어."

"제길, 이 컴퓨터가 조치를 취하기 전에 방주 밖으로 튀면 되지!"

"그게 가능하다 쳐도 이 망망대해에서 어디로 가려고? 카난 행성까지 30년이 더 걸리는데. 헤엄쳐 가려고?"

뭔가를 곰곰이 생각하던 베타는 자신의 의견을 철회했다.

"그건 그렇구만. 알았어. 당신들 살려줄게."

갑판장과 도기가 안도의 한숨을 내쉬었다. 아마 실제로 죽다 살아난 기분일 것이다. 이오타는 다만 사실을 나열했을 뿐이다. 우리들 화이트블러드는 자신보다 높은 등급에 있는 인간의 명령을 거부할 수 없도록 만들어진 것이다.

"그럼 정리된 것 같으니 출발합시다."

"어, 카이. 당신 겨우 그걸로 괜찮습니까?"

내가 무기고에서 챙긴 것은 다이아몬드 커팅의 정글 나이프 한 자루였다. 대방벽 바깥으로 원정을 나갔을 당시 숱한 좀비들의 목을 베어낸 칼날이 여전히 매끄럽게 휘어져 있었다. 나에겐 목숨 줄이나 다름없지만 이오타와 베타의 무기에 비해선 무척 초라해 보이는 것이 당연하다.

"충분합니다. 지구에 있을 때도 이걸로 살아남았습니다."

"그래. 우리 대장은 8구역 출신이라고. 독종 중의 독종이지."

8구역.

온갖 인신매매범과 마약상 그리고 흉악한 수배범들이 모여 있는 암흑가였다. 어머니는 그곳에서 홀로 나를 키웠다.

대방벽을 계획했을 당시 인류의 우두머리는 '평등'과 '박애'를 벽돌 삼아 장벽을 세우겠다고 설파했다 한다. 하지만 벽을 지나치게 높이 쌓은 모양인지 대방벽 안에서 가장 먼저 품절된 것이 바로 그 두 가지였다. 신체 등급에 따라 계급이 나뉘고 누구의 밑에서 태어나느냐에 따라 인생의 격차는 말할 수 없이 커졌다. 친구를 죽이고 은인을 배신해야만 살아남는 암흑가의 논리가 내게는 요람에서 듣는 자장가였다.

철이 들고 나니 대방벽 안의 폭력 조직 다섯 곳을 모두 접수한 뒤였다. 그러자 나 같은 인재를 찾고 있었다는 듯 엘리에셀의 탑승 제의를 받았다. C급 이상의 시민들밖에 탑승할 수 없는 꿈의 방주에 F급 시민인 나를 태워주겠다는 것이었다. 다만 강화 시술을 받는다는 조건 하에. 혈액과 골격 등 인체의 구성성분을 모조리 뜯어 고치는 그 시술을 견뎌내고 살아남을 확률은 10%에 불과했다. 나는 수락했다. 그게 어머니의 마지막 소원을 이룰 수 있는 유일한 방법이었으니까.

우리가 향하는 행성 카난의 이름은 출애굽기의 대탈주 이야기에서 영감을 받았을 것이다. 각기 다른 우주선의 이름은 선지자 모세가 남긴 두 아들의 이름에서 따왔을 것이고. 모세의 이름에 담긴 뜻은 '강에서 건져 올려진 자'.

메마르게 곱씹어볼 만한 농담 거리 아닌가.

화이트블러드의 피가 실제로 하얗지는 않다. 탁한 분홍색에 가깝다. 강화 약물의 독성을 이기지 못한 자들은 신체의 모든 구멍에서 분홍색 피를 내뿜으며 죽어갔다. 나는 그 분홍빛 강에서 마지막으로 '건져 올려진 자'이다.

5

우리 넷은 셔틀에 올라탔다. 하지만 선외 우주복을 입은 것은 도기뿐이었다.

"저, 정말 안 입어도 됩니까?"

"우린 무중력 우주 공간에서도 세 시간을 버틸 수 있습니다. 조금 전에 베타가 방주 밖으로 튀자고 한 말은 그래서 나온 겁니다."

내 차분한 대답에 질색한 듯 도기는 셔틀을 발진시켰다. 왼쪽 귀에 연결된 헤드셋으로 갑판장의 목소리가 들려왔다.

"사라진 선원들의 행방을 추적하는 데 집중해주세요. 제가 지켜보고 있을게요."

엘리에셀은 게르솜으로부터 2km 떨어진 거리에 멈춰 서 있었다. 여차하면 언제든 도망칠 수 있는 거리다. 폭발이 일어나도 안전하게 피할 수 있는 거리.

게르솜에 가까이 다가가자 적막함이 우릴 반겼다. 내부의 등이 불규칙하게 꺼져 있는 것이 보였다. 선착장의 문이 열리고 셔틀이 우주선 내부로 들어섰다.

"텅 비어 있네요. 설계도에 따르면 비상 탈출 셔틀이 8대는 있어야 하는데."

도기의 말대로 격납고에 셔틀이 있어야 할 자리에는 아무것도 없었다. 그 말인즉슨 누군가가 셔틀을 타고 우주선 바깥으로 나갔다는 뜻이다. 자발적인 탈출일까. 아니면 뭔가로부터 '도망친' 것일까.

셔틀에서 내려 선내 바닥에 발을 딛자 서늘한 공기가 몸을 감쌌다. 뒤를 따라 내린 베타의 코와 입에서 나온 입김에 서리가 끼고 있었다. 화이트블러드에게 이 정도라면 보통 인간에겐 무척이나 추운 수준일 것이다. 아니나 다를까. 도기는 벌벌 떨고 있었다.

"윽. 엄청 춥네요. 전 여기서 기다리고 있겠습니다. 안전한 수색이 되길 바랄게요."

수색대원 셋이 모두 내려서자 도기는 셔틀 문을 쾅 닫았다.

"매정하네, 저 양반."

베타가 셔틀 문을 걷어차려다가 내 눈총을 받고는 슬그머니 발을 거뒀다.

"우리가 돌아오기 전엔 절대로 문을 열어주지 마십시오. 예기치 못한 사태가 벌어지면 바로 도망치셔도 좋습니다."

도기가 동그라미를 그려 보이며 알겠다는 표시를 했다.

우리는 서둘러 게르솜의 내부로 진입했다. 우주선 내부는 고요했다. 그러나 여러 전쟁터를 거친 이오타의 감각이 그 고요

함 속에서 뭔가를 감지한 듯 말했다.

"동물의 뱃속에 들어온 기분입니다, 대장."

"동감이다. 이 우주선에 우리만 있다고 기대해선 안 될 것 같군."

우리는 아무런 방해 없이 대합실에 도착했다. 영상에서 본 대로 승무원은 보이지 않았다. 다만 우주선 전체의 상황을 보여주는 도면이 모니터에 띄워져 있었다. 내가 머리를 그곳으로 향하자 갑판장이 반응했다.

"관제실과 기관실과의 연결이 끊어져 있어요. 그러면 엔진이 강제로 정지되죠. 자연적인 일은 아닙니다. 관제실에 상주해야 할 승무원의 행방이 궁금하군요."

"기관실은 어디에 있습니까?"

"지금 당신이 있는 곳을 편의적으로 1층이라고 한다면 지하 13층 중앙에 있어요. CCTV가 파괴된 구역을 지나쳐야 할 거예요."

우리는 중앙 엘리베이터 앞에 당도했다. 호출 버튼을 눌러도 반응이 없었다.

"베타, 열어봐."

문 앞으로 나선 베타가 도끼를 꽂아 넣은 다음 양팔에 힘을 줬다. 팔 근육이 터질듯 팽창하더니 두꺼운 철문이 찌그러지며 활짝 열렸다. 흠칫 물러선 베타의 등이 내 가슴과 부딪혔다. 우주 한복판에서는 맡을 일이 없을 거라 생각한 냄새가 짙

게 풍겨왔다.

대방벽 바깥에서 언제나 바람을 타고 불어왔던 불온한 냄새.

"피비린내군."

6

엘리베이터는 보이지 않는 바닥까지 내려가 추락해 있었다. 구겨진 엘리베이터의 갈라진 곳에서부터 검은 얼룩이 덕지덕지 묻어 있었다. 아마도 오래된 피가 굳어진 듯 보였다.

복도에는 총 여섯 대의 엘리베이터가 있었다. 두 번째 엘리베이터를 열어봤더니 상황은 동일했다. 로프가 끊어져 있었다. 아마 다른 엘리베이터도 마찬가지일 것이었다.

"여기선 잘 안 보여요. 카이. 어떻게 된 거예요?"

"엘리베이터가 하중을 이기지 못하고 추락한 것 같습니다. 저런 건 보통 화재나 폭동 같은 재난 상황에서나 일어나죠."

"사고가 있었다는 말인가요?"

"그걸 알아보려면 내려가야죠. 계단으로 움직이겠습니다."

우린 경계 태세를 유지한 채 계단을 걸어 내려갔다. 이오타는 머신건의 잠금 장치를 풀어놓았다. 나 역시 언제든지 나이프를 꺼내 들 준비를 했다.

게르솜엔 총 4만 4,000명을 수용할 수 있는 거대 수면실이

200여 개가 있었다. 하지만 동면 캡슐은 모두 비워져 있었다. 캡슐은 대부분 깨끗한 상태였다. 박살 나거나 부서진 흔적이 없었다. 그러나 복도로 나서면 이야기가 달랐다. 전등이나 문짝, 비상등이 여기저기 깨져 있었다.

"사람들이 공황 상태에 빠졌던 모양이야. 시간 차 없이 동시에 깨어났다면 어디로 가야 할지 갈피를 못 잡고 헤맸겠지."

"그 많은 형씨들이 지금은 다 어디 있는 겁니까, 대장? 이 근처에는 피신할 만한 행성도 안 보이던데."

"이들 가운데엔 강화 약물의 세례를 받은 자가 없다. 우주선 밖으로 달아나진 못했을 거야. 셔틀도 그 정도 수가 안 되고."

그렇게 빈 수면실들을 확인하면서 내려가던 중 우린 지하 6층에서 기묘한 장소에 들어섰다. 수풀이 우거지고 발밑에는 질척한 토양이 가득했다. 천장과 벽면에서 쏟아지는 일조량의 크기가 무척 강렬했다. 층의 절반 이상을 차지하고 있는 이곳은 거대 수목원이었다.

"갑판장님, 우리가 지금 어디에 있는 겁니까?"

"어, 인공 온실인 것 같아 보여요. 하지만 설계도에 기록된 면적은 그렇게 넓지 않아요. 누군가가 강제로 선실을 통합해 그 정도의 거대 규모로 만든 게 틀림없어요."

그때 이오타가 나를 툭툭 치며 바닥을 보라고 말했다.

"대장, 바닥에 흙만 있는 게 아니에요. 이 정도의 나무들을 키우려면 빛과 물만으로는 부족하죠. 하나가 더 있어야 돼."

거름. 유기체의 배설물이 있어야 한다.

물론 시간은 오래 걸리지만 거름만큼 훌륭한 역할을 수행하는 존재가 있다. 시체. 베타가 질척이는 검은 물질을 손가락으로 만져 코에 대고 킁킁대더니 인상을 찌푸렸다.

"웩. 아무래도 똥오줌 냄새만 나는 게 아니다 싶더라니, 대장."

군데군데 인간의 것으로 보이는 유골들이 묘비처럼 튀어나와 있었다. 발치에 뒹구는 두개골을 내려다보니 갑판장 역시 이 광경에 집중하는 게 느껴졌다. 강력한 타격을 받아 깨져 있는 두개골.

"보고 있습니까, 갑판장. 게르솜의 선원을 드디어 만난 것 같은데요. 무슨 일이 있었는지 대답해줄 수 있는 상태는 아니지만."

"미루어 짐작하는 수밖에요, 카이. 뭐에 당한 것 같아요?"

"파괴적인 무력이 아니면 이런 일을 할 수 없습니다. 하지만 살상용 날붙이는 아니에요. 더 투박한 물질에 으스러진 형탭니다."

그때 전방을 경계하던 이오타가 내 어깨를 툭 쳤다.

"보세요, 대장. 드디어 우리가 손님 대접을 받겠는데."

전방 80미터 앞의 나무들 사이에서 살아 움직이는 것들이 기어 나왔다.

표류된 우주선에 들어서고 나서 처음으로 만나는 생명체면 반갑게 인사를 나누고 안부를 물어야 하는 것이 상식일 것이다. 그러나 우리 셋은 인사 대신 무기를 움켜쥐었다. 말이 통할 상대가 아니었기 때문에.

“꾸르르르.”

그것은 일곱 마리의 돼지였다. 우람한 덩치에 붉게 적셔진 입가만 보더라도 우호적인 놈들은 아닌 듯 보였다. 어째서 우주선에 살아 있는 돼지가, 그것도 일곱 마리나 있는지에 대한 호기심은 접어둬야 했다.

놈들이 동시에 덤벼들었기 때문이다.

이오타의 머신건이 불을 내뿜었다. 가장 앞서 달려오던 돼지의 오른쪽 다리가 날아갔다. 동료가 진흙탕에 처박혀 뒹굴었건만 나머지 여섯 마리는 꿈쩍도 하지 않고 계속해 육박해 들어왔다. 돼지들은 오히려 나무들 뒤로 숨으며 산개해 들어오는 영리함을 보였다.

“온다!”

돼지 한 마리가 도약과 함께 턱을 쩍 벌리며 덤벼들었다. 평범한 인간이라면 속절없이 당할 속도였겠지만 동체시력이 극도로 향상된 나는 그 궤도를 읽을 수 있었다. 고개를 숙이고 침착하게 나이프를 비튼 다음 들이대 돼지의 턱 밑을 갈라놓았다.

뒤따라온 녀석이 그 광경을 보고는 달려오던 방향을 틀어 오른쪽 나무를 박차 올라 머리 위로 솟구쳐 올랐다. 상반신을 낮추고 있던 내가 미처 대응하기 힘든 각도였다. 어쩔 수 없이 나는 앞으로 몸을 굴려 피하며 어깻죽지를 물려 하는 녀석의 턱을 잡고 내동댕이쳤다.

바닥에 엎어진 채로 칼자루를 들어 녀석의 머리통을 내리쳤다. 세 번 만에 두개골이 깨졌는지 축 늘어졌다. 몸을 툭툭 털고 일어나니 이오타와 베타가 각각 두 마리씩 처치한 듯 보였다. 베타가 도끼날을 한 놈의 목덜미에서 뽑아냈다.

"괜찮습니까, 카이? 제가 보고 있는 게 돼지가 맞나요?"

"그렇습니다, 갑판장님. 대방벽 안에선 진작 씨가 말랐지만, 실은 인류의 가장 인기 높은 도시락이죠."

"게르솜에는 살아 있는 동물을 싣지 않았어요. 물론 다양한 동식물의 유전자 샘플을 싣기는 했지만……. 설마 규정을 무시한 채 이것들을 모두 배양시킨 걸까요?"

"그렇겠죠. 돼지 세포가 스스로 샘플 병에서 기어 나와 자라나진 않았을 테니."

녀석들의 시체를 뒤적이던 이오타가 의문을 표시했다.

"단순한 돼지들이 아닌 것 같아요, 대장."

"그래?"

"극도의 스트레스를 받으면 온순한 동물인 돼지도 공격성을 보일 수 있겠지만, 이 정도로 민첩하다고 듣진 못했습니다. 이빨도 보세요. 꼭 늑대 송곳니처럼 크고. 무엇보다 이 붉게 충혈된 눈. 얼음장 같은 체온. 고약한 냄새. 더 늘어놓을 필요가 있나요?"

"나도 막 비슷한 추리를 해본 참이야."

"지구에 우리가 남겨놓고 온 동지들과 지나치게 비슷한 증상 아닙니까."

우리 둘의 대화가 아리송하게 느껴졌는지 베타는 왈칵 짜증을 냈다.

"뭡니까. 이 못생긴 네발짐승이 뭐 어쨌다는 거야?"

이오타는 나와 동일한 가설을 떠올린 듯 보였으나 그것을 입 밖으로 내기 두려워하고 있었다. 징크스와 미신을 신봉하는 타입이기 때문이다. 그래서 그것을 베타에게 설명해주는 것은 내 몫이었다.

"이 돼지들…… 좀비 바이러스에 감염된 것 같다."

베타는 잠시 흠칫 놀란 듯했으나 곧 말도 안 되는 걱정이라며 일축했다.

"그러니까 대장의 말은 그 지긋지긋한 균들이 우주선에 숨어 있다가 돼지한테 들러붙어서 좀비로 만든 다음 캡슐 속에서 자던 사람들을 전부 잡아먹었다, 이거요?"

"그런 뜻은 아니야."

나는 베타의 말을 부인했다. 아직 지나친 비약은 위험하다. 단지 돼지들이 보여준 증상이 좀비가 된 인간의 그것과 동일하다는 점만 지적할 수 있을 뿐이다.

갑판장도 당황한 건 마찬가지였다.

"제가 알기론 대방벽 안에서 바이러스가 창궐한 기록은 없어요, 카이. 우주의 무중력 공간은 미생물의 환경을 격변시켜 독성을 증가시키기 때문에 멸균이 필수 조건이었어요. 잠복기까지 고려해 철저한 정밀검사를 통과한 자들만 방주에 탈 수 있었을 거라고요."

"이 돼지들이 내장의 절반을 질질 흘리면서도 불도저처럼 돌진해오는 걸 보지 않았더라면 저도 그렇게 믿었을 겁니다. 그렇다면 게르솜의 멸균 과정에 구멍이 있었다고 보는 게 논리적입니다."

무거운 침묵이 동시에 게르솜과 엘리에셀을 가득 메우는 것이 느껴졌다. 인류가 남은 기력을 다 짜내어 지구를 벗어나려 한 것은 역병으로부터 탈출하기 위해서다. 그런데 우주 한복판에서 바이러스가 다시 창궐하고 말았다는 이야기는 행성 하나의 질량만큼이나 거대한 허무감을 주고 만다.

나는 인간이 불안에 잠식되면 어떻게 무너지고 마는지 잘 안다. 대방벽 안에서 내가 가장 많이 한 일이 '누군가의 불안 요소'가 되어 행동을 통제하는 것이었으니까. 하지만 지금 이곳에서는 안 된다.

"일단 계속 내려가겠습니다. 그때까지 짐작은 접어두도록 하죠."

7

게르솜에서 벌어진 참극의 파편이나마 건질 수 있게 된 건 지하 6층의 특대 배양실에 도착했을 때였다.

“돼지 발자국이 모두 이쪽에서 시작되고 있다.”

배양실에선 온갖 종류의 실험이 자행됐음을 짐작게 하는 잔해들이 퀴퀴한 냄새를 자아냈다. 구겨진 강철 우리, 깨진 배양 캡슐, 전원이 꺼진 제어 시스템 등이 흉흉한 기운을 내뿜고 있었다.

“아무래도 이곳이 문제의 시작인 것 같군.”

갑판장이 상황을 둘러보더니 한 가지 요구를 했다.

“메인 컴퓨터가 갖고 있는 항해일지를 제게 넘겨주세요. 그러면 로이가 게르솜에서 일어난 일을 재구성할 수 있을 겁니다.”

그녀의 말에 따라 우리는 텅 빈 관제실에 당도했을 때 주인이 없는 방주의 두뇌를 맡고 있는 컴퓨터에 접속할 수 있었다. 그제야 돼지들이 뛰놀던 이유와 녀석들이 식인 괴물이 된 이유도 알 수 있었다.

베타와 이오타가 초조함을 드러내기 시작하던 순간 갑판장은 답을 해주었다.

“당신의 짐작이 맞았군요. 설계자들이 전혀 예상하지 못했던 비극이 게르솜에서 일어났습니다.”

"비극? 폭동이라도 일어난 겁니까?"

"최대한 간결하게 설명해드리면, 인간의 감각기관이 문제였다고 봐야겠군요. 특히 혀를 원망해야 하려나요."

갑판장의 단어 선정은 의외로 사실에 부합했다.

게르솜의 승무원과 탑승객 들은 2년 동안 동면에 들었다가 한 달 정도 깨어나 활동하는 스케줄대로 분배된 역할을 충실히 수행했다. 다툼이나 내란은 일어나지 않았다. 서로를 공격하기에는 더욱 큰 외로움이 우주선 내부를 짓누르고 있었기 때문이다.

하지만 오직 효율만을 위해 만들어진 우주에서의 무미건조한 식생활이 문제였다. 지나치게 많은 수의 탑승객이 냉동 수면 중 고기를 먹는 꿈을 꿨다. 그러고 나서는 깨어나서 온 우주선을 뒤져가며 고기를 찾아다녔다. 아무도 퍽퍽한 에너지바를 먹으려 하지 않았다.

서로가 서로를 잡아먹는 '카니발리즘'의 태동을 우려한 게르솜의 수뇌부는 결단을 내려 배양실을 비상 가동하기로 했다. 원래는 개척 행성인 카난에서 육종될 목적으로 실린 샘플들 중에서 압도적 투표율로 선택된 것이 돼지였다. 곧이어 깨어 있는 자들의 도축과 고기 파티가 이어졌다.

예상치 못한 사고는 항해 19년째에 일어났다.

"콜레라였을 겁니다."

사육되는 돼지들 사이에서 배설물을 매개로 전파되는 전염병 콜레라가 창궐했다. 그것을 치료할 방법을 찾기도 전에 또 다른 재앙이 이번엔 인간들 사이에 퍼졌다.

좀비 바이러스였다. 게르솜의 항해일지엔 최초 발병자가 기록돼 있지 않았으나 최소 1명 이상 탑승객의 몸에 인류의 숙적이 '잠복'해 있었던 것이다.

그 뒤로 벌어진 일은 지구에서 일어난 재앙의 씁쓸한 속편이었을 것이다.

"잡아먹기 위해 동물들을 깨웠다가 거꾸로 잡아먹혔다는 거군요."

어떤 단추가 잘못 꿰어진 것일까. 불안정한 동면 기술? 쉽게 무료함을 느끼는 인간의 정신을 대비하지 못한 관리 모듈? 비이성적인 식욕?

속사포 같았던 갑판장의 이야기가 차츰 느려졌다.

"재난을 감지한 컴퓨터가 모든 탑승객의 캡슐을 해동시켰고 살아남은 자들의 대규모 피난이 이어졌어요."

"피난? 폐쇄 생태계인 이곳에서 어디로 피난을 갔다는 겁니까?"

"방주의 절반에 가까운 부피를 차지하는 화물칸이죠. 여러분이 내려온 방향대로 계속 나아가면 당도할 곳입니다."

그리고 내부 상황을 알 수 있는 CCTV가 전부 박살 난 곳이기도 했다. 철저한 미지의 영역.

캡슐 속에서 깨어난 그들은 아직 살아 있을까.

"게르솜에 원격 접속한 로이가 방주 전체의 스캐닝을 마쳤어요. 최하층인 기관실에…… 분명한 생명 반응이 감지되고 있습니다. 여러분에게 어려운 부탁을 해야겠군요."

"우리의 최종 목표가 기관실인 겁니까."

"게르솜을 다시 움직이려면 로이의 권한으론 무리입니다. 방주에 탑승했을 때 등록된 인간의 생체 인식물이 있어야 해요. 살아 있는 자의 동공이나 지문. 우리의 방주 엘리에셀은 애초에 먼저 떠난 게르솜이 카난에 성공적으로 정착했다는 가정에 기대어 설계된 것입니다. 게르솜의 화물을 가져가지 못하면 우린 카난에서 일주일도 채 버틸 수가 없어요."

게르솜의 입장에서 우리는 방주에 숨어든 침입자다. 우주선을 작동시킬 자격이 애초에 없는 것이다.

"너희 둘, 들었지? 우리가 이 고래의 깊숙한 창자까지 내려가야 하는 모양이다."

이오타는 수심 어린 표정이었다.

"대장, 최하층까지 피난한 생존자가 관제실로 돌아오지 못한 데는 이유가 있을 겁니다. 경로 중간의 화물칸에 있는 '뭔가'가 그들을 가로막고 있는 거겠죠."

"스캐너의 기록은 깨끗해."

내 답변은 일종의 자기기만이었다. 이오타는 입을 다물었지만 베타는 스스로를 속이는 데 영 서투르다는 걸 다시 한 번 증명했다. 그가 관제실의 바닥에 침을 찍 뱉으며 읊조렸다.

"알잖아요, 대장. 좀비는 열 감지에 걸리지 않는다는 거. 빌어먹을. 화물칸에 내려갔다가 죄다 좀비로 변한 새끼들한테 쫓기는 거 아닙니까?"

말이 씨가 된다는 격언은 태양계에서만 적용되는 것이 아니라는 사실이 밝혀졌다. 그로부터 13분 뒤. 나는 베타의 입을 찢어놓겠다고 말하는 이오타를 말려야 했다.

8

"크아아아아아!"

시야에 닿는 모든 곳에서 붉은 빛이 요동쳤다. 화물칸에 있는 구멍이란 구멍의 모든 곳에서 녀석들이 몸을 일으켰다.

부풀어 오른 근육, 생명체의 율법을 모독하는 악취, 어딘가에 박아 넣어야만 발광을 멈추는 이빨.

"돌파한다, 따라와."

덤벼드는 좀비들을 베어 넘기며 내가 앞장섰다.

달리는 속도를 줄이지 않으면서 포식자들의 머리를 베어내고, 두개골을 박살내고, 밀어 넘어트리는 데에는 엄청난 집중력이 요구됐다. 개척 행성에서 견뎌낼 수 있도록 강화된 신체 능력이 아니었다면 우리 셋도 진작에 녀석들의 동료가 됐을 것이다.

"크르르르르!"

한때 지구 위를 걸어 다니며 울고 웃었을 수많은 인간들. 지금은 모두 사신(死神)이 먹다 남은 찌꺼기로 격하돼 죽어서도 농락을 당하고 있었다.

조준과 격발을 시차 없이 해내며 나와 베타를 엄호하던 이오타가 화물칸의 레일 위를 고속 이동하는 수송차에 올라타며 외쳤다.

"타십시오!"

곧 수송차는 놀이공원의 곳곳을 누비는 롤러코스터처럼 화물칸을 종횡무진하며 달렸다. 자료로 본 놀이공원과 이곳에 차이점이 있다면 생쥐나 곰 인형의 탈을 쓴 인간이 아니라 식인 괴물들이 누비고 있다는 점뿐이었다.

하반신이 날아가버린 상태에서도 수송차에 올라타려는 좀비의 머리를 도끼날로 쪼갠 다음 악에 받친 베타가 소리쳤다.

"대장, 우리가 이런 짓까지 해가면서 생존자를 찾아야 되는 거요?"

"명령이니까. 거부권은 없다."

"제기랄. 등급 높은 새끼들의 호구로 평생을 살았는데 이 우주에 와서까지 이 짓거리를 해야 하느냐고. 우리가 있는 방주가 저 알량한 자식들의 우주선보다 훨씬 덩치가 크잖아. 그냥 돌진시켜서 명령권자들 다 눌러 죽이면 안 됩니까. 혹시 알아? 로이와 A급 선원을 다 죽이면 우리가 왕이 될지."

나와 연결돼 있는 갑판장이 헛숨을 들이켜는 게 느껴진다.

“화이트블러드의 몸에 삽입된 사살 장치를 잊지 마. 로이는 반란의 낌새만 느껴도 아무런 망설임 없이 부품처럼 우릴 죽일 거다.”

“빌어먹을.”

“네 말대로 그 무모한 계획이 성공해 엘리에셀을 우주의 먼지로 만들었다 치자. 카난에서 생식 능력도 없는 화이트블러드끼리 행복하게 살 수 있을 것 같아? 우리가 할 줄 아는 건 살육과 파괴뿐이야. 다른 문명을 지배하는 데는 도움이 되지만 새로운 문명을 만드는 데는 하등 도움이 안 되는 재주지.”

이오타가 물끄러미 내 얼굴을 쳐다봤다. 강풍에 휘날리는 그녀의 머리카락이 코를 간지럽힌다.

“대장. 수면실이 나올 때마다 캡슐의 명단을 재빨리 확인하는 걸 봤어요. 알파벳 A로 시작하는 이름들이더군요. 말해줄 수 없습니까. 대장이 이 방주에서 누굴 찾고 있는 건지.”

“……이 먼 거리를 날아와서라도 반드시 만나야 하는 사람. 원래대로라면 카난에서 만날 거라 생각했지.”

“저 좀비들의 수를 보세요. 죽었을 가능성이 더 크잖아요.”

“그렇다면 죽었다는 사실만이라도 확인하고 싶다.”

“진작 그렇게 말씀하셨어야죠. 갑판장의 명령보다 대장의 개인적 동기가 제겐 더 설득력 있으니까요.”

이오타와 나의 대화를 듣고 있던 베타가 머리를 감싸며 악을

쳤다.

"씨팔 놈, 개소리 까지 마! 명령, 명령, 명령. 지금 당장은 그 놈들의 목을 조른 다음 눈알을 파먹고 싶단 말이다!"

뭔가 이상하다.

대방벽 안에서 무수한 살인을 저지른 베타였지만 그것은 청부업자였기 때문이지 도착적인 갈망을 충족시키기 위해서는 아니었다. 논리적으로 생각할 줄 모른다면 살아남을 수 없는 바닥이다. 녀석이 쾌락 살인마였다면 진즉에 품으로 거두지도 않았을 것이다.

줄곧 바깥을 향해 있던 이오타의 총구가 베타에게 겨눠졌다.

"대장. 물러서세요, 베타의 눈이 이상합니다."

붉게 충혈된 눈을 한 베타가 침을 질질 흘렸다. 바이러스에 감염된 인간이 변이 직전에 보여주는 증상이다.

"물린 건가, 베타? 대체 언제부터 이런 거야."

녀석은 답을 하지 않았다.

"크르르르."

대신 내 목을 깨물려 들었고, 그것은 곧 그가 죽기 전 마지막으로 한 시도가 됐다.

반사적인 반격 본능이 나를 살렸지만 입맛이 쓰다.

내 정글 나이프에 썩둑 잘려 날아가버리는 베타의 머리를 본 이오타가 눈을 질끈 감았다가 떴다. 베타의 분홍색 피가 수송차의 바닥에 끈적끈적 달라붙었다.

"카이? 무슨 일이 일어난 거죠. 베타의 생명 반응이 왜……."

나는 베타의 온몸을 만져보느라 갑판장의 말에 제때 대답하지 못했다. 이오타는 무엇을 찾는 거냐고 재차 물어왔다.

곧 불길한 짐작은 늘 맞아떨어진다는 게 증명됐다.

"물리지 않았어. 어디에도 뜯겨 나간 살점이 없다."

"그럴 리가요. 제가 한번 보겠습니다."

그러나 이오타 역시 잠시 후 내 말을 인정해야만 했다. 우리는 베타가 귀나 뒤통수를 좀비에게 물렸으나 아드레날린의 작용으로 인해 통증을 몰랐을 것이라는 미심쩍은 답에 만족하기로 했다.

하지만 등 뒤에도 눈이 달려 있어야 하는 종류의 인간이었던 베타가 정말로 그런 초보적인 실수를 했을까.

9

이마에 땀이 송골송골 맺혔다.

방주 게르솜의 엔진에 점점 가까워지는 것이 실감되었다. 기관실의 입구는 거대한 철문이었다. 그것은 열려진 상태였다. 뜨거운 열기가 내부로부터 흘러나왔다. 어쩌면 방사능을 내뿜는 물질이 있을지도 모른다. 나와 이오타에겐 문제가 없겠지만, 과연 평범한 인간이 이곳에서 버틸 수 있는 기간은 얼마나 될 것인가.

"생존자가 있습니까?"

내 외침이 메아리쳐 울렸다. 잠시 후 온갖 금속과 고무 등의 자재들 사이에서 인간들이 모습을 드러냈다. 땟국물이 가득한 얼굴들이 마치 원시 시대에 온 것 같은 느낌이 들게 만들었다. 그러나 대부분 강인한 체질을 갖고 있다는 것이 느껴졌으며, 손에는 파이프를 개조해 만든 것으로 보이는 흉흉한 무기들이 들려 있었다.

이오타가 속삭였다.

"열두 명입니다, 대장."

우린 위협 의사가 없다는 뜻으로 양손을 들어 보였다. 이오타는 머신건의 트리거에서 손을 떼는 것을 불안해했지만 일단 이야기를 나눠봐야 했다.

우두머리로 보이는 젊은 청년이 앞으로 나섰다.

"이, 인간입니까?"

"그렇습니다."

"지구에서?"

"지구에서."

그들 중 대다수가 참지 못하고 울음을 터트렸다. 그들은 두 번째 방주가 만들어져서 자신들을 쫓아왔다는 것에 놀라진 않았다. 하지만 우리가 둘뿐이란 사실에 실망한 기색을 보이는 것은 어쩌지 못하는 듯했다.

그것을 다독이는 것은 가장 묵직한 무기를 등에 매고 있던 우두머리 청년이었다. 질문을 던져야 할 대상이 그자라는 건 명백했다.

우리는 그의 입으로부터 게르솜에서 일어났던 재난의 자초지종을 전해 들을 수 있었다.

“물리지 않아도 전염이 된단 말입니까.”

믿기지 않는다는 내 반응에 생존자들은 침통한 얼굴로 고개를 끄덕였다.

“지구에서 우리가 좀비 바이러스를 상대로 이기지 못했던 것은 그 가공할 진화 속도와 종잡을 수 없는 잠복기 때문이었습니다. 그중 단 한 번도 보고된 적이 없을 정도로 은밀하게 잠복해 있던 바이러스가 돼지 콜레라와 만나 융합해버렸습니다. 진화라 해도 상관없으려나요. 체액뿐 아니라 다른 경로로도 전염되는 살인적인 변종이 만들어진 겁니다.”

그리고 그 변종 바이러스는 방주 안에 지옥문을 열었고, 살아남은 이들은 기관실의 엔진이 내뿜는 열기에 기대어 가까스로 연명하고 있었던 것이다.

우리가 도착하기 직전까지.

“배설물을 통해 감염되는 좀비 바이러스라.”

식인 돼지들과 마주친 곳에서 거무튀튀한 거름을 손에 묻힌 다음 너스레를 떨었던 베타의 얼굴이 생각나자 모골이 송연해졌다. 운명의 회전판은 너무 빨리 회전해서 인간은 그 안에 새겨진 글자를 읽을 수 없다. 그저 행운이 따르길 기대하며 다트를 던질 뿐. 거름을 맨손으로 만지는 역할엔 내가 당첨될 수도 있었다.

모든 설명을 전해 들은 갑판장은 조속히 복귀하라며 우릴 재촉했다.

"관제실까지 당신들을 데리고 가겠습니다. 지시에 따라주십시오. 하지만 그 전에…… 묻겠습니다. 이 중에 아론이란 이름을 가진 자가 있습니까."

내 질문에 생존자들이 술렁이는 가운데 우두머리 청년이 고개를 갸웃했다.

"그것은 제 이름입니다. 어떻게 아셨지요."

이오타가 우리 둘의 얼굴을 번갈아 쳐다본 다음 눈을 가늘게 떴다. 눈썰미가 좋은 그녀라면 이자와 내 용모에서 닮은 점을 찾아낼 수 있을 테지.

부서진 네온사인 아래나 산성비가 차오르는 하수구에서 날 어르고 달래던 어머니의 자장가가 들려오는 듯했다. 그 자장가가 멈추는 날이면 어머니는 늘 방주를 타고 떠난 한 남자의 이야기를 들려주곤 했다.

나보다 20년은 젊어 보이는 그에게 꺼내기엔 아무래도 괴이해 보일 테지만 나는 최대한 담담하게 말을 꺼냈다.

"당신은 제 아버지입니다."

아론은 적잖은 충격을 받은 듯한 기색이었다. 한참 동안 바닥을 내려다보다가 그는 천천히 고개를 가로저었다.

"뭔가 오해가 있는 게 아닌가요. 제겐 자식이 없습니다."

"당신은 제 존재를 모를 거라고, 어머니가 늘 말씀하셨죠."

그는 천천히 다가오더니 망설이는 듯한 손길로 내 가슴을 만져보았다. 우리 둘의 신장은 비슷했으나 체격은 강화 시술을 이겨낸 내 쪽이 훨씬 두꺼웠다. 마치 강력한 추진 기관을 가진 채 먼저 떠난 방주를 따라잡은 엘리에셀처럼.

하지만 강화 시술로 변하지 않는 부위도 있다.

"눈동자 색이 같군요. 제가 캡슐에서 잠들어 있는 사이, 당신은 이만큼이나 자라버린 겁니까."

"우주여행과 냉동 수면이 만들어낸 아이러니죠."

그는 내 구레나룻에 드문드문 난 새치를 보고 있는 듯했다. 아마 자신이 20년쯤 더 자라면 이런 모습이 되는 건가 예상해 보는 것 같기도 했다. 그가 지금 어떤 기분일지 짐작하기는 어려웠다. 방주에 탑승할 때만 해도 선택 받았다 생각했으나 도망칠 수도 없는 곳에서 창궐한 병균 때문에 대방벽 안에서보다 더욱 비참하게 생존을 연명해왔겠지. 그런 아득한 나날의 끝에서 만난 아들. 애초에 갖고 있다고 생각해본 적도 없는 후손.

"무슨 말을 해야 할지 모르겠군요."

"저도 그렇습니다. 하지만 지금은 적당한 시간도, 장소도 아니군요. 일단 여길 빠져나갑시다."

아론이 생존자들에게 고개를 끄덕이자 모두 저마다의 무기를 챙겨 일사불란하게 재집결했다. 마치 알파메일을 따르는 야생의 늑대들 같기도 했고 총명한 선지자를 따르는 신자들의 모습을 연상시키기도 했다. 당근과 채찍을 동시에 쓸 수 있는 카리스마가 없으면 불가능한 일일 것이다.

내가 대방벽의 패거리들 사이에서 우두머리가 된 것은 어쩌면 이자의 재능을 닮은 덕분일지도 모르겠다. 아들이 아버지를 닮는 것은 그의 행동을 모방하는 것일까, 아니면 유전자에 새겨진 습성일까. 둘 중에 어느 쪽 비율이 더 높을까.

그런 잡념이 이어진 것은 기관실의 철문을 박차고 나오는 순간까지였다.

10

게르솜의 열두 생존자들이 개조한 무기는 제법 효율적이었다. 단단한 파이프를 붕대로 감아 손에 말아 쥔 다음 끄트머리에 장착한 날붙이로 좀비들의 머리를 휙휙 제거해 나갔다.

"크르르르르!"

육안으로 봤을 때 수천에 달하는 좀비들이 수송차를 가득 메운 먹잇감들을 쫓아 달려왔다.

"사탕 트럭이 된 꼴이군."

혼잣말일 뿐이었다. 그런데 어느새 옆에서 싸우고 있던 아론이 내 얼굴을 쳐다봤다. 아무래도 말을 걸고 싶은 눈치였다.

"그게 뭡니까."

"8구역에서 어린 시절을 보낼 때 사탕을 주렁주렁 매달고 달리던 트럭이 있었습니다. 굶주린 수십 명의 꼬마들이 남은 힘을 짜내 졸래졸래 그걸 따라가곤 했지요."

내가 살아날 수 있었던 것은 인간의 원초적 욕구를 억누르는 재주를 타고났기 때문일 것이다. 달콤한 사탕의 향기가 코를 찔러댔지만 그것이 곧 사신의 구취라는 걸 직감적으로 알 수 있었다.

"생소한 이야기군요. 그 꼬마들은 충치에 고생을 하지 않았을까요."

"아뇨. 아마 충치가 생길 틈은 없었을 겁니다. 뒤에서 몰래 따라간 인신매매꾼에게 붙잡혀 장기 적출용으로 팔려 나갔을 테니까요."

"……그러면 사탕은 사악한 미끼였던 셈이군요."

"지금 우리가 그런 꼴이 되었다는 소리였습니다. 물론 저 좀비들은 굳이 우리 손을 빌리지 않아도 이미 장기를 빼놓고 다니는 모양이지만."

"씁쓸한 이야기군요."

내겐 타인의 말에 귀를 기울인 경험보다 상대의 귀를 자르겠다고 나이프를 들이댄 경험이 더 많다. 하지만 그럼에도 아론이 꺼내고 싶은 본론은 따로 있다는 것이 느껴졌다.

콰지익!

나는 레일 위를 거꾸로 매달려 기어오던 좀비의 앙상한 팔을 잘라낸 다음 물었다.

"말씀하십시오. 제게 묻고 싶은 것이 있는 모양인데요."

"짐작이 사실로 확인되는 데에는 고통이 따르지요. 고백하건대 망설여지는 게 사실이군요."

"어머니는 두 번째 방주에도 올라타지 못하셨습니다. 엘리에셀이 만들어지기 훨씬 전에 마약 밀매 조직의 손에 돌아가셨지요."

그의 눈썹이 파르르 떨렸다. 나는 30년 전에 어머니를 떠나보내야 했지만, 아론에겐 그녀와의 작별이 불과 몇 년 전 일로 여겨질 것이다.

거기에 내가 뭔가 말을 이어 나가려던 순간, 생존자 중 누군가가 비명을 질렀다.

"레일이 끊겼어!"

아까 우리 세 화이트블러드가 기관실까지 내달렸을 때 뒤따라오던 좀비들의 하중이 우리 냄새가 사라질 때까지 계속 겹쳐졌을 것이다. 그것을 이기지 못하고 레일 중앙이 무너져 내리고 만 것이다.

"브레이크를 밟아요, 카이!"

갑판장이 악을 쓰기 전에 나는 이미 가동 범위의 한계까지 브레이크를 잡아당겼으나 때는 이미 늦었다. 고속으로 질주하던 수송차는 끊어진 레일 위에서 튕겨 나가 화물칸의 차가운 바닥으로 내동댕이쳐졌다. 사상자는 없었으나 다들 요동치는 충격으로 비틀대는 가운데, 이오타가 내게 달려왔다.

"잘 들어요, 대장."

그녀는 생전 처음 보는 얼굴을 하고 있었다.

"총잡이는 눈썰미와 속도로 먹고 삽니다."

"뭐? 이 상황에서 무슨 말을 하려는 거야."

"대장이 내 마음을 오래전에 눈치챘다는 걸, 저는 그보다 오래전에 눈치챘다는 말이예요."

내가 아는 이오타는 절대 이런 말을 하지 않는다. 그것은 피가 탁해진 이후에도, 이전에도 마찬가지였다. 목숨을 내던질 각오를 한 것이 아닌 한.

"무슨 생각을 하는지 몰라도 어리석은 짓은 하지 마라, 이오타."

"대장이 생각하는 어리석은 짓은 어떤 겁니까."

"삶에 대한 동기부여를 제 손으로 놓아버리는 짓이지."

그녀는 내 말을 들은 척도 않고 허리에 두른 폭탄의 활성 버튼을 눌러 푸른빛을 발하게 했다. 저것을 누른 이상 다시 쿨다운시킬 방법은 없었다.

"제 동기부여는 오래전부터 하나였습니다. 바로 대장이 오래 살아남아서 소원을 이루시는 겁니다."

이오타는 내가 말해주지도 않은 소원의 성취를 빌어주곤 좀비 무리를 배웅이라도 하듯 달려 나갔다. 돌아오라고 소리쳤으나 이오타는 돌아보지 않았다. 그녀를 알게 된 이후 처음 당해보는 명령 불복종이었다.

갑판장이 머뭇머뭇 설명했다.

"카이. 이오타가 자신이 좀비들을 유인한 다음 폭탄을 점화시킬 테니, 그동안 최대한 멀리 달아나라고 전해 달랍니다."

"그러면 화물칸 전체에 불길이 번질 겁니다. 그걸 보고만 있을 겁니까?"

"생존자가 관제실까지 달려가 승인 자격을 얻게 하세요. 그래서 폭발이 일어난 구역만 무중력 상태로 폐쇄해 분리시키면 됩니다."

그러면 이오타는 개척 행성에 뿌리 내려야 했을 묘목과 지구의 흙 그리고 좀비들과 함께 우주 공간으로 방출될 것이다.

"아무리 화이트블러드라고 해도 그러면 살아남지 못합니다."

"안타깝지만 저는 선택을 해야 합니다. 더 많은 수를 살리는 쪽을 택해야죠."

아론과 생존자들이 낙하의 충격에서 겨우 정신을 수습한 채 내 지시를 기다리고 있었다. 나는 결국 진열을 짜서 최대한 빨리 수송차로부터 멀어질 수밖에 없었다.

관제실에 들어가 아론이 패널에 손바닥을 올리자 잠겨 있던 항법 장치와 관리 모듈이 일제히 깨어났다.

혼자서 좀비들을 유인하며 달아나고 있을 이오타의 모습이 눈에 선했다.

곧 육중한 굉음이 울렸고 나는 무의식적으로 뒤를 돌아보았다. 화물칸 일부분을 격리하는 셔터가 내려오는 것이 보였다.

몇 초간 잡음이 들려오더니 이오타의 음성이 귓가에 울려 퍼졌다. 갑판장이 원격으로 우리 둘을 연결시켜준 모양이었다.

"한때 대장이 남자를 좋아하나, 성적 지향의 문제인가 의심해본 적도 있었습니다."

"……이오타."

"하지만 아니었죠. 인간이 한 대의 자동차라면 제가 동경하는 대상은 오직 엔진과 바퀴에만 모든 전력을 쏟아부은 고철덩어리였습니다. 몸을 녹여주는 히터는 커녕 귓가를 적셔주는 노래도 틀어줄 수 없는 삭막한 기계."

"지금 어디인지 파악할 수 있겠나. 도기에게 말해서 튕겨져 나간 널 회수해 달라고 요청해보겠다."

하지만 이오타는 무리라고 했다. 자신에게 남아 있는 신체는 이제 머리와 목, 오른쪽 어깨뿐이라고 했다. 강화 시술이 아니었다면 거대한 폭발의 충격으로 이미 사망했을 것이다.

"그래도 대장을 따라가고 싶었습니다. 당신의 엔진이 멈추는 곳까지. 혹시나 그런 날이 온다면 비로소 백미러에 비친 저를 바라볼 수 있을지도 모르니까. 카난이 그곳이 될 수 있을 거라 믿었……."

이 말을 끝으로 이오타는 더 이상 말이 없었다.

비로소 게르솜의 운항 시스템에 접속할 수 있었던 갑판장은 방주를 움직여 엘리에셀의 앞으로 도킹할 준비를 했다.

거대한 방주가 사슬에서 풀려나오자 아우성치는 좀비들과 잔해는 점점 멀어져갔다.

11

"이 인원을 셔틀에 다 탑승시키는 건 무리라서요. 임시로 터널을 만들어놓았습니다."

선외 우주복을 입은 도기가 급조한 터널을 통해 나와 열두 명의 생존자는 엘리에셀로 돌아올 수 있었다.

생존자들의 끄트머리에서 후방을 주시하던 내게 도기가 머뭇머뭇 다가왔다.

"미안합니다, 카이."

"뭐가 미안하다는 건가요. 그리고 A급 시민은 저에게 사과하면 안 됩니다."

"화이트블러드란 별명에는 사실 두려움과 멸시가 섞여 있어요. 인간의 한계를 훨씬 뛰어넘는 신체 능력은 경외감과 거부감을 동시에 주니까요. 그래서 허락 없이 당신을 만졌던 걸 사과하고 싶습니다. 마치 동물원의 사자를 대하는 것처럼 무례했어요."

무례라. 예의란 상대방의 감정에 상처를 주지 않기 위해 만들어진 것 아닌가. 하지만 내겐 상처 받을 감정이 없다.

도기의 입꼬리가 슬쩍 올라갔다.

"하지만 오늘 당신들의 활약은 정말 대단했습니다. 방주 속에 숨어든 좀비를 죽이고 이렇게 탈출했잖아요? 마치 인간의 몸속에 침입한 병균을 퇴치하는 백혈구(White Blood Cell) 같지 않습니까."

"그런가요. 당신의 말을 들었다면 이오타와 베타도 우리의 별명에 마냥 불쾌해하지만은 않았을 겁니다."

방주에 진입하기 전의 필수 절차인 멸균실에 들어서자 눈이 부실 정도로 새하얀 멸균실과 생존자들의 더러운 모습이 극적으로 대비되었다.

멸균 조치가 진행되는 동안 아론이 내게 다가왔다.

"4만 4,000명 중에서 열두 명만 살아남았군요. 하지만 그들을 애도하는 시간은 나중으로 미루겠습니다. 무엇보다 생존자들을 대표해 당신에게 감사합니다."

"제 임무는 게르솜을 다시 움직이게 하는 것이었지, 당신들을 구출하는 것이 아니었습니다. 감사하지 않아도 됩니다."

"그래도 인간의 도리란 것이 있지요. 동료를 잃은 것 역시 유감입니다."

살아남은 것에 안도하고 이오타의 희생을 슬퍼한다고 말하는 아론의 표정은 진심 같아 보였다. 그의 이런 감성적인 면모는 예상 밖이었다. 그것은 내게는 없는 부분이다. 베타와 이오타가 눈앞에서 죽어갔지만 눈물 같은 건 나지 않았다. 사탕 트럭을 쫓아가지 않기 위해 억눌렀던 뭔가는 여전히 그 자리에 있다. 어쩌면 나는 어머니 쪽을 더 많이 닮은 걸까.

원통 같은 멸균실 안에서 20분을 대기했으나 후속 지시가 없었다.

모두 조금씩 의아해하는 가운데 귀에 익은 목소리가 천장 스피커를 통해 흘러나왔다. 잔뜩 긴장한 갑판장의 목소리였다.

"문제가 생겼습니다, 여러분."

그리고 갑판장은 나에게만 귓속말로 이렇게 전했다.

"카이. 나이프를 뽑아두세요. 쓸 일이 생길 수도 있습니다."

"무슨 일입니까."

내 질문에 갑판장은 다시 내선 스피커로 답했다.

"로이의 스캐너가 멸균실에서 진입 불가한 존재의 반응을 탐지했습니다."

우리의 눈이 재빨리 생존자들의 손에 들린 허름한 무기들을 훑었다. 재료만 다를 뿐 원시인의 무기나 다름없는 것들인데 진입 불가라니. 내 마음을 읽었는지 갑판장은 더 상세히 설명하려 했다.

"무기물이 아니라 유기체에서 비롯된 반응입니다. 몸 바깥이 아니라 안의 문제죠. 아무래도 당신들 중에 게르솜에 창궐했던 바이러스의 보균자가 있는 것 같습니다."

이 안에 보균자가?

아론이 반문했다.

"그건 불가능합니다. 이들은 몇 년 동안이나 저와 함께 살아남은 사람들이에요. 서로가 서로를 보증할 수 있습니다. 당신들의 컴퓨터가 착오를 한 게 아닐까요."

"잠복기를 비정상적으로 늘린 개체가 있다면 불가능한 일은 아닙니다. 아직 발현되지 않았을 뿐이지요. 유감이지만 보균자가 아니라는 것을 증명할 수 없다면 방주에 들여보낼 수 없습니다."

생존자들 사이에서 웅성거림이 생겨났다. 방금 전까지만 해도 꼭 붙어 있던 그들이 이제는 한 발짝 이상 거리를 유지한 채 벽에 등을 붙이고 서 있었다.

이런 상황에서도 아론은 냉정하려 애썼다.

"도대체 어떻게 증명하란 소립니까."

잠시 후 멸균실 내벽의 일부가 스르륵 튀어나왔다. 냉매에 둘러싸인 박스 안에서 녹색 액체가 채워진 주사기들이 달그락 소리를 냈다.

"한 명씩 차례대로 그것을 팔에 주사하십시오. 보균자가 아니라면 아무 일도 일어나지 않습니다."

이 녹색 주사기가 무엇을 상징하는지 게르솜의 생존자들도 알고 있다는 것이 곧 드러났다.

"이거, 보균자를 즉사시키는 독극물이잖아!"

부들부들 떨면서 말하는 생존자의 말은 사실이었다. 이 약물은 바이러스를 치료할 목적으로 개발된 백신이었다. 하지만 바이러스를 몸에서 몰아내는 과정을 접종자가 견뎌낼 수 없는 치명적 단점을 갖고 있었다. 병균을 죽이되 그 숙주마저 죽이는 실패작이었던 것이다.

갑판장은 한숨을 내쉬고는 말을 이어 나갔다.

"이것만이 유일한 방법입니다. 주사기를 들고 자신의 몸에 직접 투여하세요. 카이, 만약 생존자들이 이 강령에서 조금이라도 벗어난 행동을 보인다면 손에 든 나이프로 누구든 사살하세요."

'사살'이란 단어에 갑판장은 일부러 강세를 두었다. 그러자 생존자 중 몇 명이 무기를 꼬나든 채 우르르 몰려와 나를 둘러쌌다.

"웃기지 마! 우리가 당하기 전에 먼저 이 자식을 죽이면 돼."

나는 그들의 손에 죽을 생각은 없었으나 빗나간 사실을 주지시켜줄 필요는 느꼈다.

"당신들이 전부 덤벼도 제게 상처 하나 내긴 힘들 겁니다."

그러자 아론이 양팔을 벌려 내 앞을 가로막았다. 형언하기 힘든 어색함이 날 사로잡았다. 곧 그 이유를 깨달았는데 누군가가 나를 감싸고 등을 보여준 것이 실로 생소한 경험이었기 때문이다.

"어리석은 짓 하지 맙시다. 설사 이자를 우리끼리 쳐 죽인다

해도 이 방주의 주인은 멸균실에 공급되는 산소만 끊으면 됩니다. 우린 저항할 방법도 없이 죽겠죠. 목숨을 걸고 보균자를 가려내야만 합니다."

그러자 가장 나이가 많아 보이는 생존자가 아론을 손가락질했다.

"빌어먹을! 우리와 몇 년 동안 함께 살았으면서, 오늘 처음 아들이랍시고 갑자기 튀어나온 자식의 편을 들겠다고?"

"흥분하지 마십시오. 이것은 그것과는 상관없는 문제입니다."

생존자들이 주춤하자 아론은 나조차도 예상하지 못했던 행동을 했다. 성큼성큼 주사기가 담긴 박스로 걸어가 팔뚝을 걷어붙인 것이다. 그리고 망설임 없이 자신의 팔뚝에 주삿바늘을 꽂았다.

나도 모르게 비명이 터져 나왔다.

"안 돼!"

모든 생존자가 화들짝 놀랐으나 정작 아론의 얼굴은 평온했다. 일 분이 지나도 그의 몸에선 아무런 반응도 보이지 않았다. 하지만 내 눈엔 그의 이마에 송골송골 맺히는 땀방울이 보였다.

"자, 이런 식으로 하면 됩니다. 여러분, 시작하죠."

나는 흥분을 가라앉히려 애쓰며 그의 돌발 행동을 나무랐다.

"한 방에 죽을 수도 있었습니다. 원래 그렇게 무모합니까."

아론은 내 반응에 의외라는 듯이 웃었다.

"절 걱정해주는 겁니까. 이거, 아버지로서 감동 받아도 되는 부분일까요."

내가 말문이 막혀 우물쭈물하는 동안 생존자들은 천천히 벽에서 등을 떼고 앞으로 걸어 나왔다. 그러고는 저마다 믿는 신에게 기도한 다음 팔뚝에 약물을 주사했다. 아론 이후로 나선 세 명의 생존자가 모두 무사통과했다.

하지만 다섯 번째에서 잠자코 있던 사신의 낫이 휘둘러졌다.

"크아아아아악!"

주사 용액을 반절도 넣기 전에 다섯 번째 생존자는 바닥을 구르며 괴로워하다 피를 토했다. 즉사였다.

나는 나이프를 굳게 움켜쥐었다. 사망자를 눈으로 본 미통과자들이 패닉을 일으켜 덤벼들 가능성은 충분했다.

다행히도 그런 일은 일어나지 않았다. 이제 반란을 제압할 동기가 있는 자는 나 혼자만이 아니었기 때문이다. 아론은 물론이거니와 시험을 통과한 생존자들이 다른 생존자들을 감시하며 압박하고 있었다.

여섯 번째 통과.

일곱 번째 통과.

여덟 번째 실패.

아홉 번째 생존자가 부들부들 떨리는 손으로 주사기를 집어 들었을 때 나는 귓가에서 흘러나오는 갑판장의 미약한 한숨 소리를 분명히 들었다. 뭔가에 안도하는 기색.

그 순간 어떤 가설이 머릿속으로 몽글몽글 피어났다.

남은 네 명이 시험을 통과하는 데에는 긴 시간이 필요했지만 생존자들은 참을성 있게 기다렸다. 그리고 모두의 시선이 한 곳에 집중되었다.

바로 나이프를 손에 든 내 얼굴이었다. 나는 천천히 마지막 주사기를 집어 들었다. 붉게 충혈된 눈으로 내게 덤벼들었던 베타의 마지막 모습이 필름처럼 떠올랐다.

아론이 내게 걸어왔다.

"당신은 강화 시술을 받았다고 하지 않았습니까. 피의 색깔이 달라질 정도라면서요. 그럼 좀비 바이러스에 감염되지 않을 수도 있는 거 아닌가요."

그는 내가 주사기를 쓰지 않길 바라고 있었다. 아들의 존재를 처음 알게 된 날과 아들의 장례식이 달력의 같은 날짜에 적히길 두려워하고 있었다.

"그건 아닙니다. 제 동료는 강화 인간임에도 불구하고 바이러스에 감염돼 변이했어요. 강화되는 것은 근육과 신경 같은 조직들일 뿐 좀비 바이러스에 면역이 되진 않습니다."

낭패감이 그의 얼굴을 감쌌다. 나 역시 주사기를 손에 들었으나 팔로 가져가기가 쉽지 않았다. 왜냐하면 아직 해야 할 일이 남아 있었기 때문에. 시체들의 바다에서 헤엄쳐 올라올 만큼 악착같이 살아남았던 단 하나의 이유.

바로 그때 멸균실의 잠금 장치가 철컥 풀리며 선내로 들어서는 통로가 그 모습을 드러냈다. 모든 생존자가 할 말을 잃은 가운데 갑판장의 밝은 목소리가 멸균실을 가득 메웠다.

“엘리에셀에 오신 걸 환영합니다, 생존자 여러분. 통로를 따라 걸어 들어오십시오.”

생존자들은 아직 주사기를 사용하지 않은 나와 활짝 열린 문을 번갈아 쳐다보다가 우르르 멸균실을 빠져나갔다. 두 구의 시체가 바닥에서 피를 흘리고 있는 곳에서 빨리 달아나고 싶었는지도 모른다.

“사, 살았어! 우린 이제 카난으로 가는 거야.”

아론 역시 안도했다. 그의 동공에는 안도감이 넘실댔다.

“왠지 모르지만 끝난 모양입니다. 다행히 당신은 시험을 받지 않아도 되는 모양이로군요. 인공지능의 힘인 건가.”

내가 가설을 확신으로 바꿀 수 있었던 시점은 그 순간이었다.

“통로에 다가가지 마십시오, 아론. 물러나세요.”

나는 멸균실의 문을 다시 닫은 다음 걸쇠를 걸었다. 그리고 벽면에 부착된 출입 모듈을 주먹으로 부숴버렸다.

“저기, 대체 왜 그러는 겁니까.”

당황한 것은 아론뿐이 아니었다. 갑판장 역시 내 기이한 행동의 의미를 물었다.

“카이? 왜 멸균실에 스스로를 가둔 거죠? 이제 다 끝났어요. 이제 카난으로 가기만 하면 된다고요.”

“압니다. 시험이 끝났다는 걸. 하지만 공교롭게도 제 숙원은 이제부터 시작입니다."

12

"갑판장님은 제게 거짓말을 하셨습니다."

로이는 보균자가 몇 명인지, 그게 누구인지 알고 있었다. 로이의 스캐닝을 통과하지 못한 그 두 명만 내게 처리하라 명령하면 그만인 문제였다. 하지만 그들이 공포감에 사로잡혀 일제히 나를 공격할 경우를 우려했을 것이다. 그래서 이런 복잡한 연극을 떠올린 것이다.

"맞아요, 카이. 그게 희생자를 최소한으로 줄일 수 있는 방법이었습니다. 속인 건 미안합니다. 그걸로 마음이 상했다면……."

"그 문제가 아닙니다."

로이의 스캐닝 능력은 원격으로도 기나긴 잠복기를 가진 바이러스 보균자를 색출해낼 수 있다. 그렇다면 내 눈앞에 있는 남자와 내가 부자 관계라는 것도 알아내지 않았을까.

내 의심을 털어놓자 갑판장은 침묵으로써 확인을 시켜줬다.

"처음엔 내가 아버지를 처형하는 것을 거부할 것을 대비해 로이가 이런 방법을 고안해냈을 거라 추리했습니다. 하지만 그것은 아귀가 맞지 않죠. 제 몸에 삽입된 사살 장치가 있는 한 어차피 내겐 거부권이 없으니까. 거기까지 떠올리니 자연스레 하나의 결론에 다다를 수밖에 없더군요."

나는 심호흡을 한 다음 단어를 석판에 때려 박듯 말했다.

"이 멸균실의 위치는 방주 엘리에셀의 끄트머리죠. 거리 때문인지, 멸균실의 폐쇄 장치 때문인지 모르겠지만 지금 로이는 제 몸에 심어진 장치를 원격으로 작동시킬 수 없는 겁니다. 아닙니까."

"……그래요. 하지만 그게 어쨌다는 거예요, 카이? 이 안에서야 로이의 통제로부터 자유로울 수 있겠지만 그래 봤자 잠시일 뿐인걸요."

나는 비로소 만족스러운 웃음을 지을 수 있었다. 방금 갑판장이 언급한 그 '잠시'를 억겁의 세월 동안 기다려왔으니까.

아론이 걱정스러운 표정으로 물어왔다.

"카이. 지금 관리자와 무슨 이야기를 하고 있는 겁니까. 문제라도 생긴 건가요?"

문제라면 내가 태어났을 때부터 이미 존재하고 있었다. 그리고 나는 그걸 풀기 위해 이 머나먼 우주까지 날아왔고.

"아론. 이제 내가 당신의 아들이라는 걸 받아들인 것 같은데, 맞습니까."

"그렇습니다. 탈출 중에는 경황이 없었지만 이제 차근차근 이야기를 나눠보고 싶은 것이 제 소망입니다. 물론 당신이 원한다면요."

"당신도, 저도 이 지긋지긋한 바이러스와 평생을 싸워왔지요. 묻고 싶습니다. 이 우주에서 가장 질긴 생명력을 가진 바이러스가 무엇이라고 생각하십니까."

영문을 몰라 하는 기색이 역력한 아론은 선불리 대답을 하지 못했다. 나는 천천히 나이프를 한 방향으로 들어올렸다.

숱한 피를 마신 칼날이 향한 곳은 바로 내 아버지의 얼굴이었다.

"나는 혈육을 죽인 자에 대한 증오가 가장 질긴 바이러스라고 생각합니다."

녹슨 쓰레기통의 뚜껑이 철컹 닫히는 소리가 들리는 듯하다. 어머니가 그곳에 나를 집어넣고 떠나면 내가 할 수 있는 것이라곤 무릎을 가슴에 붙인 채 생각에 잠기는 것뿐이었다. 나를 여기 가두게 한 것이 어머니의 짓이 아니라는 걸 아주 어릴 때부터 짐작할 수 있었다.

맨정신일 때 어머니는 내 탄생을 보지 못한 아버지에 대한 그리운 심정을 내게 읊조리곤 했다. 하지만 마약에 손을 대기 시작하면서부터는 달랐다. 아내를 버리고 도망친 한 남자에 대한 지독한 저주와 원망이 토하듯 쏟아져 나왔다.

"엘리에셀에 탑승하고서야 저는 게르솜의 역사에 대해서 알게 되었습니다. 첫 번째 방주에 선정되었던 것은 당신이 아닌 어머니였다는 걸. 하지만 출발 일주일 전 당신으로 이름이 바뀌어 있더군요. 이 많은 사람들을 이끌어 살아남게 한 당신의 생존 본능이 내 어머니를 배신하고 게르솜에 탑승하도록 만든 것이겠지요."

아론의 얼굴이 붉게 달아올랐다.

"티켓을 내가 빼앗았다고 믿어온 겁니까. 그렇지 않아요. 그녀는 내게 자신이 암에 걸렸다고 고백했습니다. 얼마 살지 못할 자신보다 내게 유용할 것이라며 티켓을 양도해준 겁니다."

"어머니는 암으로 죽지 않았습니다. 그녀를 죽인 건 암이 아니라 마약 중독이었고, 그럴 수밖에 없었던 이유는 당신을 향한 사랑과 증오 속에서 평생을 갈등해야 했기 때문입니다."

"난 정말 몰랐던 사실입니다. 선발 과정 당시 임산부는 면역체계의 불안정성과 정원 초과의 이유로 거부당하곤 했지요. 당신을 가졌단 사실을 안 그녀가 강제로 자격을 박탈당할 것이 두려워 티켓을 내게 양도한 걸 겁니다."

잠자코 듣고 있던 갑판장이 끼어들었다.

"저기, 둘의 사연이 무엇인지는 몰라도 진정해요. 일단 둘이 함께 관제실로 돌아오면 로이에게 그 사람을 맡겨서 거짓말 테스트를 할 수 있을 겁니다. 로이는 완벽에 가까운 인공지능이라고요!"

"네. 오늘 밝혀진 것처럼 그토록 완벽한 인공지능이기 때문에 필요하다면 인간을 기만하고 속일 수도 있지요. 로이의 최우선 지령은 개척민의 생존 확률을 높이는 것. 그는 게르솜 재난 생존자들의 지도자가 가진 생존력과 가치를 보존하길 원할 겁니다. 때문에 그 컴퓨터의 말은 제게 믿음을 주지 못합니다."

아론이 피를 토하듯 외쳤다.

"그렇다면 당신의 눈으로 날 지켜봐주시오, 카이. 내가 살기 위해 사랑하는 여자를 배신할 남자가 아니라는 걸 남은 삶 동안 카난에서 입증해내면 되는 문제 아닙니까. 살기 위해 방주의 불 꺼진 바닥에서 그 기나긴 어둠을 견뎌냈습니다. 당신은 상상도 하지 못할 지옥 속에서. 이제 와서 아들의 손에 죽을 순 없소!"

성서에 나오는 게르솜과 엘리에셀은 파라오의 폭압으로부터 이집트를 탈출한 유대인의 후손이다. 그러나 그 둘의 아버지이자 유대인 무리를 이끌던 선지자 모세는 정작 죽을 때까지 가나안의 땅을 밟지 못했다.

개척 행성 카난에 가지 못하게 될 누군가의 운명을 닮지 않았는가.

뭔가가 퍼뜩 생각난 듯 아론의 얼굴에 분노가 퍼졌다.

"방금 전에 내가 주사기를 꽂을 때 화를 냈던 건 그 때문이었습니까. 자신의 손으로 날 죽여야 하는데, 하마터면 그러지 못할 뻔해서?"

던져진 상황에 내포된 의미를 읽는 것도 우리 부자의 닮은 점일까. 나는 정글 나이프의 끄트머리로 멸균실의 내벽을 긁으며 그에게 다가갔다.

"아론. 상상 못할 지옥을 견뎌냈다고 했습니까. 저 역시 우리 모자를 지구에 버리고 간 자를 죽이기 위해 그 비루한 대방벽의 어둠 속에서 40년을 살아왔습니다. 돼지의 세포 속에 숨어서 잠복해 있던 콜레라처럼."

아론은 내 눈빛에 담은 진심을 읽은 모양이었다. 뒷걸음질하던 그가 바닥에 나뒹굴던 파이프 중 하나를 슬그머니 집어들었다.

"다가오지 마시오. 강화 인간이라 하더라도 심장은 하나뿐이겠지요. 아들의 손에 죽은 아버지와 아들을 죽이고 만 아버지 중에서 고르라면 내 선택은 후자일 테니까."

그의 등이 멸균실의 막다른 공간에 닿으려 하고 있었다. 팔을 휘두르면 그의 신체 어디든 공격할 수 있는 사정거리였다.

물은 얼어붙는 순간 부피가 커진다. 그러나 분노는 그 반대다. 40년 동안 냉동되었던 내 분노가 해빙되는 순간 어느 정도의 해일이 일어날지 이제는 나조차도 짐작할 수 없었다.

"이 순간부터 내가 아버지의 아들임을 부인하겠습니다. 나는 당신의 목숨을 앗아갈 바이러스입니다."

박살 난 주사기의 유리 조각에 내 얼굴이 비쳤다. 분명히 내 입은 웃고 있었다. 뚜껑이 열렸을 때 처음 나온 것의 이름은 환희인 것인가.

도기의 말은 틀렸다. 나는 백혈구인 척 모두를 기만해온 병균이다. 내가 숨 쉬고 있는 이곳은 변종 돼지 콜레라도, 잔악한 좀비 바이러스도 소각해내는 멸균실이지만 나를 멸하지는 못할 것이다. 오늘은 길었던 내 잠복기의 끝. 드디어 숙주의 목숨을 받아갈 시간이다.

나는 40년을 참아왔던 고함을 내지르며 아론의 목을 향해 칼을 휘둘렀다.

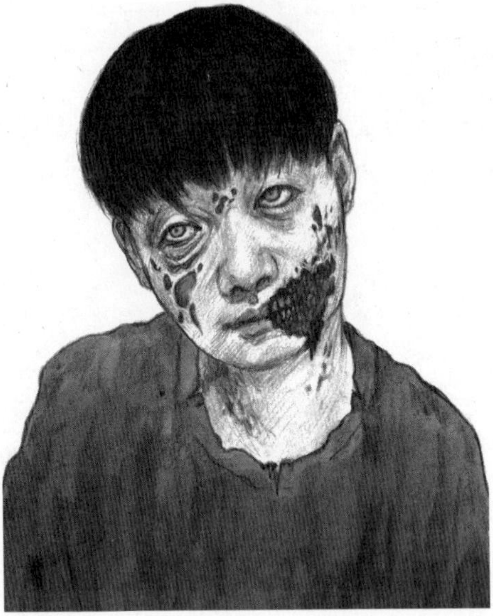

인기영

시작은 술자리에서 나온 우스갯소리였습니다.

"좀비 영화를 싫어하는데 좀비를 주제로 집필한 영화 시나리오가 영진위의 시나리오 진행 개발 사업에 당선되었다. 코믹물이다. 세상에 좀비 한 마리만 깨어나 사람들이 무서워 도망 다니는 이야기다."

이후 정신을 차려보니 앤솔로지에 들어갈 글을 집필하고 있었습니다.

고3 시절 판타지 장르 문학으로 첫 책을 출간한 후 애니메이션 시나리오, 영화 시나리오, 게임 시나리오, 희곡, 잡지 디렉터 등 글로 할 수 있는 건 뭐든지 하며 살아왔습니다. 현재는 매일매일 유료 연재의 굴레 속에서 타자를 두들기며 살고 있습니다.

〈28일 전〉은 제 마음 가는 대로 자유롭게 집필한 글입니다. 기존의 단편소설과 형식이 많이 다르겠지만 '재미'는 확실히 보장합니다.

제가 집필하는 모든 글의 주제는 늘 같습니다. 바로 '재미'입니다.

있는 그대로 즐겨주세요.

28일 전

인기영

여기, 타이밍을 잘못 맞춰 동료 좀비들 보다 일찍 깨어난 좀비가 한 마리 있습니다.

세상은 사람 천지, 좀비는 단 한 마리.

앞날이 막막해집니다.

좀비.

그들은 어떤 존재일까요.

어떠한 연유로, 어떻게 만들어져, 어디에서 온 것일까요.

아무도 모릅니다. 심지어 다른 동료들보다 28일이나 일찍 깨어난 한 마리의 좀비, 본인도 모릅니다.

자신의 이름도, 태어난 목적도, 무엇을 해야 하는지조차 알 수 없습니다.

적당히 부패해서 쿰쿰한 냄새가 풍기는 몸뚱이 안에는 통제하기 힘든 정체불명의 의지만 겨우 발아(發芽)해 있습니다.

'자아(自我)'와는 다릅니다.

타인에게 주입 받은 의지가 부패한 시체를 좀비로 일으켜 세웠습니다.

의지는 육신에게 명령합니다.

— 본능대로 움직여라.

좀비가 가장 먼저 그리고 가장 크게 느끼는 것은 식욕입니다.

그는 무엇이라도 먹고 싶습니다. 자신이 땅속을 헤집고 나온 곳을 둘러봅니다.

숲이 우거진 산속입니다.

다시 한 번 강조하지만 그는 무엇이라도 먹고 싶습니다. 그만큼 허기가 집니다.

눈에 보이는 대로 풀을 뜯고 모래를 집어 입에 넣습니다.

"우적. 우적. 퉤……."

이건 아닙니다.

다른 것이 필요합니다.

"킁킁."

벌름거리는 콧속으로 바람이 싣고 온 육향(肉香)이 스며듭니다. 바로 이거네요.

좀비가 천천히 걸음을 뗍니다. 마음은 급한데 부분부분 굳어 있는 관절과 근육이 영 따라주질 못합니다.

한 발. 또 한 발.

겨우 움직이며 바람이 불어오는 방향으로 떠나갑니다.

그가 떠나고 난 자리엔 파헤쳐진 구덩이 하나만 덩그러니 을씨년스럽습니다.

†

"뭐야? 미친놈이야?"

"대낮에 뭐하는 거야, 저게."

등산객들의 저런 반응도 이해가 안 가는 건 아니야. 벌건 대낮에 발가벗고 흉물스런 물건까지 떡하니 내놓은 남자가 돌아다니니까. 아니, 몇몇 아줌마들은 눈을 반짝반짝 빛내면서 침을 꼴깍 삼켰어. 한여름 잘 익은 아삭 고추보다 저게 더 맛있겠다는 생각까지 들 정도였지.

좀비 새끼 주제에 물건이 참 실하지?

중요한 건 좀비와 조우한 등산객들이 그가 좀비라는 걸 모른다는 거야. 그냥 정신 나간 미친놈이나 특이점이 발생한 거지 정도로 여겼지.

여기서 문제.

좀비에게 등산객들은 어떻게 비쳐졌을까? 네가 좀비라면 어땠을 것 같아? 얘, 배고파서 고기 냄새 맡다가 여기까지 온 거잖아. 그럼 얘가 맡았던 고기 냄새가 뭐겠어?

그래. 바로 사람 냄새야.

이 새끼가 깨어난 좀비 무덤이 등산로에서 그리 멀지 않았던 거지. 등산객들이 이렇게 몰려오는데 고기 냄새가 바람에 안 실려 오고 배겨?

"그으으으으아아아아아."

집중! 저 새끼 턱관절 풀기 시작한다.

핏줄이 툭툭 불거져서 창백한 얼굴로 입을 쩍 벌리니까 그 상판이 참 역겹다……고 말하고 싶은데, 염병.

좀비가 뭐 저렇게 잘생겼냐.

어지간한 연예인 빰치는 얼굴이다. 완벽한 얼굴이라고 알아? 말도 안 되게 잘생겨서 얼굴에 난 자잘한 흉터나 누가 하면 병신 삽대가리 되는 헤어스타일까지 완벽한 핸섬 미장센으로 둔갑해버리는 그런 얼굴.

지금 저 좀비가 그래.

살아생전 얼굴로 여자깨나 후리고 다녔을 것 같다 이 말이야.

아줌마들 시선이 괜히 저 새끼 얼굴이랑 가랑이 사이를 바쁘게 왔다 갔다 하는 게 아니라고.

바닥에 떨어뜨린 찐빵 밟아놓은 것처럼 생겼으면 가랑이 사이에서 눈을 떼지 못했겠지.

만약 누가 나한테 '저렇게 생기고 좀비 될래? 얼굴 무너지고 사람 될래?' 하고 묻는다면 난 무조건 좀비 된다. 그거 알아? 나는 말이다. 딱 하루만 못생겨지고 싶어. 왜냐면 난 매일 못생겼거든. 웃지 마, 씨팔 새끼야.

어쨌든 이제 좀비의 첫 사람 사냥이 시작되려는 찰나야.

네가 생각하는 좀비란 뭐야?

그렇지.

고통을 모르는 괴력의 괴물이지?

근데 이 새끼는 달라.

"엄마야!"

딱!

"끄어어!"

놀란 아줌마가 휘두른 스틱에 대가리를 얻어맞았는데 졸라 아픈 거야, 지금.

더 기가 막힌 건 뭔지 아냐? 힘도 없어. 아줌마가 다시 내려친 스틱 잡고 힘겨루기 하다가 뒤로 나자빠졌으니 말 다 했지.

그리고 또 하나.

좀비의 가장 큰 특징이 뭐야?

그래. 사람 뜯어 먹고 뜯어 먹힌 사람은 똑같이 좀비 되는 전염성이잖아.

얘도 지금 동료가 필요해.

가뜩이나 힘없고 느린 데다가 고통까지 느끼는데 일 대 다수의 열악한 역경을 이겨내야 하는 이순신 장군의 심정이란 말이야 지금.

그래서 우여곡절 끝에 한 할아버지 등산객의 손을 물었어.

"아 따거! 이 쌍놈의 새끼가!"

당장은 욕을 하지만 곧 동료가 될 것이라는 기대감에 입꼬리가 말려 올라가는 좀비였지.

근데 참, 세상 맘대로 안 돼.

"이 쌍놈의 새끼! 이 개잡놈의 새끼! 쌍, 간나 새끼! 애미 애비도 없는 개호로자식!"

이미 전염이 되어도 오래전에 되었어야 하는 할아버지의 입에서 계속 욕이 튀어나와. 손에 든 스틱으로는 연신 대가리를 때리는데 눈앞에 별이 번쩍거려.

이상하지?

좀비는 자신이 강하다는 걸 알았어. 고통도 느껴서는 안 됐지. 자신에게 물리면 그 인간은 같은 좀비가 된다는 정보 또한 기억되어 있었어.

이유는 모르지만 분명 어떤 새끼가 그런 정보를 넣어놨단 말이야.

근데 되는 게 하나도 없어.

결국 괜히 할아버지 한번 물었다가 죽도록 두들겨 맞은 좀비는 도망치기 시작했는데, 이 새끼 눈앞에 계속 별만 반짝거리니까 방향 감각을 상실한 거야.

낭떠러지로 돌진하대, 흐흐.

"어어어?"

"저, 저!"

등산객들이 어어 하는 사이 좀비는.

"흐꼽."

이상한 비명만 남기고서 데굴데굴 굴러떨어졌어.

여기서 문제.

이를 본 등산객들의 반응은?

1. 경찰에 신고한다. 2. 모른 체한다.

이거 잘못하다간 자기들이 살인자 되게 생겼는데 신고하겠니? 게다가 벌거벗고 다니던 미친 새끼가 먼저 위협해서 이 사달이 난 건데.

등산객들은 얼른 자리를 떠버린 거야.

그래서 낭떠러지 아래로 굴러버린 좀비는 어떻게 됐을까?

라면 좀 끓여오면 더 얘기해줄게.

툴툴대지 말고 맛있게 끓여봐, 존만아.

†

그래서 어떻게 됐더라?

나이 드니 이것도 가물가물하네…….

…….

…….

으응? 아니야. 안 졸았어. 졸긴 누가 졸아. 허허. 아, 생각났다. 낭떠러지로 굴러버린 좀비는 죽지 않았단다. 비록 근육이 굳어버린 데다 힘도 없었지만 맷집은 제법이었던 게지.

응? 좀비가 왜 그렇게 약하냐고?

물린 인간은 왜 좀비 바이러스에 전염되지 않았느냐고?

그게 다 이 멍청한 좀비가 28일 전에 저 혼자만 미리 세상에 나와서 벌어진 불상사인 게야.

땅속에서 더 푹 썩었어야 했는데……. 쯧쯧.

아무튼 혼비백산한 좀비는 뒤도 돌아보지 않고 산을 벗어났어.

그리고 경험을 통해 한 가지 사실을 학습했단다.

'자신과 덩치가 비슷한 생명체는 위험하구나.'

산 아래에는 한적한 인가였어.

모여 사는 가구가 몇 되지 않는 작은 동네는 하나같이 마당을 끼고 지어진 낡은 집들만 가득했지.

대부분 할아버지 할머니들만 터줏대감처럼 남아 있고 젊은 이들은 도통 찾아보기 힘든 그런 곳이었는데……. 그래서 여기를 자주 찾는 중학생들이 있었어.

오늘도 그 중학생 셋은 점심시간에 학교를 나와 어김없이 이곳을 찾았지.

셋이 나란히 쪼그려 앉아 뭔가를 하려던 찰나.

"그으으으."

좀비와 맞닥뜨렸단다.

학생들은 벌거벗은 미남 좀비를 보고서 잠시 사고가 굳어버렸지. 반면에 좀비는 좀 전에 만났던 인간들보다 왜소한 덩치의 학생들을 보고서 드디어 배를 채울 수 있겠다는 희열에 가득 찬 거야.

"그어어어어!"

좀비가 비틀비틀 다가가 입을 쩍 벌리고 학생들을 뜯어 먹으려 하는데! ……응? 그거 500원.

†

좀비는 오뉴월에 개 패듯 두들겨 맞았습니다.

왜 하필이면 건드렸던 중학생들이 일진이었던 것일까요.

그것도 학교에서 단단히 내놓은.

바닥에 넙죽 엎드려 벌레처럼 꿈틀거리는 애처로운 몸뚱이 위로 하얀 구름이 깔립니다. 냄새가 고약하고 목이 턱턱 막히는 것이 좋은 기분은 아닙니다.

"후우. 담배 한번 피기 졸라 어렵네."

"근데 이 새끼, 뒤지는 거 아니야?"

"몰라, 씨팔. 가자."

일진들이 사라지고 난 뒤 비척거리며 일어난 좀비는 벽에 기대어 한참을 서 있었습니다.

그런데.

저벅. 저벅.

사람 발소리가 들려옵니다.

좀 전에 자신에게서 멀어져가던 삼인의 발자국 소리보다 느렸지만 사람 발소리가 확실합니다.

도망가고 싶은데 몸이 말을 듣지 않네요.

저벅. 저벅.

발자국 소리는 점점 더 가까워집니다.

좀비는 인간이 무섭다는 게 학습됐습니다. 적어도 몸이 성치 않을 때 마주치기는 싫습니다.

그런데, 나타났습니다.

"……뭐꼬?"

골목에서 모습을 드러낸 건 머리에 서리가 하얗게 내린 할머니였습니다. 구부정한 허리로 지팡이에 몸을 의지한 채, 다른 손에는 보자기에 싼 장닭을 들고 있습니다.

약해 보입니다.

산에서 만났던 등산객들보다 더.

방금 전 자신을 구타한 중학생들보다 더.

좀비가 천천히 할머니에게 손을 뻗습니다.

그러고는,

딱!

"정신병자가?"

할머니의 지팡이에 정수리를 얻어맞고 쓰러집니다.
좀비의 존재 가치가 땅을 파고 기어들어가네요.
……할아버지? 주무세요? 할아버지?
다음 이야기는 내일 들려드릴게요.

†

후루룩! 쩝쩝. 좀 싱겁네, 에이.
아무튼 대낮에 추격전이 벌어진 거야.
꼬부랑 할머니가 지팡이를 휘두르면서 좀비를 쫓는데, 좀비 새끼는 품에 장닭을 안고 달려. 할머니한테 안 될 것 같으니까 장닭이라도 빼앗아 먹으려 했던 거지.
근데 봐봐.
둘 다 느려. 졸라 느려.
꼬부랑 할머니랑 좀비는 사력을 다해 뛰는 건데 남들이 보기엔 경보보다 못해.
세상에 둘도 없는 코미디지.
그런데! 이 덜떨어진 좀비 새끼는 그마저도 잡혀서 장닭도

뺏기고 두들겨 맞는단 말이야.

그러다 헐레벌떡 아무 집에나 기어 들어가.

할머니는 좀비 새끼가 바닥에 놓고 간 장닭을 집어 들고서는 더는 쫓을 힘이 없어서 포기해버리고 씨부렁씨부렁 욕하면서 떠났어. 다행이지? 근데 상황이 꼬이네.

"영감. 어디 갔다 이제 왔어요."

살려고 기어 들어간 집이 노망난 할머니가 혼자 사는 곳이었던 거지.

놀란 좀비가 도망가려는데 이 할머니가 팔을 잡아끌어.

이제 인간이라고 하면 겁부터 나서 잡아먹을 엄두도 내지 못하고 바들바들 떠는 거야.

그럴 만하지.

만나는 인간들한테 돌아가면서 두들겨 맞았으니.

"아이고. 영감. 꼴이 이게 뭐래요? 왜 옷가지도 걸치지 않고서 바들바들 떨어요?"

할머니가 좀비를 방 안으로 끌고 들어가서는 앞이 노래진 빤스도 입히고 농 안에서 케케묵은 냄새 나는 면바지랑 하얀 셔츠도 꺼내 입혔어.

근데 이게 원래 할아버지 패션이니까 노티가 나야 하잖아.

여기서 또 이 좀비 새끼의 얼굴이 사기를 친다. 패션의 완성은 얼굴이라더니 얘가 걸치니까 그대로 명품 같은 거지.

"영감, 배고프지 않으우?"

우리 불쌍한 할머니는 3년 전에 세상 떠난 영감을 좀비한테서 찾고 있었어.

근데 또 몰라.

저 할머니 좀비 얼굴 보고 혹해서 노망난 척한 건지도.

아무튼 좀비는 돌아가는 상황에 적응 못하고서 얼떨떨해 있는데 할머니가 밥을 차려오네?

휴대용 가스레인지에 프라이팬을 얹어서 삼겹살을 구워주려는 거야.

아, 저렇게 구워 먹으면 진짜 맛있는데.

갑자기 라면 먹기 싫어진다. 남은 거 너 다 먹어라.

"킁킁!"

좀비가 생삼겹살 냄새에 반응을 했어.

치이이익.

할머니는 삼겹살을 달궈진 프라이팬에 올려서 노릇노릇 굽는데, 좀비한테는 익은 것보다 날것이 좋거든.

생삼겹살을 손으로 덥석 집어서 그대로 입에 욱여넣는 거지.

"영감, 날고기 먹으면 죽어요."

할머니가 놀라서 좀비 입에 손을 넣어 고기를 꺼내려다가 그만.

우적.

"아아!"

검지 한 마디가 날아가버리고 말았지 뭐야.

그런 줄도 모르고 좀비는 아주 맛있게 고기와 검지를 씹어 삼켰어.

"여, 영감……."

할머니는 피가 줄줄 흐르는 손을 움켜쥐고 서럽게 울었지.

옷도 입혀주고 고기도 줬는데 할머니 손가락을 잘라 먹은 이 배은망덕한 좀비 새끼는 남은 고기까지 전부 집어 먹고서 후다닥 그 집을 벗어났어.

그런데 좀비의 움직임이 전보다 조금 더 날렵해진 거야.

그게 뭐겠냐?

맞다. 바로 고기의 힘이지.

아…… 끼니를 영 부실하게 때웠더니 죽겠네. 야, 일어나. 삼겹살 먹으러 가자.

†

좀비는 걷고 또 걸었단다.

제정신이 아니었어.

한번 맛본 고기는 그의 몸뚱이에 박힌 본능을 자극했거든.

눈에 보이는 사람이란 사람은 죄다 꿀떡꿀떡 잡아먹고 싶었던 게지.

하지만 학습된 육신의 공포가 이를 거부했어요.

인간 한번 어찌하려다 두들겨 맞은 게 한두 번이야?

노망난 할마시 손가락 한 마디를 잘라 먹긴 했지만 이놈은 그런 줄도 모르고 있었던 게야.

'사람을 먹고 싶다. 그런데 무섭다.'

그런 갈등을 겪으면서도 몸은 코를 따라 움직였어.

육향이 가장 많이 나는 곳으로 걸음을 인도했지.

얼마나 시간이 흘렀을까……. 정신을 차려보니 이미 해는 져서 어둑어둑해진 와중에 주변에는 처녀 귀신, 몽달귀신, 드라큘라, 늑대인간, 강시 등등…… 하여튼 이 세상 것들이 아닌 괴물로만 가득가득한 어떤 장소에 와 있더구나.

아 글쎄 이 넋 나간 좀비가 도착한 곳이 어디였냐면, 야야, 정식아. 외상값 주고 가야지! 이놈아! 에이…… 도망가는 것 좀 봐라. 할아비가 어디까지 했더라? 아, 그렇지.

흠흠. 그러니까 좀비가 도착한 곳은 대학 캠퍼스였어요.

그날은 할로윈 데이였고 대학 축제가 한창이었지. 캠퍼스 한편에 마련된 노천극장에서는 할로윈 콘테스트를 진행하고 있었어. 할로윈 데이를 맞아 괴물이나 귀신 분장을 가장 멋지게 한 남녀 커플에게 상금을 주는 콘테스트였던 게야.

한데 좀비가 그걸 알겠냐고.

그냥 멍청히 서서 여전히 사람을 잡아먹느냐 마느냐 고민하고 있는데 누가 이 녀석 손목을 덥석 잡아끌었어.

좀비의 육신에 학습된 바로 이런 식으로 자기 손목을 잡아끌었던 건 낮에 만났던 노망난 할마시밖에 없었거든.

그래, 그 할마시인가 하고 고개를 돌렸더니만 너무나 예쁜 처녀 귀신이 서 있더란다.

예쁘다는 건 좀비의 기준이 아니에요. 사람 기준이었지.

처녀 귀신은 다짜고짜 좀비한테 물어봤어요.

"저기, 분장 끝내주게 잘해놓고 왜 혼자예요?"

"그어어?"

"성대모사 어쩔. 너무 목에 힘주니까 좀 어색한데. 좀비는 이렇게 해야지. 그오~. 힘 좀 빼고. 아니 아무튼 파트너 있어요?"

그때 처녀 귀신의 뒤로 살이 뒤룩뒤룩 찐 프랑켄슈타인이 지나가는 거야.

아 고놈, 토실토실한 살과 출렁이는 비계에서 풍기는 냄새가 어찌나 좋은지 좀비의 고개가 프랑켄슈타인의 움직임에 따라 좌에서 우로 천천히 움직였지.

처녀 귀신은 그걸 제멋대로 해석했단다.

"파트너 없어요? 그럼 나랑 해요, 파트너."

그러고서는 좀비를 끌고 무작정 노천극장 위로 올라갔단다.

이 콘테스트는 남녀 한 쌍이 짝을 이뤄서 참여해야 한다는 룰이 있었기 때문이지.

그게 좀비와 처녀 귀신의 첫 만남이었어.

아이고, 애들 몰려오네.

할아비가 다음 얘기는 나중에 또 해줄게.

†

인생이란 참 예상하지 못한 지점에서 네잎클로버를 건네주곤 합니다.

누가 알았을까요?

오늘 처음 본 남자와 함께한 콘테스트에서 우승을 차지할 줄.

상금이 무려 50만 원이랍니다.

처녀 귀신은 그저 그랬지만 좀비의 분장이 워낙 돋보였고, 움직임이 리얼했으며 쿰쿰한 썩은 내까지 재현한 것이 우승 커플로 채택된 이유였습니다.

누구도 그가 진짜 좀비일 것이라 의심하지 않았습니다.

왜? 잘생겼잖아요.

사실 처녀 귀신으로 분장한 여자도 외모로는 빠지지 않았지만 대학 생활을 외롭게 보내는 '아싸'였답니다.

성격도, 정신세계도 워낙 특이한 이 여자는 좀비 덕에 손에 쥔 50만 원을 들고 당당히 횟집에 들어섰습니다.

맛있는 도미 회에 소주 한 잔.

이보다 더한 낭만이 어디 있을까요?

자리를 잡고 앉아 회가 나오길 기다리면서 여자가 묻습니다.

"이름이 뭐예요?"

좀비는 횟집에 들어온 이후부터 연신 코만 킁킁거릴 뿐, 돌아오는 대답이 없습니다.

"전 조은비라고 해요. 그쪽은?"

조씨 가문의 은비라는 이름을 가진 여인과 분장을 한 것이 아닌 리얼 좀비.

조은비. 좀비.

뭔가 운명의 냄새가 솔솔 풍기는 것 같지 않나요?

좀비는 초지일관 대답이 없습니다.

사방에서 날아오는 날고기 냄새에 정신이 혼미할 지경입니다.

낮에 생삼겹살 맛을 본지라 더더욱 식욕이 그의 본능을 자극했습니다.

"말 못 해요? 벙어리야?"

조은비는 계속해 말을 걸었고, 좀비는 코만 벌름거렸습니다.

결국 먼저 포기한 건 조은비였고, 그러는 사이 두툼하게 썰린 도미 회 한 접시가 나왔네요.

함께 나온 소주 뚜껑이 조은비의 손에 경쾌하게 따지면서 각자의 앞에 놓인 잔이 술로 가득 찼습니다.

"이제 알겠다. 그쪽 술 많이 됐구나. 어쩐지 무대 아래에서도 버벅거리면서 움직이더니. 콘테스트 나갈 사람이 그렇게 마셔라 부어라 해도 돼요? 그 바람에 더 리얼해서 우승하긴 했지만…….”

조은비는 상대가 말도 제대로 못할 만큼 취한 것이라고 생각했습니다.

“먹어요.”

그리고 술 한 잔을 훌쩍 넘긴 뒤, 도미 회 한 점을 입에 넣고 씹었습니다.

“하아, 좋다.”

눈이 저절로 스르륵 감깁니다.

그래, 이 맛 때문에 사는 거 아닐까요?

감겼던 조은비의 눈이 다시 떠졌을 때, 그녀는 놀라고 말았습니다.

조금 전까지 접시 가득 담겨 있던 도미 회가 전부 사라졌거든요. 그 많던 회가 다 어디로 갔을까요?

“우적. 우적.”

정답을 찾기는 그리 어렵지 않았습니다.

"꿀꺽!"

"……."

미친 놈. 그게 얼마짜리 횐데 원샷을 때려?

꼴꼴꼴.

조은비의 술잔에 다시 술이 차올랐습니다.

†

쩝쩝.

그래, 이거지.

사람이 다른 건 몰라도 끼니는 제대로 때워야 하는 거 아니겠냐.

근데 이 집 삼겹살 질이 참 좋다. 그치?

아무튼 말이야.

조은비가 그날 술을 엄청나게 때렸어. 8만 원짜리 도미 회가 단숨에 사라져서 꼭지가 돈 거야. 근데 계집애가 적당히 마셔야지, 조신하지 못하게 필름이 끊겼네.

정신 차려보니까 자취하는 집구석에 좀비 새끼를 데려왔어요. 그나마 집에 들어오자마자 정신이 들었으니 망정이지 다음 날 아침에 정신 차렸어 봐. 남녀가 벌거벗고 한 이불 덮는 뭐 그런 상황 연출되겠냐고. 상대가 좀빈데.

눈 떠보면 돌아가신 할아버지랑 저승에서 쎄쎄쎄 하고 있었을 거야.

여기서 조은비의 선택이 중요한데 과연 좀비를 그냥 돌려보냈을까?

잘생겼겠다, 술도 조금 올랐겠다, 그동안 '아싸'여서 외롭기도 했겠다, 오늘 축제이니 기분도 괜찮겠다!

한번 자자.

마음먹고 유혹하려는데 이 자식이 목석처럼 넘어오지를 않고, 냉장고에 다가가서 또 냄새만 킁킁거려.

이거 냄새 페티시 있는 새끼 아닌가 의심이 될 정도인 거지.

냄새라고 하니까 조은비는 한참 전부터 좀비한테서 퀴퀴한 냄새가 나는 게 신경 쓰였거든.

술 취해서 강아지 빙의한 것 같은 인간을 욕실에 구겨 넣는다고 씻을 것 같지 않아서 직접 데리고 들어갔어.

욕실 안에서 좀비가 걸친 옷을 벗겼어.

그랬는데 몸 곳곳에 멍 자국이 있는 게 아니겠냐.

그걸 본 조은비가 뭐라 그랬게?

"졸라 섹시해."

얘 정신 상태도 정상은 아니거든.

극도로 흥분해 지 옷도 훌훌 벗어던지고 당장 좀비의 튼실한 물건부터 쥐어보는데 이게 힘이 안 들어가네.

게다가 이상하게 많이 차가워.

이것도 술 때문인가?

"작작 좀 마시지."

결국 욕실에서의 로맨스는 그만두고 깨끗하게 씻겨서 데리고 나왔어.

근데 냄새가 지워지질 않는 거야.

몸을 만졌는데 여전히 차갑지.

그리고 야야. 고기 탄다. 얼른 먹어 좀. 김치 싸서, 그래. 이모! 밥 두 개 주세요.

그리고 씻을 때 봤던 멍 자국들에 그어어어 하는 신음까지.

"혹시……."

이거 진짜 좀비 아니야? 하는 의심이 들었어.

보통 사람들은 그런 의심 절대 안 하지.

근데 얘는 해. 왜? 광적인 오컬트 마니아에 동서양 귀신에 푹 빠진 호러 덕후였거든. 게다가 결코 일반적이지 않은 정신 상태를 가졌으니까.

일반인이 감당하기 어려운 패턴의 행동들만 일삼는다고.

얼굴이 그렇게 예쁜데도 '아싸'인 데는 이런 이유가 있는 거야.

†

사람 일이라는 게 어찌 될지 모르는 거란다.

정신 차려보니 조은비는 좀비와 무려 일주일을 함께하고 있었어.

그게 가능했던 데에는 몇 가지 이유가 있었는데, 가장 컸던 건 사람에 대한 좀비의 두려움이었지.

두들겨 맞았던 첫 기억에 대한 공포가 컸기에 밖에 나가 봤자 아무것도 못할 것 같았던 좀비였단다.

두 번째로는 좀비의 정체성을 의심한 조은비가 생고기를 하루 동안 먹인 행위에서 파생된 식욕 해소의 안정성이었어.

즉, 사람은 무섭고 허기는 해결하고 싶은데 조은비의 집에 있으면 두 가지가 모두 해결될 것 같으니 얌전히 그 안에서 지내기로 한 거지.

결과적으로 조은비는 남자가 좀비라는 것을 확신할 수 있었단다. 그렇지 않고서야 일주일 동안 날고기만 먹으면서 단 한 마디 말도 안 할 리는 없을 테니까.

조은비는 신이 났어요.

마치 사람만 한 강아지 한 마리를 키우는 기분이었지.

학교도 가지 않고 자취방에서 좀비를 하루 종일 관찰하며 여러 가지를 기록해 나갔어.

거기에 더해 대체 이 좀비가 어디서 왔고 어찌하여 학교 축제 마당까지 오게 되었는지, 왜 사람에 대한 공격성이 없으며 오히려 무서워하는 것 같은지에 대해서도 나름대로 추리를 해 적어놓았지.

그런데 이 과정에서 조은비에게 예상치 못한 감정의 변화가 일어난 게야.

좀비를 보는 그녀의 마음이 따스한 봄날 파릇파릇 피어난 꽃처럼 향기롭고 아름다워진 거지.

도대체 사람의 탈을 쓴 괴물을 어찌 사랑할 수 있었을까?

거기에 대해서도 조은비는 스스로 관조하며 기록을 했단다.

첫 번째 이유는 그녀가 지독한 외모지상주의자라는 점이 크게 작용했어요.

좀비는 정말이지 대단한 미남이었거든.

두 번째 이유는 좀비의 사타구니 사이에 있었고……. 응? 이해가 잘 안 간다고? 그건 너희들이 조금 더 크고 나면 절로 이해가 될 거란다. 허허.

흠흠. 이어서 세 번째 이유는 특이한 것을 광적으로 좋아하는 본인의 성격에 있었지.

처음엔 집에서 키우는 애완동물 같은 느낌이었는데 가면 갈수록 좀비가 좋아지더니 지금은 가슴이 두근거리는 것이 연인끼리 할 수 있는 여러 가지가 함께 하고 싶어지는 게야.

그래서 이 엉뚱한 아가씨는…… 그것들을 정말 해보기로 했지.

†

"어떻게 이런 얼굴로 좀비일 수 있을까? 반칙이야. 사람도 이렇게 생기기 힘든데."

매일같이 쳇바퀴 돌 듯 똑같은 일상은 지루하기 그지없지요.

조은비가 그랬습니다.

하루하루 시간이 어떻게 흘러가는지도 모른 채 어쩔 수 없이 해야 할 일들 속에서 허우적대며 시간을 좀먹었죠.

어제도, 오늘도 그리고 내일도 그럴 것이라 생각했습니다.

이렇게 의미 없는 삶, 차라리 자살해버릴까.

그런 생각을 떠올렸을 때 지방에 계시는 부모님에 대한 미안함은 없었습니다.

가족이라는 연으로 이어져 있으나 조은비에게 부모란 별 감흥이 와 닿지 않는 존재들이었으니까요.

그분들은 매일 싸웠고, 서로를 헐뜯었고, 힘든 현실에 한탄만 하다가 밤을 술로 채우는 날이 많았습니다.

두 사람의 주사는 무조건 자기보다 약한 사람을 드잡이하는 건데, 그 덕분에 조은비는 부모 사이에서 동네북처럼 지냈습니다.

대학을 갈 생각은 들지 않았습니다.

부모님은 대학을 나와야 사람이 된다, 우리가 대학을 못 나와서 이렇게 지낸다, 그것만큼은 지원해줄 테니 무조건 좋은 대학을 가라며 강요했습니다.

그래도 갈 생각이 없었는데, 서울에 있는 대학에 합격해서 자취를 하면 이 지긋지긋한 부모와 떨어질 수 있을 거란 생각에 늦게야 공부에 열을 올렸습니다.

결과적으로 원하는 대학에 합격했고 꿈에도 그리던 자취생이 되었답니다.

하지만 딱 거기까지였어요.

뚜렷한 목적 없이 도피만을 꿈꾸며 발을 들인 대학은 아무런 의미도 없었습니다. 하루하루 시간만 때우는 것 같은 무료함 속에 또 다른 지옥이 시작됐습니다.

의미도 없는 삶에 에너지를 쏟아야 할 필요가 있을까요?

그래서 여러 번 죽음을 생각했습니다. 그랬던 조은비의 일상에 좀비가 노크를 했습니다. 그는 존재 자체로 신선한 충격이었답니다.

조은비는 오늘도 좀비를 관찰하고 있었습니다.

그동안 좀비에 대해 몇 가지 사실을 알게 되었습니다.

첫째, 좀비는 날것만 먹지 않습니다. 익힌 것도 먹습니다. 날것을 조금 더 좋아할 뿐입니다.

둘째, 좀비는 먹은 것을 거의 소화시키지 못합니다. 식도를 넘어가 위장을 거친 배설물은 대변이 아닌 음식물 찌꺼기와 비슷한 상태로 배출됩니다.

셋째, 어느 정도는 의사소통이 가능하며 학습 능력이 있습니다. 반복적으로 가르치면 대부분 잘 따라 하곤 합니다.

넷째, 이성보다는 본능에 충실합니다. 그러나 다른 욕구는 거의 배제되었고 오로지 식욕만 좀비의 거의 모든 본능을 차지하고 있습니다.

다섯째, 잠을 자지 않습니다. 늘 뜬눈으로 밤을 지새웁니다. 하지만 눈이 항상 충혈되어 있어 피곤한 건지 아닌지 알 수 없습니다.

여섯째, 피부가 조금씩 썩어 들어가고 있습니다. 구취가 심해지는 것이 내장 기관도 썩는 중인 것 같습니다.

일곱째, 좀비는 불멸의 존재가 아닙니다. 언젠가는 온몸이 썩어 문드러질 것이고 이 가련한 존재는 소멸할 것입니다.

이별은 정해져 있는 것.

그 사실이 조은비의 가슴 한 곳을 아프게 만듭니다.

그래서 조은비는 좀비와 더 많은 것을 함께하고 싶어집니다.

오늘은 좀비와 극장을 갈 생각입니다.

"잘생기긴 했는데…… 핏줄이 너무 도드라졌어."

좀비의 백설 같은 하얀 얼굴에 시퍼런 핏줄이 울긋불긋합니다. 화장 도구를 꺼낸 조은비의 손이 현란하게 움직입니다. 좀비의 얼굴에 선크림, 컬러 베이스, 프라이머, 비비크림, 파운데이션, 컨실러, 파우더, 하이라이터, 셰이딩, 블러셔가 차례대로 발라집니다. 속눈썹은 워낙 길어 따로 손질할 필요가 없습니다.

화장을 하고 난 좀비의 얼굴은 여느 연예인들이 명함도 못 내밀 정도로 아름다웠습니다.

"너무 아름다워서 현실성이 없어."

가뜩이나 보기만 해도 흐뭇해지던 얼굴이었는데 이제는 빛이 날 지경이었습니다.

조은비가 좀비의 행색을 살핍니다. 생긴 건 왕자님인데 입고 있는 건 거지가 따로 없습니다.

"옷 사러 가자, 좀비 씨."

조은비가 좀비의 손을 잡고 밖으로 끌었습니다.

그동안 조은비는 자취방에서 좀비를 관찰하며 단 한 번도 밖에 나가지 않았습니다. 이건 두 사람에게 역사적인 첫 외출입니다. 하지만 들뜬 조은비와 달리 좀비는 그녀의 손을 뿌리치며 저항합니다.

'사람은 무섭다.'

그렇게 학습되어 있는 좀비였습니다.

자신을 구타하지 않고 먹을 것을 내어주는 조은비만이 경계 대상이 아닙니다.

인간에 대한 두려움으로 밖으로 나가길 꺼려하는 좀비에게 조은비는 말합니다.

"굶고 싶어?"

말미에 생긋 웃는 조은비의 얼굴을 가만히 보다가 정신을 차리고 나니 어느새 좀비는 밖에 나와 있었습니다.

킁킁.

밖으로 나오자마자 사방에서 진하고 신선한 육향이 맡아집니다. 인간의 냄새입니다. 좀비의 식욕을 가장 자극하는 냄새이기도 합니다.

좀비의 시선이 지나가는 인간들을 훑습니다. 먹고 싶습니다.

하지만 두렵습니다. 식욕과 공포가 좀비의 내면에서 무섭게 충돌하며 태풍을 일으킵니다. 마치 백숙이 먹고 싶지만 닭이 무서워서 잡지 못하는 것과 같은 모습입니다.

잔뜩 위축된 좀비의 손을 조은비가 잡고 끌어당깁니다. 좀비는 조은비에게 의지해서 인간들의 세상을 활보합니다.

처음 땅속에서 기어 나왔을 때와 달리 좀비의 걸음걸이는 자연스럽습니다. 굳었던 근육들이 완전히 이완된 덕분입니다.

둘의 행보에 사람들의 시선이 집중되었습니다.

사람 하나와 좀비 하나가 너무나 예쁘고 잘생겼으니까요.

옷 가게에 도착한 조은비가 멋진 옷을 사서 좀비에게 내줍니다. 하지만 좀비는 그것을 어떻게 해야 할지 모릅니다.

패션 같은 것은 그에게 아무런 의미가 없습니다. 의미가 없는 행위는 학습되어 있지 않았습니다.

결국 조은비가 그를 탈의실로 끌고 들어갑니다.

"어머머."

이를 지켜보던 여종업원이 눈을 동그랗게 뜹니다.

좁은 탈의실에 들어간 둘은 옷을 갈아입기 위해 전투를 벌입니다. 조은비는 자신보다 크고 거대한 좀비의 몸을 이리저리 움직이며 옷을 벗기고 갈아입히는 게 버겁습니다.

"손 들어. 다리 좀 벌려. 허리 세워봐. 엉덩이 좀 빼. 내 어깨 짚어봐. 가슴 말고! 다리 더 벌려. 아아, 잠깐. 거기 만지면 어떡해. 팔에 힘 빼. 내가 알아서 할 테니까."

탈의실에서 새어 나오는 소리에 여종업원의 머릿속 상상의 나래가 살색으로 가득 채워집니다.

한참 시간이 지나고 나서야 겨우 좀비의 옷을 갈아입힌 조은비가 한껏 상기된 얼굴로 나옵니다.

붉게 물든 뺨으로 달뜬 숨을 내쉬는 그녀의 모습은 도저히 옷만 갈아입힌 거라고는 생각되지 않습니다.

게다가 같이 있는 좀비는 남들이 보기에 그저 키 크고 잘생긴 남자입니다. 혼자서 옷을 못 갈아입을 거라고는 아무도 생각지 못합니다.

'했네, 했어.'

옷가게를 나서는 둘을 보며 여종업원이 혀를 찹니다.

여자가 조금 부럽기도 합니다.

화장을 하고 옷까지 입혔으니 이제는 영화관으로 향합니다.

좀비는 미약한 시취(尸臭)를 풍기고 있어 사람이 많은 영화관에는 들어갈 수 없었습니다.

향수를 뿌려도 시취는 전부 가려지지 않았습니다.

결국 인기도 없는 B급 공포 영화를 예매합니다.

시간이 되어 영화관으로 들어가보니 텅텅 비어 있습니다.

그 넓은 공간에 단둘이서 앉아 있자니 영화관을 전세 낸 기분에 조은비는 설렙니다.

반대로 좀비는 오늘 하루 종일 뭘 한 건지 도통 알 수가 없습니다. 정신없이 끌려다니다 보니 어두침침한 공간에 앉아 있게 됐습니다.

영화가 시작되고 둘은 스크린에 시선을 둡니다.

"꺄악!"

조은비는 귀신이 나타날 때마다 놀라고.

"끄으으."

좀비는 사람이 나타날 때마다 무서워합니다.

두 사람 모두에게 충분히 공포를 안겨준 영화였습니다.

영화가 끝난 후 조은비는 좀비를 카페에 데려가고 공원에도 데려갔습니다. 아까도 말했지만 두 사람은 어딜 가나 사람들의 이목을 끌었답니다. 선남선녀잖아요.

아, 고깃집에서는 조금 다른 의미로 시선을 끌었군요. 좀비가 불에 얹지도 않은 생고기를 맨손으로 마구 집어 먹었거든요.

그렇게 하루의 데이트를 만족스럽게 끝낸 조은비는 좀비와 함께 귀가해서 단잠에 빠졌습니다.

다음 날도 조은비는 애인이 생기면 하고 싶었던 모든 사소한 것들을 좀비와 함께했습니다.

이른바 '애인 버킷리스트'를 해결해버린 것이죠.

물론 스킨십은 가벼운 뽀뽀 정도만으로 그쳤습니다. 시취가 갈수록 심해져서 그 이상은 무리였습니다.

그런데 하루는 이런 생각이 들었습니다.

'냄새를 참고서 키스 정도는 할 수 있을 것 같아.'

사랑. 그것은 놀랍고 신비한 것입니다.

평소에는 할 수 없었던 일들을 가능하게 하며, 정해져 있던 스스로의 패턴을 깨뜨리게 만듭니다. 좀비와 연인처럼 지내며 그에 대한 마음이 무럭무럭 자라난 조은비는 그깟 냄새 참고 한번 시원하게 덮쳐볼까? 싶어집니다.

여러모로 고심하던 조은비가 어느 날 밤, 한 이불을 덮고 누워 있는 좀비에게 물어봅니다.

"넌 나 어떻게 생각해?"

좀비는 조은비를 바라보고서 아무런 대답도 없습니다.

그는 사람이 아닙니다. 사람이 느끼는 감정 역시 느끼지 못합니다. 오로지 식육의 본능만이 지배하고 있는 괴물. 그런 괴물에게 사랑이라는 감정을 바라는 건 사치일 뿐입니다.

짜증이 날 만큼 공허하기만 한 좀비의 눈동자를 쳐다보던 조은비가 베개를 던집니다.

퍽!

난데없이 얼굴을 얻어맞은 좀비의 고개가 모로 꺾였습니다.

두두둑!

하루가 또 지나갑니다.

그날 밤 이후로 조은비는 자라나려는 자신의 감정을 억지로 눌러 나갔습니다.

아프고 힘들고 외로운 건 싫었습니다.

짝사랑을 하게 되면 아프고 힘들고 외로워집니다.

그래서 그녀는 철저한 관찰자의 시선으로만 좀비를 지켜보기로 했습니다.

하지만 사람 마음이라는 게 막는다고 막아지고 참는다고 참아지는 게 아닙니다. 보이지도, 만져지지도 않는 그것은 세상 무엇보다 사람을 힘들게 하는 원흉이며 그 어떤 것보다 무겁습니다. 날이 갈수록 조은비는 힘들어졌습니다.

그렇게 하루, 이틀, 사흘, 나흘, 시간은 다시 흐르기 시작했고 둘이 함께한 지도 27일이 지났습니다.

"너, 오늘까지만 있고 내일은 나가줘. 내 집에서."

갑작스러운 축객령이었습니다.

사실 조은비의 입장에서는 갑작스럽다고 할 것까지는 없었습니다.

커져만 가는 마음이 고통스러워 더는 함께할 수 없다는 것을 늦게서야 내뱉은 것뿐이었으니까요.

좀비에게 나가 달라는 말을 하자마자 후회가 됐습니다.

그가 없는 앞으로의 나날을 떠올리자 퍽퍽하고 무미건조함이 벌써부터 가슴을 짓누르는 것 같았습니다.

꿈을 꾸는 것 같은 시간이었습니다.

27일 동안 어딘지도 모를 환상 속에 푹 빠져 있다 갑자기 현실로 발을 디딘 기분이 들었습니다.

좀비는 비록 말할 수 없었으나 조은비의 말은 그간의 학습으로 대부분 알아들을 수 있었답니다.

그날 새벽.

조은비가 시무룩한 기분으로 잠이 들었을 때, 현관문이 조심스레 열렸고 좀비가 사라졌, 어머, 할아버지. 얘기 여기까지만 듣고 싶으세요? 저 할아버지 마누라 아니에요. 한 번만 더 엉덩이 만지면 얘기 그만할 거예요.

그날 새벽. 좀비는 결국 사라졌…… 엉덩이 만지면 어떡한다고 했죠? 오늘은 여기까지. 푹 쉬세요.

†

참 여자들은 대단해.

과대망상이 지나쳐.

아니 27일을 연인처럼 지내왔는데 어떻게 자기 혼자만 연애 감정을 느꼈다고 생각할 수가 있어?

이기적인 거지.

좀비도 조은비를 좋아했어.

과연 좀비가 씨팔, 삼시 세끼 꼬박꼬박 끼니 줘서 조련사처럼 조은비를 따랐을까?

아니야.

조은비가 잠들었을 때 몇 번이고 개를 잡아먹으려고 시도했었어. 그런데 할 수 없었던 거지. 밥줄 끊길까 봐? 사람에 대한 트라우마 때문에?

가슴 속에서 학습되지 않은 이상한 감정이 계속 올라왔던 거야. 그게 뭔지 알 수 없었지만 어느 순간부터 조은비를 보면 행복하고 즐거웠어.

사실 갈수록 좀비의 몸은 기력을 되찾았고 어지간한 성인 장정 대여섯은 너끈히 잡아 족칠 수 있을 만큼 강인해졌거든. 처음엔 활성화되지 않았던 좀비 바이러스도 형성이 되었어.

때문에 언젠가부터는 인간 역시 그다지 무섭지가 않았다고.

그저 확연히 '먹이'라는 인식만 가득했다 이거야.

그런 그가 유일하게 먹이로 인식하지 않았던 사람이 조은비였던 거지.

둘이 함께했던 28일째의 새벽.

좀비가 조은비의 곁을 떠난 것도 그래서야.

그녀를 지키기 위해서 떠나버린 거야.

본인의 본능을 억제하지 못하고 그녀를 잡아먹어 버릴까 봐가 아니야.

오늘은 그의 동료들이 깨어나는 날이거든.

물론 좀비가 자신이 태어난 날을 기점으로 하루하루 셈을 해서 오늘이 디데이라는 걸 추론한 건 아니야.

단지 느껴졌던 거야.

자신과 동류인 존재들의 태동이.

만약 그 녀석들의 강림을 아무도 막지 못한다면 이 세상은 좀비 천국이 되어버리는 거거든.

그 말은 뭐야?

조은비도 좀비가 된다는 거야.

물리면 바이러스 감염으로 다 끝나는 거라고.

그래서 우리 좀비가 떠났다.

자기 여인을 구하려고.

자기 동족들을 죽이기 위해.

혈혈단신 자신이 깨어났던 그 산의 숲속으로.

캬아! 방금 삼촌 감정선 어땠냐? 죽였지?

아우…… 배부르니 졸리다. 낮잠 좀 자고 일어나서 나머지 얘기 해줄게.

†

너희들 두더지 게임 해봤니?

구멍에서 두더지가 올라오면 대가리를 망치로 탕탕 치는 거.

요새는 좀체 보기 힘들던데 예전에는 어느 동네 문방구 앞이건 그게 한 대씩은 있었어요.

할아비 문방구 앞에도 놓았었지.

근데 지금은 다 망가져서 고물상에 팔아넘긴 지 오래야.

아무튼 좀비는 숲속에서 두더지 게임을 하고 있었어.

자기 동료들이 땅을 파고 기어 나올라 치면 바윗돌로 대가리를 퍽퍽 찍어 터뜨렸지.

이 좀비라는 족속들이 머리를 날려버리지 않는 한 죽지를 않는단다. 아무튼 이제 막 세상 구경 좀 하려는 좀비들에게는 억울한 일이 아닐 수 없었어요.

그렇게 백여 마리의 동료 머리를 터뜨리고 나니 더 이상 땅속에서 솟아나는 녀석이 없더구나.

좀비는 모든 힘을 쏟아부었는지 파김치가 되어서는 대자로 쭉 뻗어버렸어.

"그어어……."

힘들어 죽겠는데도 입에서 나오는 말이라고는 그게 고작이라는 게 너무나 싫었단다. 그도 말을 하고 싶었어요.

그래서 조은비에게 자신의 마음을 전하고 싶었어요.

하지만 그러지 못하고 그냥 와버린 것이 너무나 마음에 걸리는 게야. 그 바람에 눈앞에 조은비의 얼굴이 둥실 떠다니는 환상까지 보였어.

그런데 그건 환상이 아니었답니다. 진짜 살아 있는 조은비였습니다.

은비 이년이 몰래 좀비의 뒤를 밟아서 따라왔던 거라 이거지! 그래서 좀비가 다른 동료 좀비들 때려죽이는 걸 쭉 지켜봤던 거야. 이거 드라마 아니냐? 응?

허허. 좀비는 놀라서 벌떡 일어나 조은비를 바라봤단다.

조은비는 그런 좀비에게 다가가 두 팔로 허리를 꼭 감아 안았습니다.

그리고 두 사람의 시선이 얽히는 순간 뜨거운 키스가 시작된 거야. 막 혀가 서로 얽히고설키고.

그때…… 조은비가 좀비의 혀를 살짝 깨문 게야. 그리고 흘러나온 피를 그대로 꿀꺽 삼켰지.

좀비는 놀라서 조은비를 밀쳐냈습니다. 좀비의 피를 삼킨 조은비는 육신에 변화가 이는 것을 느끼며 미소 지었습니다.

"그어어……?"

"당신이랑 똑같아지고 싶어서. 어차피 인간 세상에서는 나 좋아하는 사람 아무도 없어. 여기는 외롭고 차가워. 그러니까 날 좋아하는 당신이 있는 세상에서 가, 같이…… 살…… 그르르."

조은비의 혀가 마비되는가 싶더니 뜻대로 움직여지지 않는 거야. 씨팔, 좀비가 된 거지. 하여튼 사랑에 미친 것들은 못하는 짓이 없다니까.

그렇게 좀비가 된 두 사람은 손을 마주 잡고 인적 없는 산속 깊고 깊은 곳으로 천천히 걸어들어 갔단다. 이후로 아무도 그 둘을 보지 못했어.

며칠 후 조은비와 연락이 닿지 않자 그녀의 부모님은 자취방을 찾아왔다가 실종 신고를 하게 되었습니다. 조은비의 자취방에는 그녀가 남긴 좀비에 대한 기록 수첩이 고스란히 남아 있었습니다.

거기에 적힌 내용들은 아까도 말했지만 가관이었어. 좀비를 관찰한 기록은 그렇다 치고 좀비가 어떻게 대학 축제에 내려오게 됐는지, 이 녀석이 오늘 새벽 왜 나 몰래 집 밖을 나가 뭘 하려는 것인지에 대해서도 적어놨더라 이거야. 물론 그런 부분은 전부 추리일 뿐! 근데 이 여자 웃기는 게 뭔지 알아? 추리를 넘어 아주 소설을 써놨어. 오늘 밤 좀비는 깨어나려는 자신의 동료들을 죽이러 갈 것이고, 그걸 본 나는 키스를 통해 그의 동족이 될 것이다. 이런 식의 삼류 로맨스 소설을 말이야.

여기서 짐작할 수 있는 부분이 무엇일까요? 허허, 그래 맞단다. 좀비가 조은비를 만나기 전의 일. 그리고 좀비가 조은비의 집을 떠난 이후 일들은 전부 사실이 아닐 수도 있다는 것이지.

†

그 무엇도 사실이 아닐 수 있다.

이것은 단순히 다른 사람과 어울리지 못했던 과대망상증 여인의 허구적 기록에 불과할지도 모른다.

팩트는 조은비가 실종됐고, 그녀의 방 안에서 좀비에 관한 기록 수첩이 나왔다는 것. 그 수첩에 대한 이야기가 당시 조은비 실종 사건을 수사하던 담당 형사에 의해 세상에 공개되었다는 것. 그리고 이 일이 수십 년 전의 일이라는 것 정도다.

정리하면 많이 각색되었을 수도 있는 이 얘기는 어느 날 실종돼버린 조은비의 자취방에서 발견된 수첩 기록을 통해 세상에 알려졌고, 사람들의 입에서 입으로 전해져 내려왔다.

지금도 노인들의 지루함을 달래주려는 어느 양로원 여직원의 입에서, 한때 놀았던 양아치 삼촌의 입에서, 심심한 문구점 할아버지의 입에서 널리 널리 퍼져나가고 있다.

그런데 조은비는 대체 어디로 사라진 것일까.

여전히 그녀의 행방은 알 수 없었다.

이미 한참 늙어버린 조은비의 부모는 이따금씩 딸내미가 두고 간 물건들을 보며 회한에 잠기곤 한다. 특히 조은비를 더 깊이 회상할 수 있는 건 그녀의 액세서리 덕분이었다.

조은비는 독특한 취향 때문에 해골 펜던트, 해골 목걸이, 해골 반지 등등의 기괴한 액세서리들이 많았다. 그중에서도 가장 특이한 건 검지 한 마디 정도 되는 뼈 모양을 정교하게 본떠 만든 장신구였다.

그게 어느 치매 할머니의 잃어버린 검지라는 건 아무도 짐작조차 하지 못했다.

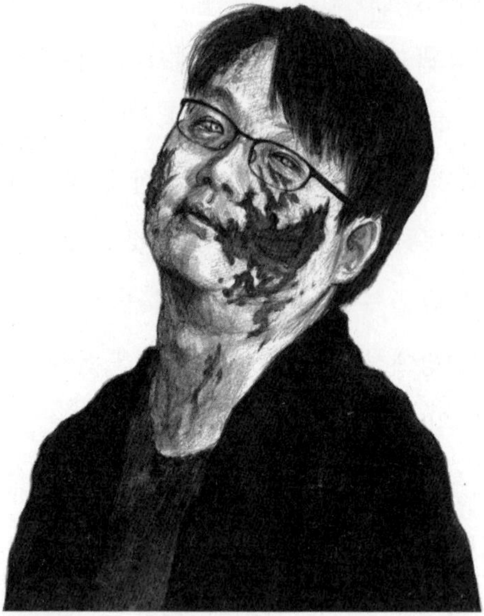

정명섭

1973년 서울에서 태어났다. 글은 남들이 볼 수 없는 은밀하거나 사라진 공간을 얘기할 때 빛이 난다고 믿는다. 아울러 남들이 별로 관심을 기울이지 않는 좀비 같은 것을 좋아한다. 2006년 《적패》를 시작으로 작가 활동을 시작했으며 다양한 장르의 책들을 내면서 활동 중이다. 좀비 관련 장편소설로는 《폐쇄 구역 서울》, 《좀비 제너레이션》이 있으며 《그들이 세상을 지배할 때》를 Daum에 연재했다. 청소년 소설집 《내가 덕후라고?》에 단편 〈존비〉를 수록했다. 《폐쇄 구역 서울》은 2018년 프랑스에서 번역 출간되었다.

Z : WAR — 검은 새벽

정명섭

목표물을 확인한 UH-60 블랙호크 헬기가 크게 선회를 하자 지상이 보였다. 한때는 사람들로 가득 찬 번화가였던 영등포였다.

"온통 좀비들투성인데요."

우혁은 터뷸런스(헬기의 맨 오른쪽 뒷자리)에 앉아 있던 노중국 상사에게 말했다. K-11 복합형 소총이 거추장스러운지 연신 만지작거리던 노 상사가 짧게 대꾸했다.

"어디든 아니겠냐."

"그렇죠."

시작은 북한이었다. 휴가 중이던 우혁은 집에서 와이프랑 저녁을 먹다가 북한의 정치범 수용소에서 인육을 먹던 수용자들이 이상 반응을 보인다는 뉴스를 들었다. 대수롭지 않게 생각하던 우혁은 이틀 후 비상소집하라는 번개 통신을 받고 집을 나섰다. 그게 가족들과의 마지막이었다. 사실은 인육을 먹어서 미친 게 아니라 북한이 생체 실험을 하던 바이러스에 감염됐기 때문이라는 얘기가 흘러나왔다. 그리고 충격적인 영상이 공개되었다. 북한 군인들이 피를 흘리며 비틀거리는 수용자들에게 총을 쏘는 모습이었다.

2주 후, 북한은 유엔에 공식적으로 도움을 요청하면서 또다시 놀라운 사실을 털어놨다. 생체 반응이 모두 사라진, 즉 사망 상태에 빠진 감염자들이 다시 살아나서 다른 사람들을 공격했고, 공격 받은 사람들 역시 감염자들과 유사한 증상을 보인다는 것이었다. 이 바이러스는 사태 진압을 위해 북한으로 진입한 중국 인민해방군에게 전염되면서 걷잡을 수 없이 커졌다. 중국은 인민해방군을 철수시키고 국경을 봉쇄했지만 소용없었다. 중국 대륙이 감염자들에게 점령당하기까지는 두 달이 걸렸다. 그리고 감염자들은 티베트를 거쳐 파키스탄과 인도 북부를 휩쓸었고 러시아까지 점령했다.

우혁은 TV 화면에서 모스크바의 붉은광장에 가득 찬 감염자들을 보고도 긴가민가했다. 진원지인 북한은 생각보다 완강하게 버텼다. 하지만 중화인민공화국이 하이난섬으로 수도를 옮길 즈음에는 북한 정부의 마지막 거점이었던 류경 호텔이 감염자들의 손에 넘어갔다. DMZ는 70여 년 만에 다시 전쟁터가 되었다. 지뢰와 전기 철조망, 포격, 심지어 화염방사기까지 총동원되어 감염자들의 남하를 막으려 했지만 역부족이었다. 마침내 DMZ가 뚫리고 감염자들이 흘러들어 오면서 대한민국도 엉망진창이 되었다. 감염자들이 DMZ를 돌파할 때 헬기를 타고 상공에서 이 광경을 촬영하던 KBS 아나운서는 감염자 무리가 몰려드는 모습이 마치 산과 계곡이 움직이는 것 같다며 대한민국에 검은 새벽이 시작된다고 절규했다. 덕분에 전쟁 같지도 않은 전쟁에 '검은 새벽'이라는 다소 문학적인 이름이 붙었다.

"탤리호!"

조종석에서 갑작스럽게 터져 나온 소리에 우혁은 반사적으로 안전벨트를 꽉 움켜잡았다. 주한 미군 소속의 헬기 조종사들은 맛이 간 놈들만 뽑았는지 이상한 구호를 외치면서 과격한 전술 비행을 하기 일쑤였다. 지상에서 대공미사일이나 대공포가 날아올 일이 없는데도 말이다. 놀이공원의 롤러코스터처럼 요동치던 헬기는 영등포 타임스퀘어의 오피스 A 빌딩 위에 내려섰다. 앞장서 내린 노중국 상사가 조종석을 바라보면서 쏘아붙였다.

"미친 또라이들 같으니라고."

노중국 상사를 선두로 우혁과 장정호 중사, 유승호 하사와 조철진 하사가 차례로 옥상에 발을 디뎠다. 다섯 명이 사주 경계를 하는 사이 헬기는 점점 멀어져갔다. 헬기의 소음이 사라지자 노 상사가 우혁의 어깨를 치면서 말했다.

"윤 중사! 물탱크 주변 확보해."

"네."

무릎을 떼고 일어선 우혁은 천천히 걸음을 옮겼다. 노란색의 거대한 물탱크는 몇 달 동안 방치된 탓에 녹이 잔뜩 슬어 있는 상태였다. 신경을 곤두세운 채 물탱크 주변을 수색한 우혁은 기다리고 있던 팀원들에게 안전하다는 수신호를 보냈다. 옥상 수색 작전은 한 시간 넘게 꼼꼼하게 이어졌다. 옥상에 아무도 없다는 게 확인되자 노 상사가 지시를 내렸다.

"장 중사랑 유 하사는 출입구 봉쇄하고 부비트랩 설치해. 감시 장비는 광장 쪽이 보이게 해라."

팀장인 노 상사의 말에 팀원들은 일사불란하게 움직였다. 우혁이 노 상사에게 물었다.

"비콘은 어디에 설치합니까?"

"물탱크 옥상."

"아, 저 고소공포증 있는 거 알면서……."

"넌 이 와중에 농담이 나오니?"

노 상사의 말에 우혁은 투덜대면서 비상 사다리를 타고 물탱크를 기어 올라갔다. 한숨 돌린 우혁은 한복판에 배낭에서 꺼낸 비콘을 설치했다. 삼각대를 펴고 철물점에서 털어온 못 총으로 바닥에 고정시킨 다음에 특정 주파수를 발산하는 비콘 본체를 올려놓으면 그만이었다. 스위치를 올린 우혁은 아래에다 대고 소리쳤다.

"비콘 설치 완료했습니다."

"수고했어. 내려와서 밥 먹자."

"옛썰!"

사다리를 타고 내려가려던 우혁은 무심코 타임스퀘어 광장을 내려다봤다. 광장 가득 몰려든 감염자들은 광기에 찬 살인자처럼 울부짖었다. 바이러스에 감염된 사람들은 단 한 가지 공통점만을 지녔다. 산 자에 대한 증오. 이해할 수 없는 그 증오 덕분에 세상은 산 자와 죽은 자의 전쟁터가 되고 말았다.

"안 내려오고 뭐 해?"

노 상사의 재촉에 우혁은 상념을 털어버렸다.

†

전투식량을 먹어치운 우혁이 후식으로 들어 있는 딱딱한 파운드케이크를 씹어 먹으면서 노중국 상사에게 물었다.

"이놈의 파운드케이크는 뭘로 만들었는지 궁금하지 않습니까?"

"염병하네. 쓸데없는 소리 그만하고 밥 다 먹었으면 어서 치우고 장비들 점검해. 김 중사는 올라가서 감염자들이 얼마나 모였는지 좀 보고."

막내인 유 하사가 쓰레기들을 모아서 비닐 팩에 집어넣는 사이 우혁은 다시 물탱크 옥상으로 올라가서 비콘을 확인하고 광장을 내려다봤다. 아까보다 감염자 수가 제법 늘어난 것 같았다.

“어때?”

“잔뜩 모여든 것 같습니다.”

“좋아. 장 중사! 퇴출 신호 보내.”

물탱크에서 내려온 우혁은 짐을 꾸리고 있던 노 상사에게 물었다.

“이렇게 하면 효과가 있겠습니까?”

“그럼 언제 한 놈씩 없애버릴 건데?”

“그래도 이렇게 쓸 만한 건물들을 날려버리면 나중에 뭐 먹고 삽니까?”

“그럼 중국처럼 핵미사일이라도 날릴까?”

주한 미군 사령관에 의해 무덤 작전이라고 명명된 감염자 제거 작전은 간단했다. 헬기를 타고 투입된 특전사 요원들이 특정 주파수를 발산하는 비콘을 고층 건물에 설치한 다음 감염자들이 주파수를 듣고 몰려오면 공군이 폭격해서 청소하는 방식이었다. 기존의 방식보다 효과가 좋다는 장점이 있는 반면 고층 건물들이 제물이 된다는 사실 때문에 반대 의견도 만만치 않았다. 하지만 서울은 물론이고 한반도 남부 전체가 감염자들로 넘쳐나는 상황에서 별다른 대안이 없었다. 대한민국 정부는 제주도로 이전했고, 평택과 영종도, 진도와 부산과 진해 같은 거점과 강원도 지역 일부만 인간들 손에 남아 있었다. 사람들이 감염자들을 보고 좀비라고 부르기 시작한 것도 이때쯤이었다.

노 상사한테 한소리를 들은 우혁은 툴툴대면서 배낭을 챙겼다. 이제 좀비들이 적당히 모여들기만 기다렸다가 적당한 시기에 퇴출하면 그만이었다. 엘리베이터와 에스컬레이터도 작동을 정지한 상태에서 감염자들이 참을성 있게 여기까지 올라올 것 같지는 않았다. 배낭을 한쪽에 세워놓은 우혁은 광장 쪽이 보이는 곳으로 다가갔다. 한때는 깔끔하고 멋을 부렸던 인간들이 이제는 의식을 잃어버린 감염자가 되어 인간에 대한 한없는 증오를 드러냈다. 그들이 모인 광장에서 몇 백 미터는 떨어져 있는 옥상까지 악취와 으르렁거림이 들려왔다.

"우라질, 너무 많아."

아직 4월 초였지만 더위를 느낀 우혁은 장갑을 낀 손으로 턱을 쓱 훔쳤다. 굵은 땀방울이 방수 처리된 고어텍스 장갑 위로 굴러갔다.

†

비상 출입구 쪽에서 폭음이 들린 것은 팀원들이 한참 퇴출 준비를 할 때였다. 폭음이 들리자마자 바닥에 바짝 엎드린 우혁은 배낭 옆에 놔둔 단축형 K-3 기관총을 움켜쥐고 비상구 쪽을 겨눴다. 다른 팀원들도 배낭에 의탁한 자세로 비상구 쪽을 겨눴다. 다시 폭음이 울리면서 엎드린 배를 통해 진동이 느껴졌다.

"장 중사! 부비 트랩 몇 개 설치했어?"

"세 개 설치했습니다. 계단에 두 개. 문에……."

장 중사의 말이 끝나기도 전에 세 번째 폭음과 함께 문짝이 날아가버렸다. 검은 연기 사이로 짐승들이 울부짖는 것 같은 소리가 들려왔다.

"사격! 단발로 쏴!"

노리쇠를 당기는 소리가 들려왔다. 접철식 개머리판을 펴서 어깨에 붙인 우혁은 숨을 고르며 비상구 쪽을 조준했다. 기관총에 부착된 ACOG 4배율 조준경 너머로 좀비들의 모습이 보였다. 첫 번째로 모습을 드러낸 좀비는 파마머리 아줌마였다. 원래 하얀색이었을 원피스는 피로 얼룩져 있었다. 짧은 총성과 함께 이마가 터진 아줌마 좀비가 뒤로 벌렁 자빠졌다. 두 번째로 모습을 드러낸 양복 차림의 좀비 역시 턱이 박살 나면서 머리가 떨어져 나가자 그대로 쓰러져버렸다. 이를 악문 우혁은 조준경에 잡힌 좀비의 머리를 향해 방아쇠를 당겼다. 뒤로 젖혀졌던 머리가 다시 제자리를 찾았지만 한쪽 눈과 주변이 사라져버렸다. 남은 한쪽 눈을 껌뻑거리던 좀비는 다른 곳에서 날아온 총탄에 코 윗부분이 날아가버리면서 주저앉고 말았다. 좀비들의 시신은 점점 쌓여갔지만 끝없이 꾸역꾸역 기어 나왔다.

"환장하겠네! 어떡합니까?"

우혁의 물음에 노 상사가 소리쳤다.

"물탱크 위로 철수한다. 우혁이부터 올라가."

배낭을 둘러멘 우혁은 잽싸게 사다리를 타고 물탱크 위로 올라갔다. 비상구 쪽으로 K-3 기관총을 조준한 우혁이 소리쳤다.

"이동 완료! 엄호하겠습니다."

방아쇠를 당길 때마다 하나씩 쓰러졌지만 더 많은 좀비들이 기어 나왔다. 팀원들이 하나 둘씩 올라오고 마지막으로 노 상사가 올라왔다. 비상구로 올라온 좀비들이 금방 옥상을 가득 채웠다. 사다리 쪽에 걸터앉은 노 상사가 올라올 기미가 보이는 좀비들에게 한 방씩 먹이면서 소리쳤다.

"퇴출 헬기 언제 온데?"

"30분 후에 온다고 합니다."

통신기를 잡고 있던 조 하사가 소리쳤다.

"우라질. 빨리 오라고 해."

30분이 30시간 같았다. 줄줄이 올라온 좀비들 때문에 그 넓던 옥상은 발 디딜 틈이 보이지 않았다. 물탱크 근처에 온 놈들만 골라서 쐈지만 바다에 돌을 던지는 꼴이었다. 생기라고는 눈 씻고 찾아봐도 없는 좀비들은 흐느적거리며 울부짖었다.

"저쪽에 보입니다."

영등포역 방향을 가리킨 조 하사의 외침이 들리자마자 노 상사가 우혁에게 소리쳤다.

"연막탄 까!"

"네."

연막탄의 안전핀을 뽑자 노란색 연막이 순식간에 물탱크 위를 뒤덮었다. 콜록거리던 우혁은 연막탄을 물탱크 아래로 던지기 위해 모서리로 걸어갔다. 그러다 발이 살짝 꼬이는 바람에 비틀거렸고, 그대로 꼬꾸라졌다. 끝이라고 생각하는 순간 허공에서 몸이 딱 멈췄다. 위를 쳐다보니 목덜미를 잡은 노상사의 얼굴이 보였다.

"졸라 빠져 가지고는, 얼른 손 안 붙잡아."

노 상사의 손을 움켜잡고 올라가려는 찰나 뭔가가 우혁의 발목을 잡았다. 아래를 내려다보니까 다른 좀비들을 짓밟고 올라온 점원 복장의 좀비가 발목을 움켜잡은 상태였다.

"아이고, 이놈 좀 떼어줘요."

"빨리 해. 힘 빠진다."

노 상사의 재촉에 다급해진 우혁이 발로 점원 복장의 좀비를 걷어차려고 했지만 번번이 빗나갔다. 그러다 겨우 발목을 잡은 좀비의 턱에 한 방 먹였다. 다른 좀비들 위로 굴러떨어진 점원 복장의 좀비가 아쉽다는 듯 몸부림을 쳤다. 겨우 물탱크 위로 다시 올라온 우혁이 한숨을 돌릴 즈음 헬기가 바로 머리 위까지 접근해왔다. 가까이 다가온 UH-60 헬기의 로터 소리가 좀비들의 아우성을 집어삼켰다. 물탱크 바로 위까지 접근한 헬기에 팀원들이 차례로 올라탔다. 물탱크 아래 모여든 좀비들을 향해 마지막 남은 탄을 퍼부은 우혁은 K-3 기관총을 걸쳐 메고 헬기에 올라탔다. 먼저 올라간 팀원들이 우혁을 끌어올렸다. 헬기 바닥에 팽개쳐진 우혁은 급격히 기동하는 헬기 때문에 꼼짝도 못했다.

"얘들이 왜 이렇게 서두른데?"

우혁을 누르고 있던 노 상사의 물음에 영어를 좀 할 줄 아는 조 하사가 미니건 사수와 몇 마디 주고받고는 대답했다.

"폭격 시간이 당겨졌답니다."

"얼마나?"

"지금이랍니다."

"엎드려!"

노 상사의 말이 끝나기가 무섭게 1만 미터 상공에 떠 있는 FA-18에서 발사된 GPS 유도폭탄 한 방이 방금 전 퇴출한 영등포 타임스퀘어의 오피스 A 빌딩에 명중했다. 파편들이 타임스퀘어 광장으로 쏟아지면서 좀비들을 덮쳤다. 연달아 두 발이 더 강타하자 건물은 비명을 지르면서 앞으로 기울어졌다. 옥상에 올라와 있던 좀비들이 주르륵 흘러내리는 가운데 건물이 그대로 광장 쪽으로 넘어져버렸다. 자욱한 먼지가 좀비들이 가득한 도로를 따라 질주했다. 충격에 흔들리던 헬기가 차츰 안정을 찾아가자 우혁도 겨우 자리를 잡고 앉을 수 있었다. 미군 헬기 조종사들은 내기라도 했는지 호들갑을 떨었다.

"우리가 얼마나 죽였을까요?"

"한 1개 사단쯤?"

우혁의 물음에 노 상사가 착잡한 목소리로 대답했다.

"팀원들 안 다쳤고, 1개 사단이나 되는 좀비들을 날렸는데 왜 전혀 안 기쁘죠?"

"네가 사이코라서 그래."

"인간이기 때문이 아닐까요?"

"철학과 나왔다고 유세하냐?"

"꿈이었으면 좋겠어요. 그리고 중퇴라니깐요. 괜히 얘기했어. 정말."

"그나저나 본부에 맥주는 좀 들어왔는지 모르겠다. 이럴 땐 그냥 한잔하는 게 최곤데."

†

평택 미군 기지 내에 마련된 거점 기지의 외곽은 좀비들로 북적거렸다. 하지만 가시철조망에다 어마어마한 깊이의 해자 덕분에 지금까지는 성공적으로 방어 중이었다. 외곽에 배치된 M270 MLRS(다연장 로켓포)는 발사관을 높이 치켜든 채 로켓을 발사하는 모습이 보였다. 헬기장에 내린 노 상사와 팀원들은 미니건 사수들이 문을 열어주자 밖으로 나왔다. 훌쩍 뛰어내린 우혁이 소리쳤다.

"우아, 얼마 만에 밟아보는 땅이냐."

"쓸데없는 소리 하지 말고 연병장 오십 바퀴 돌아라."

뒤따라 내린 노 상사가 퉁명스럽게 한마디 던졌다.

"네? 방금 살아 돌아온 부하한테 연병장 오십 바퀴라니요. 너무한 거 아닙니까?"

"그럼 백 바퀴 할까? 특전사 짬밥 먹은 게 몇 년인데 그 상황에서 다리가 꼬여? 실시!"

"실시!"

울상이 된 우혁은 곧장 팀원들이 연병장으로 부르는 헬기장을 터덜터덜 걷기 시작했다. 헬기 조종석에서 내린 미군 조종사가 영어로 뭐라고 말하고는 손을 흔들면서 사라졌다. 어느덧 해가 질 기미가 보였다. 기지 외곽에서는 여전히 자주포와 중기관총이 간헐적으로 발사되는 소리가 들렸다.

"벌써 두 달째 이러고 있는데 말이야."

언제 왔는지 캔 맥주를 하나 든 노 상사가 중얼거렸다.

"아씨, 귀신도 아니고 놀랐잖아요."

"넌 말버릇이 그게 뭐냐?"

캔 맥주로 우혁의 머리를 한 대 때린 노 상사가 벤치에 앉으라고 손짓했다. 자리에 앉은 우혁이 쓰고 있던 부니햇으로 부채질을 하자 노 상사가 캔 맥주를 따서 건네줬다.

"얼른 마셔라. 이게 기지 안에 있는 마지막 캔 맥주래."

"웬 선심입니까? 의심스러운데요?"

"7팀이 미복귀래. 거기 동기 있지?"

노 상사의 말에 우혁은 캔 맥주를 떨어뜨릴 뻔했다.

"네, 동석이가 거기 부팀장입니다. 근데 왜 미복귀래요?"

"퇴출하던 헬기가 떨어졌대."

"어디쯤이랍니까?"

"의정부."

"구출 팀은 안 보냅니까?"

"가용 자원이 없대. 미군 쪽에서도 난색을 표했고."

"이런 개새끼들 같으니, 우리가 무슨 쓰다가 버리는 소모품입니까? 죽어라 작전 뛰다가 꼬라박으면 그냥 끝이라고요. 더러워서."

"그런다고 죽은 애들이 살아 오냐?"

"죽었으면 시체라도 끌고 와야 하는 거 아닙니까?"

"이 녀석이 어디다 대고 큰소리야! 누군 맘이 편해서 이러는 줄 알아?"

버럭 소리를 지른 노 상사가 우혁이 마시던 캔 맥주를 뺏어 들고는 벌컥벌컥 들이켰다.

"그만 돌고 들어가서 쉬어."

"좀 더 걷다가 들어가겠습니다."

부니햇을 쓴 우혁이 일어나자 노 상사가 혀를 찼다.

"고집하고는. 브리핑 있으니까 상황실로 와라."

†

전력 사정이 안 좋은지 상황실의 전등이 자꾸 껌빽거렸다.

옹기종기 모인 팀원들은 앞에 서 있는 남자를 쳐다봤다. 좀비 사태가 장기화되고 미군이 발을 뺄 기미를 보이면서 온갖 루머가 떠돌았다. 전방에 있는 기갑부대가 서울로 이동해서 비상사태를 선포한다는 얘기가 부대 안을 떠돈 것이다. 지난주에는 쓸모없는 정치인들을 제거하고 군대가 비상사태를 선포해야 한다는 벽보가 떡 하니 위병소 옆에 붙어버리는 바람에 부대가 발칵 뒤집혔다. 양복쟁이들이 부대에 나타나서 들쑤시고 다닌 것도 그 즈음이었다.

그들 중 우두머리가 바로 앞에 서 있는 남자였다. 선글라스를 쓴 남자는 자기 소속이 어디라고 밝히지 않았다. 하지만 우혁을 비롯한 팀원들은 그가 국가정보원이나 기무사 둘 중 하나에 소속되었을 것이라고 짐작했다. 우혁은 이 와중에도 매일 양복만 입고 다니니까 국가정보원 소속이라고 주장했지만 노 상사는 대대장이 꼼짝 못 하는 걸 보니 기무사 소속이 틀림없다고 맞섰다. 두 사람이 유일하게 합의를 본 것은 본명을 알기 전까지는 그냥 쓰고 다니는 선글라스 메이커 이름을 따서 레이밴이라고 부르기로 한 것이다. 본인이 그런 이름으로 불리고 있으리라고는 꿈에도 모르고 있을 레이밴이 고개를 끄덕거리자 빔 프로젝트에 항공 촬영한 전경이 잡혔다.

"본 작전의 목적은 생존자들의 장기 체류 및 생존 활동이 가능한 공간의 확보에 있습니다. 현재 제주도와 강원도 산간 지역에 대피가 이뤄지고 있지만 단순한 수용에 그치고 있어서 각종 생필품이 부족한 상황입니다."

잠깐 헛기침을 한 레이밴이 고개를 끄덕거리자 화면이 다시 변했다. 같은 장소를 좀 더 가까이서 찍은 것처럼 보였다. 건물들과 도로 그리고 산과 철책을 낀 강이 보였다. 뒤쪽에 앉아 있던 장 중사가 '자유로 같다'고 중얼거렸다. 레이밴이 계속 설명했다.

"쐐기 작전은 이런 문제점을 해결하기 위해 구상되었습니다. 주요 골자는 대규모 수용소 형태로 운영되는 대피소들을 소형의 자립형 수용 시설로 변경시키는 데 있습니다. 이것은 최근 미군의 철수 움직임과 좀비 사태의 장기화에 따른 물자 부족을 해결할 수 있는 방안이 될 것입니다. 간략히 요점만 설명하면 소수의 생존자들과 이들을 지켜줄 소수의 무장 병력이 거주와 생산 활동이 용이한 장소를 선정, 함께 거주한다는 것입니다."

잠자코 듣고 있던 노 상사가 손을 번쩍 들었다.

"너무 이상적인 것 아닙니까? 지금도 다들 무서워서 군부대나 아예 섬으로 이주하려고 드는데 좀비 한복판에 사람들을 떨어뜨려놓는다고 하면 대체 누가 간답니까?"

노 상사답지 않은 날카로운 질문에 레이밴은 여유 있게 반격에 나섰다.

"서울 한복판이면 그러겠지만 이번 계획은 좀 다릅니다."

빔 프로젝트의 화면이 바뀌자 복잡한 도표와 그래프들이 보였다.

“최근 조사 결과에 따르면 좀비들의 행동 패턴에 일정한 규칙이 있다는 점이 밝혀졌습니다. 소리와 고주파에 민감하고 인간들을 공격하려는 본능을 가지고 있다는 점이죠.”

우혁은 노 상사에게 속삭였다.

“저 멍청이들만 몰랐지 우린 첫날부터 알고 있었잖아요.”

노 상사가 피식 웃자 레이밴이 잠깐 두 사람을 쏘아보다가 말을 이어 갔다.

“즉 인간이 대량으로 거주하지 않는 장소에는 좀비들 역시 대량으로 나타나지 않을 것이라는 애기죠. 우리가 파주에 있는 셰르만하우스란 타운하우스를 점찍은 첫째 이유입니다.”

화면이 다시 바뀌면서 셰르만하우스라는 곳이 보였다. 촬영한 항공기가 작정하고 낮게 난 듯 반쯤 열린 이층 창문 안쪽까지 보일 정도였다.

“본래 69세대가 거주하는 곳으로 설계된 빌라인데 보시다시피 약간 기울어진 직사각형으로 빌라들이 외벽 구실을 해주고 주차장과 공원들이 단지 안에 있습니다. 담장 높이가 3미터라 시 방어에 편하고 출입구 두 곳만 폐쇄하면 완벽한 요새가 됩니다. 거기다 이곳은 휴전선에 가까워서 원래부터 인구 밀도가 높은 편이 아니었습니다. 따라서 활동하는 좀비들의 수도 적은 편입니다. 쐐기 작전은 여기처럼 방어와 거주에 유리한 곳을 선정해 거점을 만든 다음 민간인들과 무장 병력을 배치해 자립이 가능하게 만들자는 계획입니다."

"사람들만 거기 데려다 놓는다고 끝이 아니잖습니까? 소수의 고립된 거점을 유지하려면 막대한 비용이 소모되는데 과연 감당할 수 있을까요?"

우혁은 손을 들고 질문했다. 레이밴은 양키처럼 어깨를 한번 으쓱거리고는 대답했다.

"그래서 셰르만하우스에서 그것을 실험을 할 겁니다. 우리와……."

잠깐 말을 끊은 레이밴이 노 상사와 우혁을 손가락으로 가리키면서 덧붙였다.

"당신들이 말이죠."

†

"망했다."

우혁의 투덜거림을 들은 노 상사가 쏘아붙였다.

"뭐라고 중얼거리는 거야? 드디어 미쳤냐?"

"그럼 이게 안 망한 겁니까? 배를 타고 이동한다고 했다가 이게 뭔 꼴입니까?"

애초에 이동 계획은 헬기를 타고 여의도 국회의사당이었던 곳에 내려서 여의도 한강 요트 선착장에 있는 요트를 타고 간다는 것이었다. 하지만 레이밴이 한강 하류에 수중보가 있다는 사실을 떠올린 것은 요트가 거기에 충돌하고 난 다음이었다. 수중보에 걸린 요트를 버리고 강가로 올라온 다음부터는 무거운 짐을 걸쳐 메고 도보로 이동해야만 했다. 철책이 둘러쳐진 강변은 원래 농사를 짓던 곳이지만 지금은 정글로 변해버렸다. 군데군데 세워진 비닐하우스도 처참하게 뜯겨져 나가고 앙상한 뼈대만 남아 있었다.

우혁이 속한 노 상사 팀 다섯 명과 동행한 3팀 다섯 명 그리고 레이밴과 그의 동료로 보이는 세 남자까지 모두 14명의 일행은 일렬로 강둑을 따라 전진했다. 예전에는 차들로 가득했던 자유로 역시 고즈넉했다. 군데군데 전복되거나 가드레일을 들이받고 철책이 있는 곳까지 튕겨져 나온 차들이 주인들의 운명을 짐작게 했다. 세 시간 가까운 이동 시간 내내 좀비들이 언제 나타날지 모른다는 두려움에 숨도 제대로 쉬지 못했다. 얼마나 걸었을까? 선두에 선 레이밴이 멈추라는 신호를 보냈다. 안 그래도 지쳐서 죽을 것 같았던 우혁은 강둑에 주저앉았다. 레이밴에게 짧게 지시를 듣고 돌아온 노 상사가 팀원들에게 말했다.

"저기 초소 옆에 철책이 무너진 곳으로 해서 진입한다. 자유로를 횡단해 팔봉산 쪽으로 15분 정도 가면 목표물에 도착한다. 사주 경계 철저히 하고, 좀비 봤다고 함부로 사격하지 마. 그나저나 너 어깨에 메고 있는 건 뭐냐?"

노 상사가 우혁이 배낭에 찔러 넣은 걸 손가락으로 가리키면서 물었다.

“M1014 샷건이요. 지난번에 같이 작전 뛴 CAG(Combat Application Group, 미군 특수부대 델타포스를 지칭함) 애한테 선물로 받은 겁니다.”

“아무리 전시라고 해도 제멋대로 총기를 휴대해?”

노 상사가 쥐어박을 태세를 취하자 우혁이 손으로 막으며 얘기했다.

“제가 산탄총을 얼마나 좋아하는지 아시면서, 그리고 사실 근거리에서 좀비들을 상대할 땐 이게 최고라니까요. 누가 무식하게 야전삽 자루를 휘두른답니까?”

우혁의 말에 노 상사가 버럭 화를 냈다.

“씨팔, 넌 나한테 반항하는 게 인생의 낙이지!”

“출발합시다.”

앞쪽에서 동료들과 얘기를 나누던 레이밴이 말했다. 방향을 틀어서 강둑을 가로지른 레이밴은 초소 옆에 무너진 철책을 제법 능숙한 솜씨로 넘어갔다. 뒤를 따라 넘어간 우혁은 더 이상 달리지 않는 차들로 가득한 자유로를 가로질러서 건너편으로 넘어갔다.

“차 옆에 너무 붙지 마라. 안에 좀비가 있을지 몰라.”

노 상사의 말이 채 끝나기도 전에 우혁이 무심코 스쳐 지나가려던 뉴그랜저 유리창에 배불뚝이 남자 좀비가 철썩 들러붙었다.

"아우, 깜짝이야."

우혁은 입술을 유리창에 댄 채 고개를 좌우로 비틀어대는 좀비를 보고 투덜거렸다. 감염자들이 거리를 점령할 때까지 미적거리던 사람들은 뒤늦게 피난길에 올랐지만 이미 늦어버렸다. 꽉 막힌 자유로에 서 있는 자동차들을 떼 지어 습격하는 좀비들의 모습은 초기 좀비 전쟁을 상징하는 대표적 아이콘이었다. 차 안에서 버티던 사람들은 폐쇄공포증과 배고픔에 못 이겨 탈출을 시도하다가 좀비들에게 물려버리고 말았다. 차를 버리고 도망친 사람들은 서울에 들어왔지만 대부분 좀비가 되거나 먹히고 말았다. 나가게 해달라고 으르렁거리는 배불뚝이 좀비를 바라보던 우혁은 백미러에 매달린 사진을 봤다. 한때는 단란했을 가족이 서로 얼굴을 맞대고 찍은 사진은 습기 때문인지 뿌옇게 변했다. 착잡한 눈길을 거둔 우혁은 팀원들을 따라 자유로를 가로질러 갔다.

수풀이 우거진 비탈을 내려가자 한가한 전원 마을이 보였다. 몇몇 집들은 심하게 불타버렸고, 도로에 바짝 붙은 단층 양옥은 나무판자로 못질을 해서 창문을 막고 대문 앞에 경운기를 세워놨다. 집주인들이 대피를 거부하고 집 안에서 버티기로 했던 모양이다. 하지만 나무판자들은 뜯겨져 나갔고, 현관문도 부서진 채 마당에 널브러졌다. 우혁은 팀원들을 따라 그 집 옆으로 난 좁은 아스팔트 길을 따라 이동했다. 어설프게 통나무집 흉내를 낸 라이브 카페를 지나자 공장 건물들이 모여 있는 게 보였다. 길가의 버스 정류장 표지판은 달리는 차에 치였는지 길옆으로 나뒹굴었다. 좀비 집단은 물론 생존자들끼리의 약탈과 방화까지 이어지면서 도심은 완전히 전쟁터가 되었지만 이곳은 지난 세기말에 대유행했던 휴거처럼 인간들이 갑자기 증발해버렸다고 해도 믿길 만큼 고요했다.

어느덧 팀은 마을을 가로지르는 2차선 도로로 접어들었다. 마을 한복판에 자리한 큰 교회 입구에는 '하느님은 당신을 버리지 않았습니다.'라는 글귀가 쓰인 플래카드가 힘없이 펄럭거렸다.

"저쪽입니다."

오른쪽으로 휘어진 도로를 따라 이동하던 레이밴이 손가락을 들어서 한쪽을 가리켰다. 자동차 정비소 뒤편으로 목적지인 셰르만하우스가 보였다. 노출 콘크리트로 쌓은 담장과 높이 치솟은 빌라가 보였다. 비록 담쟁이 넝쿨이 타 넘으려는 시도를 하는 중이긴 했지만 비교적 깨끗했다. 심지어는 차단기까지 내려져 있었다.

"저 동네는 마지막까지 자본주의가 위력을 발휘했나 봅니다."

노 상사는 고차원적으로 비꼬는 우혁의 말을 못 알아들었는지 셰르만하우스를 노려봤다. 레이밴과 3팀이 먼저 진입해서 내부를 살피는 동안 우혁의 팀은 길옆에 대기했다. 벌레가 우는 소리가 적막밖에 남지 않은 세상에 울려 퍼졌다. 3팀 막내

종혁이 안전하다는 수신호를 보내왔다.

"사주 경계 철저히 하고 움직여. 긴장 풀지 마라."

노 상사가 잔소리를 했지만 지칠 대로 지친 팀원들은 목적지에 빨리 도달하고 싶은 생각뿐이었다. 차단기가 내려진 경비실을 지나자 주차장과 공원을 겸한 안마당이 보였다. 레이밴과 동료들은 벌써 경비실 위로 올라가서 무전기를 설치하는 중이었다. 안마당을 한번 둘러본 우혁이 노 상사에게 물었다.

"우린 뭘 합니까?"

"일단 빌라 내부를 수색한다. 정리되면 스프레이로 ×자 표시해."

"대문 활짝 열어놓고 말입니까?"

턱으로 정문을 가리키던 우혁은 갑자기 들려오는 기계음에 화들짝 놀라 납작 엎드렸다. 차단기가 내려진 정문 아래에서 검정색 철판이 스물스물 올라오더니 완전히 가로막아버렸다. 경비실에서 나온 레이밴이 소리쳤다.

"대문 닫았으니까 염려 말고 수색하세요."

†

배낭을 한군데 모아둔 우혁과 팀원은 노 상사를 선두로 집집마다 수색에 나섰다. 먼저 진입한 3팀이 서쪽과 북쪽의 빌라들을 맡았고, 우혁이 속한 팀이 동쪽과 남쪽을 맡았다. 수색

절차는 간단했다. 우선 안마당 쪽으로 난 작은 마당을 통해 집 안으로 진입했다. 반지하 스타일로 된 1층은 거실과 부엌으로 쓰인 것 같았다. 산탄총을 들고 선두로 진입한 우혁은 한쪽 벽면을 가득 메운 대형 TV를 보고는 호들갑을 떨었다.

"완전 극장이구만."

"여기 엘리베이터도 있습니다."

유 하사도 2층으로 올라가는 계단 옆에 설치된 가정용 엘리베이터를 보고 입을 다물지 못했다.

"새끼들아! 집들이 왔냐? 빨리빨리 안 움직여?"

노 상사의 호통에 우혁은 2층으로 올라갔다. 큰방과 작은방을 차례로 뒤지고 3층으로 올라갔다. 더 작은 방 3개가 보였고, 한쪽에는 다락방처럼 꾸며놨다. 다락방까지 뒤지면 수색은 끝이었다. 바깥에서 볼 수 없게 창문을 닫고 반지하의 경우 담장 쪽 창문을 막을 수 있는 미닫이 나무문을 닫고 걸쇠를 채워버렸다. 그렇게 내부 수색이 끝난 집은 현관문 옆의 세콤 표지판 위에 스프레이로 X자를 그려 넣었다. 대부분 급하게 피난을 떠난 듯 어수선했고 전기가 끊긴 탓에 냉장고에서 퀴퀴한 냄새가 났지만 고급스러운 인테리어와 넓은 구조는 이곳에 살던 사람들의 삶을 짐작게 해줬다. 해가 떨어지고도 수색 작업이 끝나지 않아서 귀하디귀한 전술 라이트를 켜야만 했다. 겨우 수색을 마치고 집결지인 경비실 앞에 모이자 레이밴이 옥상에서서 팀원들을 굽어보면서 얘기했다.

"수고했습니다."

"재수 없는 새끼……."

우혁은 레이밴에게 등을 돌린 채 투덜거렸다. 전투 식량으로 허기를 채운 팀원들은 나뉘어 경비실 옆 201호에 모여서 휴식을 취했다. 정문 옆 경비실에는 레이밴과 동료들이 온갖 장비들을 세팅해놓고 근처에도 오지 못하게 했다. 식사를 마친 우혁과 팀원들은 201호의 3층에 모여 잠을 잤다. 3팀이 철문으로 잠긴 후문 쪽을 지키고, 우혁의 팀이 정문 쪽을 지켰다.

†

다음 날 아침, 명령에 죽고 사는 군인들은 전투 식량으로 식사를 마치고 경비실 앞에 모여 레이밴의 지시를 기다렸다.

"3팀은 외곽 정찰을 나가서 주변에 좀비들이 있는지 확인해 주시기 바랍니다. 다른 팀은 일단 타운하우스 지하를 수색할 거니까 잠깐 대기하세요."

3팀장 정 상사가 레이밴과 수색 코스에 대해서 논의하는 동안 우혁은 노 상사에게 물었다.

"지하실이요?"

"응, 공동 창고 같은 게 있는데 꽤 큰가 봐."

노 상사가 주차장 한쪽 끝에 있는 창고 입구를 가리키며 대답했다. 3팀이 경비실을 통해 밖으로 나가 마을 쪽으로 사라졌다. 아스팔트 옆에 핀 꽃들이 바람에 산들거리는 모습이 너무나 평화로워 군복과 총이 불필요해 보일 지경이었다. 우혁은 동료들과 함께 얘기를 주고받는 레이밴에게 다가갔다.

"앞으로 계획이 어떻게 됩니까?"

"내부와 주변 수색을 해서 안전을 확보할 겁니다. 주변을 수색해 대규모 좀비 집단이 있는지 조사한 후 안전이 확보되면 민간인들의 이주가 시작됩니다."

"그들이 와서 어떻게 생활을 합니까?"

"주변을 보세요. 농지가 많아서 농사를 지을 만한 땅이 많습니다. 거기다 물도 풍부하고 강이 근처라서 자립이 가능합니다. 이젠 싸워서 죽이는 것만으로는 이번 전쟁에서 이길 수 없습니다."

레이밴은 초등학생들을 타이르는 점잖은 선생님처럼 말했다. 짧은 휴식과 준비가 끝나고 레이밴과 동료 한 명을 선두로 우혁의 팀이 지하 창고로 진입했다. 철문의 쇠사슬을 부수고 안으로 들어서자 시큼한 냄새가 밀려 올라왔다. 레이밴이 경비실에 있던 빨간색 플래시를 켜자 하얀빛이 제다이의 광선검처럼 뻗어 나왔다. 짧은 실타래 같은 뿌연 먼지들이 떠도는 지하는 생각보다 넓었다. 거대한 탱크들과 촘촘히 늘어선 기둥들을 보고 질린 우혁이 레이밴에게 물었다.

"왜 이렇게 넓어요?"

"보일러랑 물탱크, 창고와 대피소까지 겸해서 만들어서 그런 겁니다. 어쨌든 전방이니까요. 팀을 나눠서 수색합시다."

레이밴과 우혁, 조 하사가 한 팀이 되었고, 레이밴의 동료와 노 상사, 장 중사, 유 하사가 다른 한 팀이 되었다. 양쪽은 줄지어 늘어선 기둥 한 줄씩을 맡았다. 앞장선 레이밴이 플래시로 이곳저곳을 비췄다. 숨을 쉬기 어려울 정도로 공기가 탁했지만 머리털이 곤두설 것 같은 긴장감에 다른 건 생각할 겨를이 없었다. 까맣고 둥근 대형 물탱크 아래를 비추던 레이밴이 산탄총을 손에 쥔 채 조심스럽게 주변을 둘러보던 우혁에게 물었다.

"아직도 이 일이 맘에 들지 않습니까?"

"군인이 맘에 들고 말고가 어디 있습니까? 위에서 까라면 까는 거죠."

"그래도 일이 터졌을 때 제대로 대응한 건 군밖에는 없었습니다. 나머진 우왕좌왕하다가 가족이랑 자기 재산 챙길 생각만 했죠."

"그렇게 할 수 있었으면 나도 그렇게 했을 겁니다."

"솔직해서 좋군요."

레이밴이 히죽 웃더니 쪼그리고 앉은 자세로 옆쪽 물탱크 아래를 비췄다. 시커먼 철제 기둥과 어지럽게 얽힌 정체불명의 전선들 사이를 뚫고 지나간 불빛이 12라고 쓰인 벽에 닿았다.

"어쩌면 세상을 바꿀 수 있는 좋은 기회일 수도 있습니다."

"이렇게 망가진 세상인데 뭘 어떻게 바꾸게요?"

우혁은 심드렁하게 대꾸하고는 플래시의 불빛을 눈으로 좇아갔다.

"제주도로 도망친 정치인들이 어떻게 지내는지 모르시죠?"

"딱히 관심이 없어서요."

"제주공항 근처 호텔에서 호화롭게 지내고 있죠. 예전과 똑같이요."

"팔자 폈군요."

우혁이 심드렁하게 대꾸하자 레이밴이 목소리를 높였다.

"지금 같은 세상에 가장 필요 없는 게 정치인들입니다."

"왜요?"

"좀비들을 없애고 국가를 재건할 때 필요한 건 군대와 장교들입니다. 편을 갈라서 싸우기만 하고 부정부패만 저지르는 정치인들은 걸림돌만 될 뿐입니다."

우혁은 심상치 않은 그의 목소리에 신경이 쓰였다.

"그래서 걔들을 전부 없애기라도 할 겁니까?"

"사실 초기에 계엄령을 선포했으면 피해를 줄일 수 있었을 겁니다. 하지만 군에 통제권을 넘겨주기 싫어서 미적거리다가 수많은 사람들을 죽게 만들었죠. 당신 가족들처럼 말입니다."

"씨팔! 가족 얘기 하면 가만 안 놔둔다!"

울컥한 우혁의 반발에 레이밴이 차가운 눈으로 바라봤다.

"정치인들의 잘못으로 죄 없는 국민들이 죽거나 좀비로 변했습니다. 지금도 정신을 못 차리고 군대가 하는 일에 사사건

건 훼방만 놓고 있죠."

"그래서 그놈들을 없애고 나면요? 그럼 딴 놈들이 그 자리를 차지하겠죠. 없앤 놈들이 말입니다."

"역시 철학과답게 시니컬하군요."

"중퇴라니……."

짜증이 난 우혁이 쏘아붙이려는 순간 한 발의 총성이 지하 창고에 울려 퍼졌다. 놀란 우혁이 바닥에 납작 엎드려서 유 하사에게 물었다.

"어느 쪽이냐?"

"저쪽, 팀장님 방향입니다."

레이밴이 들고 있던 플래시가 건너편 기둥 쪽으로 방향을 틀었지만 아무것도 보이지 않았다. 바닥에 닿은 심장이 뛰는 소리와 씨근덕거리는 숨소리가 귓가에 울려 퍼졌다. 한동안 아무 소리도 들리지 않았고 움직임도 감지되지 않았다. 슬슬 어떻게 해야 할지 고민할 무렵 기둥 뒤에서 그림자 하나가 불쑥 튀어나와서는 좀비처럼 비틀거렸다. 놀란 우혁이 방아쇠를 당기려고 하는 찰나 레이밴이 외쳤다.

"나 대리!"

나 대리는 레이밴의 외침에 대답이라도 하려는 듯 고개를 들려고 애썼다. 하지만 입에서는 거품 섞인 피가 주르륵 흘러나왔다. 털썩 무릎을 꿇은 나 대리가 앞으로 쓰러지면서 바닥에 쌓인 먼지가 자욱하게 피어올랐다. 레이밴이 달려 나가면서 떨어뜨린 플래시가 바닥을 굴러갔다. 한숨을 돌리고 일어난 우혁은 난감한 표정의 노 상사와 눈이 마주쳤다.

†

"그게, 그러니까 갑자기 랜턴 빛이 약해지면서 그냥 꺼져버리지 뭡니까. 그래서 앞장서 가던 나 대리한테 일단 멈추라고 했는데 못 들었는지 그냥 가버렸어요. 잠시 대기하고 있는데 기둥 쪽에서 갑자기 푸른빛이 번쩍하고 나타나서 나도 모르게……."

노 상사가 주절주절 늘어놓던 변명은 죽은 나 대리의 동료가 휘두른 주먹 때문에 끝맺지 못했다. 격분한 우혁은 씩씩거리는 나 대리의 동료에게 산탄총을 겨눴다.

"개새끼! 어디다 주먹질이야!"

"동료들한테 총질하는 주제에 뭐가 잘났다고 큰소리야?"

우혁은 입을 삐죽 내민 나 대리의 동료 발밑에 산탄총을 한 발 발사했다. 일반 소총이나 기관총과는 다른 총성에 모두들 얼어붙고 말았다. 턱 밑에 총구를 들이댄 우혁이 쏘아붙였다.

"너 같은 양복쟁이가 왜 우리 동료 행세를 하는데? 너 작전 뛰어봤어? 좀비한테 쫓겨서 빌딩 물탱크 위에서 헬기로 퇴출해본 적 있냐고?"

놀란 레이밴이 중간에 끼어들었다.

"윤 중사, 그만하세요. 김 대리가 죽은 나 대리랑 많이 친해서 흥분했나 봅니다."

레이밴의 만류에 더 이상 불상사는 없었다. 레이밴은 김 대리와 함께 경비실에 남았고, 우혁은 노 상사와 함께 터덜터덜 물러났다. 어제 머문 경비실 옆 201호는 껄끄러워서 몇 집 떨어진 209호로 짐을 옮겼다. 우혁은 계속 침묵만 지키던 노 상사에게 말했다.

"기운 내세요."

"어쩌다 그런 실수를 했는지 모르겠다."

반지하 거실에 주저앉은 노 상사가 푸념처럼 늘어놨다.

"애초에 이런 말도 안 되는 작전에 우릴 동원한 저치들 잘못이에요. 그러니까 신경 쓰지 마세요."

"사람이 죽었는데 어떻게 신경이 안 쓰이나."

우혁은 툴툴대는 노 상사를 다독거리며 소파에 눕혔다.

"좀 주무세요. 푹 자면 기분이 좀 나아지실 겁니다."

노 상사가 잠이 드는 걸 본 우혁은 산탄총을 챙겨 들고 2층으로 올라갔다. 그새 어둑해진 하늘은 별들로 가득 찼다. 2층 안방 베란다로 나간 우혁은 난간에 산탄총을 기대놓은 채 밖을 내다봤다. 복잡한 머릿속을 달래보려 했지만 쉽지 않았다. 그러다 뒤에서 인기척을 느낀 우혁은 산탄총을 집어 들고 돌아섰다. 한 손에 K-5 권총을 쥔 레이밴이 어색하게 웃었다.

"뭡니까?"

"3팀이 아직 안 돌아왔습니다. 복귀 시간을 훨씬 넘겼는데 연락도 없고요."

"무전도 없었습니까?"

"아무것도. 무전기도 먹통이고, 조명탄 같은 것도 안 올라왔습니다."

우혁은 산탄총을 들고 레이밴과 함께 경비실로 뛰어갔다. 아까 우혁과 다퉜던 김 대리가 무전기 옆에서 심각한 표정을 짓고 있었다.

"아직도 연락 없어?"

헤드셋을 벗은 김 대리가 고개를 저었다. 답답한 마음에 경비실 지붕으로 올라간 우혁은 PVS-04K 단안식 야간 투시경을 켜고 주변을 살폈다. 녹색 세상이 눈앞에 펼쳐졌다. 조심스럽게 주변을 살펴봤지만 셰르만하우스로 올라오는 길을 가로지르는 도둑고양이만 보일 뿐 인간의 흔적은 보이지 않았다. 그가 야간 투시경에서 눈을 떼자 레이밴이 물었다.

"없습니까?"

"안 보입니다."

"야간에 수색을 할 수도 없고. 좀비들한테 공격을 받은 걸까요?"

"3팀이라면 대낮에 총 한 방 못 쏴보고 당하지는 않았을 겁니다. 거기다 여긴 손쓸 틈도 없을 만큼 대규모 좀비들도 안 보였잖아요. 분명 무슨 이유 때문에 은닉하고 있을 겁니다."

"그럼 다행이고요. 내일 날이 밝는 대로 찾아봅시다."

우혁은 대답하는 대신 고개를 끄덕거렸다.

"네. 뒷문 쪽은 우리가 지킬 테니까 여길 맡아주세요."

"알겠습니다."

얘기를 끝내고 돌아서려던 우혁은 레이밴이 부르는 소리에 고개를 돌렸다. 레이밴이 그의 손에 뭔가를 쥐어주었다.

"피곤할 때 드세요. 뜨거운 물은 없지만."

꾸깃꾸깃한 맥심 커피믹스 두 개를 받은 우혁은 터덜터덜 209호로 돌아왔다. 간단히 상황을 설명한 우혁은 챙겨 온 커피믹스를 창밖으로 던져버렸다. 장 중사와 유 하사를 먼저 뒷문 쪽으로 보냈다. 말없이 우혁을 지켜보던 노 상사가 물었다.

"뭐하냐?"

"바람이나 쐬실래요?"

조 하사에게 2층 계단 쪽을 지키라고 지시한 우혁은 다락방 창문을 통해 지붕으로 올라갔다. 배낭들을 한쪽에 가지런히 정리해놓고 판초 우의로 덮어놓은 우혁은 매고 있던 K-3 단축형 기관총의 양각대를 펼쳐서 레이밴이 동료와 함께 있는 경비실 쪽으로 거치했다.

"아무래도 재들 수상해요."

"뭐가?"

"민간인들을 살게 한다면서 이렇게 고립된 지역을 선정하는 것도 그렇고, 3팀이 행방불명됐는데도 퇴출 계획을 가동 안 하는 것도 이상하잖아요."

"너무 민감한 거 아니야?"

"전쟁터에서 민감해서 나쁠 거 없다고 한 게 누군데 그러십니까?"

PVS-04K 단안식 야투경으로 경비실 쪽을 살펴보던 우혁이 덧붙였다.

"뭔가 꿍꿍이속이 있는 게 틀림없어요."

"이따 보초 서려면 잠이나 자둬."

"먼저 주무십시오."

"나도 여기서 그냥 눈 좀 붙이지 뭐."

지붕에 누운 노 상사가 밤하늘을 올려다보면서 한마디했다.

"별빛 죽인다."

"시 한 수 들려주시지 그러세요?"

"왜 그렇게 밤하늘에 부정적이야?"

"어릴 때 좀 험하게 자라서요."

"하긴, 군의관이 그러는데 약간 현실 부정적이고 까칠한 놈이 좀비 증후군을 안 겪는다더라."

"칭찬으로 받아들이겠습니다."

"어째, 어른한테 한마디도 지지 않으려고 해."

노 상사가 투덜거리면서 돌아누웠다. 벌레 우는 소리가 들려왔다.

†

다음 날 아침에도 3팀은 복귀하지 않았다. 나서지 않으려는 노 상사를 대신해 우혁이 레이밴과 논쟁을 벌였다.

"작전 취소하고 퇴출해야 합니다. 무전기로 구조대 불러요."

"아직 안 됩니다. 저를 믿고 기다려주세요."

"이러다 좀비들이 몰려오면 우린 끝장입니다."

"임무를 완수하기 전에는 우린 안 돌아갈 겁니다."

"어떤 임무요? 팀 하나가 통째로 증발했잖아요. 당장 무전기로 구조팀을 부르란 말입니다."

우혁이 목청을 높이자 레이밴이 경비실 쪽으로 걸어갔다. 그러고는 K-5 권총으로 경비실 안에 설치한 위성통신기를 날려버렸다. 레이밴은 얼빠진 표정으로 지켜보는 우혁에게 말했다.

"미안하지만 저건 쓸모가 없어졌군요. 별다른 연락이 없으면 사흘 후에 선발대가 헬기를 타고 올 겁니다. 우린 그때까지 여길 장악하고 주변을 수색해서 안전을 확보할 겁니다. 허튼 짓할 생각 말아요. 헬기는 내가 보낸 신호를 확인하지 않으면 그냥 돌아갈 거니까요."

레이밴은 손가락을 와이퍼처럼 흔들면서 대답했다. 보기 좋게 한 방 먹은 우혁은 팀원들에게 돌아왔다.

"일단 수색 팀을 내보내 찾아봐야겠습니다."

"다섯밖에 없는데 여기서 더 쪼개면 좀비들을 못 막을 수도 있습니다."

장 중사가 걱정스러운 표정으로 말했다.

"그렇다고 동료들이 어떻게 됐는지도 모르는데 손가락만 빨고 있을 수는 없잖아. 이렇게 하자. 내가 한 명을 데리고 나가서 주변을 수색해볼게."

"내가 갈 테니까 넌 남아라."

잠자코 듣고 있던 노 상사가 끼어들었다.

"안 됩니다. 팀장님은 여기서 쟤들 감시해야죠."

"어차피 있어도 불편해. 유 하사, 준비해라."

"네."

유 하사가 장비들을 챙기러 빌라 안으로 들어간 사이 우혁이 노 상사의 팔을 잡았다.

"무리하지 마시고 미심쩍다 싶으면 바로 튀어 오세요."

"그러마. 너도 괜한 시비 걸지 말고 잘 지내. 해 떨어지기 전에 돌아오마."

경비실 지붕을 통해 밖으로 나간 노 상사와 유 하사는 아스팔트 길을 따라 마을로 진입했다. 장 중사와 조 하사를 뒷문 쪽으로 보낸 우혁은 경비실 지붕에 K-3 기관총을 거치시켜놓고 기다렸다.

"배 안 고프십니까?"

지붕 위로 올라온 레이밴이 초코바 두 개를 들고 올라왔다.

"아까는 죄송했습니다."

"만약 팀장님이나 우리 팀원이 이번 일로 목숨을 잃게 된다면 가만 안 있을 겁니다."

"우린 벌써 두 명을 잃었습니다."

"포기가 빠르시군요."

"그게 우리 방식이죠. 윤 중사님의 적들은 눈에 보이지만 제 상대는 눈에 보이지 않거든요. 사실 누가 진짜 적인지도 모르겠고 말이죠."

"힘들겠군요."

"그렇긴 하지만 덕분에 핵심을 명확히 파악하고 분석할 수 있는 기회는 얻게 되죠. 왜 이런 일이 벌어지고, 누구 탓인지, 그리고 진짜 해결책은 있는지 말입니다."

"정치인들만 없애면 문제가 다 해결됩니까?"

"다는 아니지만 시작은 할 수 있죠."

가까이서 얘기를 나누다 보니까 레이밴의 눈을 들여다볼 수 있었다. 차갑고 냉정할 줄 알았는데 이글거리는 눈빛에는 광기가 감돌았다. 우혁은 초코바를 옆에 내려놓으며 물었다.

"나한테 원하는 게 뭡니까?

"다른 시각으로 이번 일을 보셨으면 합니다. 이를테면……."

바깥에서 폭죽 같은 총성이 들려왔다. 짧게 울려 퍼지던 총성은 몇 번 울려 퍼지더니 사라져버렸다.

"미치겠군."

우혁은 아무것도 보이지 않는 바깥을 내다보면서 중얼거렸다. 혹시나 하고 마을로 통하는 길 쪽을 응시했지만 아무것도 보이지 않았다.

†

다음 날 아침이 되었지만 노 상사와 승호는 돌아오지 않았다. 조 하사가 울상이 된 채 우혁에게 물었다.

"이제 어떡합니까?"

"이 인원 가지고 더 쪼갤 수는 없어. 뒷문도 포기하고 경비실과 이 일대만 지킨다. 다음 헬기는 이틀 후에 온다고 했으니까 그거 타고 돌아간다."

"노 상사님이랑 승호는 포기하는 겁니까?"

옆에서 듣고 있던 장 중사가 볼멘소리를 했다.

"헬기가 오면 그때 헬기로 공중 수색을 하자. 그럼 쉽게 찾을 수 있을 거야."

"알겠습니다."

"뒷문에는 부비트랩 설치해놓고 바로 철수해."

"네, 그나저나……."

장 중사가 쭈뼛거리며 입을 뗐다.

"어젯밤에 이상한 걸 봤습니다."

"뭐? 귀신이라도 본 거야?"

"그러니까 푸른빛 같은 게 둥둥 떠다녔습니다. 이상한 소리도 들렸고요."

"소복 입은 처녀는 안 보였고?"

우혁의 장난기 어린 말에 장 중사가 정색을 하고 대답했다.

"정말입니다. 저만 본 게 아니고 조 하사도 봤습니다."

우혁이 쳐다보자 조 하사도 고개를 끄덕였다.

"긴장해서 헛것을 봤을 거야. 얼른 설치하고 돌아와."

†

간단히 식사를 마치고 전날처럼 다락방 창문을 통해 지붕으로 나온 우혁은 풀벌레들이 우는 소리가 들리는 바깥을 노려봤다. 빛이라고는 밤하늘에 총총히 박힌 별과 서울 쪽에서 가끔씩 터지는 조명탄 불빛뿐이었다. 미지근한 바람이 땀에 젖은 군복 위에 내려앉았다. 진정하려고 했지만 상황이 복잡하게 돌아가는 바람에 머리가 아파왔다. 거기다 레이밴은 웬일인지 이곳에 유난히 집착했다.

"미치겠네."

남은 팀원만 데리고 퇴출하는 방법도 생각해봤다. 수중보에 걸린 요트에 남겨진 식량과 탄약이면 어떻게든 본부까지 갈 수 있을 것 같았다. 하지만 노 상사와 유 하사의 생사도 확인하지 못한 상황에서 움직이고 싶지는 않았다. 어둠속에서 풀

잎이 스치는 것 같은 소리가 들려오면서 우혁의 감상적인 기분은 송두리째 날아가버렸다. 지붕에 엎드린 우혁은 옆에 있던 K-3 기관총을 움켜잡았다. 야간 조준경이라도 있으면 마음이 놓였겠지만 지금은 육안으로 만족해야만 했다. 그렇게 엎드려 어둠을 겨누고 있던 우혁은 눈앞의 어둠 전체가 적처럼 느껴졌다. 침을 꿀꺽 삼킨 우혁은 바로 아래층에서 들려오는 총성에 움찔했다. 2층 발코니에서 날아간 붉은 섬광은 어둠속으로 한없이 날아가다가 부스러졌다. 서둘러 창문을 통해 2층으로 내려간 우혁은 2층 안방에서 장 중사가 람보처럼 고함을 지르며 밖으로 총을 쏴대는 광경을 봤다. 옆에 누운 조 하사는 두 손으로 귀를 감싼 채 고함을 질렀다. 산산조각 난 창틀의 잔해들이 발코니에 흩뿌려졌다. 우혁은 들고 있던 K-3 기관총을 야구방망이처럼 휘둘러 장 중사의 목덜미를 후려쳤다. 그러고는 총을 놓치고 앞으로 쓰러진 장 중사의 멱살을 움켜잡고 소리쳤다.

"정신 똑바로 안 차려! 죽고 싶어?"

"저, 봤습니다. 귀신이 분명합니다."

장 중사는 울먹거리며 우혁에게 말했다.

"미친 소리 집어치우고, 진정하란 말이야."

"노 상사님이 절 불렀어요."

"이런 썅!"

좀비 증후군이었다. 대량의 좀비들이 나타나면서 붕괴된 건 사회뿐만이 아니었다. 멀쩡하던 군인들이 어느 순간 갑자기 미쳐버린 것이다. 일단 주먹으로 한 대 때려서 기절시킨 우혁은 조 하사에게 기어갔다.

"야, 괜찮아?"

"고막이 나간 것 같습니다."

"일단 밖으로 나가자."

한 손에 기관총을 챙겨 들고 조 하사를 부축해 방 밖으로 나가는데 뒤에서 장 중사가 움직이는 소리가 들렸다. 무심코 뒤를 돌아본 우혁은 장 중사가 수류탄 안전핀을 뽑는 것을 보고는 기겁을 하고는 조 하사를 떠밀었다. 폭발은 2층 전체를 날려버렸다. 굉음과 함께 거대한 불길이 조 하사를 감싼 우혁의 등을 긁고 지나갔다. 몸을 뒤집자 온통 어둠뿐이었다. 하늘색 벽지가 발라졌던 벽은 그을음과 시뻘건 페인트 같은 핏자국투성이었다. 고개를 들어 장 중사가 서 있던 곳을 쳐다봤지만 멀쩡한 건 그가 신고 있던 군화뿐이었다.

†

"차렷! ·경례!"

우혁이 구령을 붙이자 삼각 붕대로 어깨를 감싼 조 하사가 침울한 표정으로 경례를 했다. 정신을 차린 우혁은 판초 우의에 장 중사의 잔해를 닥닥 긁어모아서 주차장 한쪽 구석에 파묻었다. 폭발음이 들리고 한걸음에 달려온 레이밴은 우혁과 조 하사의 상처를 치료해주었다. 그리고 해가 뜨자마자 조용히 얘기했다.

“제가 고집을 부린 탓입니다. 오늘이라도 당장 구조 헬기를 보내 달라고 하겠습니다.”

“아직 하루 남았다고 하지 않았습니까?”

“사실은 예비 무전기가 하나 더 있습니다. 방금 김 대리가 구조 신호를 보냈습니다. 1시간 후쯤 구조 헬기가 올 겁니다.”

화를 낼 기운도 사라진 우혁이 우두커니 장 중사의 무덤을 바라보고 있자 레이밴은 어색하게 돌아섰다. 옆에 서 있던 조 하사가 힘없이 대답했다.

“군장 챙기겠습니다.”

한참을 그렇게 앉아 있던 우혁은 부스럭거리는 소리에 고개를 들었다. 지하 창고로 통하는 문이 살짝 열린 걸 보고는 고개를 갸웃했다. 노 상사의 오발로 죽은 시신을 보관하고 있어서 아무도 드나들지 않는 곳이었다. 우혁은 옆에 놓인 산탄총을 집어 들고 뛰어갔다. 살짝 열린 문이 지나가는 바람에 나지막이 흔들거렸다. 총 끝으로 문을 연 우혁은 전술 라이트를 켜서 입에 물었다. 을씨년스러운 계단을 밟고 내려가자 기둥과 거대한 물탱크들이 자리 잡은 어둠이 끝없이 펼쳐졌다. 고개를 좌우로 돌리면서 지하 창고를 살펴보던 우혁은 어둠 속에서 들려오던 기침 소리 같은 것을 듣고는 전술 라이트를 끄고 바닥에 엎드렸다. 귀를 쫑긋 세운 채 어둠 속에서 들려오는 소리를 듣기 위해 안간힘을 썼다. 다시 돌이 굴러가는 것 같은 소리가 오른쪽 기둥 뒤에서 들려왔다. 몸을 옆으로 굴린 우혁은 기둥을 하나씩 살펴보면서 앞쪽으로 나아갔다. 결국 숫자 14가 쓰인 벽 앞에 도달했지만 소리를 낸 정체는 찾아내지 못했다.

"잘못 들었나?"

우혁이 뒤로 돌아서서 입구 쪽으로 걸어갔다. 우혁의 발걸음 소리가 사라지자 구석진 벽 쪽에서 말소리가 들렸다.

"돌아갔나 봐, 언니."

"미안, 나 때문에 들킬 뻔했지."

돌아가는 척하면서 기둥 뒤에 숨어서 지켜보고 있던 우혁은 전술 라이트를 입에 물고는 한걸음에 소리가 난 곳으로 뛰어가 산탄총으로 겨누며 소리쳤다.

"손 들어."

벽 한쪽 구석에 작은 은신처처럼 만들어진 공간에 숨어 있던 두 여자아이가 얌전히 손을 들었다.

†

"왜 우리들을 보고 피한 거니?"

우혁의 물음에 열 살쯤 된 언니가 우물쭈물하다가 대답했다.

"엄마가 군복 입은 사람들을 보면 숨으라고 했어요."

"왜?"

"사람들을 모두 죽였거든요."

"뭐라고? 군인들이 사람들을 죽였다고?"

어안이 벙벙해진 우혁이 묻자 여덟 살쯤 된 동생이 고개를 끄덕였다.

"뒷문 쪽으로 모이라고 하고는 전부 총으로 쏴 죽였어요."

동생의 말을 언니가 이어받았다.

"그러고는 거기에 파묻어버렸어요. 우리 엄마랑 아빠도요."

"맙소사. 군인들이 왜 여기 살던 사람들을 죽인 거니?"

"모르겠어요. 괴물들이 나타나고 나서 마을 사람들은 밖에도 안 나가고 계속 여기서 지내고 있었거든요. 근데 어느 날 군인들이 와서는 다른 곳으로 가라고 계속 그랬는데 싫다고, 여기 남아 있겠다고 했어요."

"철수를 거부하는 경우가 종종 있지만 강제로 끌고 가는 일은 있어도 사살하는 법은 없어. 이게 대체 무슨 일이지?"

중얼거리던 우혁은 입구 쪽을 바라보던 두 아이의 눈동자가 커지는 것을 보고 소리쳤다.

"엎드려!"

거의 동시에 어둠 속에서 총성이 울려 퍼졌다. 머리 위를 스쳐 지나간 탄환이 기둥에 맞고 핑핑대며 어둠 속으로 제멋대로 날아가버렸다. 산탄총을 움켜쥔 우혁은 기둥 뒤에 숨은 레이밴에게 소리쳤다.

"이게 무슨 짓이야?"

"다수를 위한 소수의 희생쯤이라고 해두지. 군인들은 다 좋은데 앞뒤가 꽉 막힌 인간들이 많아서 말이야."

산탄총을 한 방 갈긴 우혁은 아이들을 데리고 기둥 뒤에 숨었다.

"좀비 사태가 터지고 나서 무슨 일이 벌어진 줄 알아? 있는 놈들은 일찌감치 안전한 해외로 날랐고 정치인들은 제주도에 모여서 계속 싸움질 중이야. 그래서 우리들이 그걸 바로잡기로 했지."

"혁명 열사 나셨군. 이 와중에 쿠데타를 일으켜 권력을 잡겠다고? 이런 좀비만도 못한 놈들 같으니라고."

"함부로 말하지 마!"

레이밴의 성난 목소리가 어둠 속에 울려 퍼졌다.

"우린 있는 놈들 빨아주면서 먹고 살면 그만이라고, 우리가 편하게 지낼 수 있는 걸 뿌리치고 이렇게 혁명에 나선 이유는 애국심밖에는 없어."

"그래서 마을 사람들이 방해가 되니까 다 쏴 죽였어? 그렇게 권력을 잡고 난 다음에는 아예 더 스케일 크게 학살을 하겠지. 그것 때문에 내 팀원들이 피를 본 건 절대 용서 못 해."

"어차피 시작할 때 피를 볼 각오를 했어. 혁명은 피를 마셔야 성공하는 법이거든."

광기에 찬 레이밴의 목소리를 들은 우혁이 소리쳤다.

"개새끼! 넌 내 손으로 죽이고 만다."

우혁은 기둥 밖으로 살짝 고개를 내밀어 산탄총을 발사했다. 어둠 속에서 불꽃이 번쩍거리고 총성이 메아리쳤다. 빈 산탄총에 탄환을 장전한 다음 동태를 살피던 우혁은 거의 동시에 고개를 내민 레이밴이 권총을 겨누는 걸 보고는 고개를 움츠렸다. 제법 거리가 떨어졌지만 레이밴의 사격은 놀랄 만큼 정확했다. 어찌 할까 고민하던 우혁은 발밑에 뭔가 흘러가는 소리에 고개를 돌렸다. 총격전 와중에 생긴 도탄에 맞아 물탱크에서 물이 줄줄 새는 중이었다. 냄새가 이상해서 손가락으로 찍어 코에 대본 우혁이 소리쳤다.

"물탱크가 아니라 기름을 채워뒀군. 여길 쿠데타군의 연료 공급 기지로 쓸 생각이었어. 그렇지?"

"맞아. 그런데 멍청한 동네 사람들이 끝까지 여기 남겠다고 하지 뭐야."

"성능 좋은 지포 라이터 있는데, 여기서 우리 둘 다 통구이가 돼볼까?"

"미안하지만 디젤유라 불이 안 붙을 거야."

우혁은 레이밴의 비웃음 소리가 채 끝나기도 전에 물탱크들을 겨누고 산탄총을 발사했다. 구멍이 뚫리고 기름이 흘러나오자 레이밴의 웃음소리가 그쳤다.

"그럼 바닥에 다 쏟아줄게. 열심히 퍼 담아보라고."

"당장 멈춰."

"싫은데?"

탄환을 보충한 우혁은 다시 물탱크들을 쐈다. 연달아 구멍이 난 물탱크에서 쏟아진 기름이 바닥을 적시자 레이밴이 비명을 내질렀다.

"제발 그만!"

"좋아. 두 손을 보이고 밖으로 나와. 어디 쿠데타가 네놈한테 얼마나 중요한지 보자고."

"알았다. 밖으로 나가겠다."

레이밴은 바닥에 권총을 내려놓고 두 손을 번쩍 들었다. 산탄총을 겨눈 우혁이 말했다.

"뒷걸음으로 천천히 입구로 가. 허튼짓하면 머리통을 날려버리겠어."

"알았다. 시키는 대로 할 테니까 기름은 그냥 놔둬."

레이밴은 천천히 뒷걸음질로 입구 쪽으로 걸어갔다. 여자아이들과 함께 거리를 유지하며 앞으로 나가던 우혁은 레이밴의 입가에 미소가 걸린 것을 봤다. 아차 싶었던 우혁이 옆을 돌아보자 기둥 뒤에 숨어 있던 레이밴의 동료가 권총을 겨눈 채 모습을 드러냈다.

"멍청한 놈. 총 내려놔."

우혁이 주춤하자 레이밴의 동료가 여자아이들을 겨눴다.

"말 안 들으면 아이들부터 쏘겠다."

"좋아. 시키는 대로 하겠다."

레이밴을 겨눈 산탄총을 내려놓은 우혁이 여자아이들에게 속삭였다.

"귀 막아."

아이들이 귀를 막은 것과 우혁이 산탄총을 일부러 세게 바닥에 떨어뜨린 것은 거의 동시였다. 개머리판이 세게 바닥에 닿으면서 산탄총은 허공을 향해 격발되었고, 미리 예상하지 못했던 레이밴의 동료는 순간적으로 움찔했다. 웅크린 자세 그대로 돌진한 우혁은 상대방의 아랫배에 펀치를 먹이고 턱에 어퍼컷을 날렸다. 한숨 돌린 우혁이 산탄총을 집어 들고 레이밴이 있던 곳을 겨눴지만 레이밴은 이미 감쪽같이 사라진 뒤였다. 화가 난 우혁이 쓰러진 레이밴의 동료를 겨눴다.

"3팀이랑 팀장님이 사라진 것도 네놈들 짓이지? 지금 어디에 있는 거야?"

"지옥에."

입가에 피를 흘린 레이밴의 동료가 히죽 웃으며 대답했다. 피가 거꾸로 솟은 우혁이 조용히 속삭였다.

"너 같은 놈들한테 주려고 선물을 따로 준비했지."

팔뚝의 구급용 패치에서 간이 주사기를 꺼낸 우혁이 레이밴의 동료에게 말했다.

"원래 여기에는 모르핀이 들어 있어야 하는데 말이야. 대신 좀비의 피를 좀 담았지."

우혁의 얘기를 들은 레이밴의 동료가 비명을 질렀다. 허벅지에 주삿바늘을 찔러 넣은 우혁이 차갑게 말했다.

"지난번에 우리 팀을 습격했던 생존자들 우두머리한테 이걸 놔줬더니 30분 만에 침을 질질 흘리는 좀비로 변했지 뭐야. 문 닫아놓고 갈 거니까 기름 퍼 먹으면서 잘 살라고, 문짝에다 아래층에 좀비 있다고 큼지막하게 써놓을 거니까 당분간은 아무도 안 들어올 거야."

"제발 그냥 쏴줘!"

싸늘하게 웃음을 흘린 우혁은 애원하는 레이밴의 동료를 버려두고 여자아이들과 함께 계단으로 올라갔다. 조용하라고 손짓하며 우혁이 천천히 문을 향해 걸어갔다. 인기척이 느껴지지 않자 아까처럼 총구로 문을 열었다. 제일 먼저 보인 것은 이쪽을 등지고 쓰러진 조 하사의 시신이었다. 열 받은 우혁이 문을 박차고 밖으로 뛰쳐나갔다. 경비실을 등진 레이밴의 모습을 본 우혁이 고함을 지르며 그쪽을 겨눴지만 귓가에 나지막하게 울린 목소리를 듣고는 그대로 얼어붙었다.

"손 들어라."

"어떻게 된 겁니까?"

"얘기하자면 복잡하다."

"복잡한 거 딱 질색하셨잖아요."

"살다 보면 그렇게 될 때도 있어."

"팀장님도 놈들과 한패였습니까?"

“대의에 동참한 거야. 허튼짓하지 마라. 쏘고 싶진 않지만 각오는 했으니까.”

“처음부터 알고 있었다고요?”

“그래, 쿠데타를 반대하는 쪽에서 전방에 잔류한 기갑부대의 기름을 모두 회수해버렸지. 그래서 이곳이 필요했어. 사실 여기에 건축 허가를 내주면서 내건 조건이 지하에 비상용 기름을 보관하는 거였거든. 신형 작계에 따른 건데 쿠데타를 감시하는 쪽에서도 미처 생각하지 못했던 것 같아.”

“그래서 정착지를 만든다고 하면서 선발대를 보내 점거한 겁니까?”

“맞아. 지금쯤이면 전방에 잔류한 기갑부대가 이동해 오고 있을 거야.”

“그건 알겠는데 왜 애꿎은 저랑 팀원들까지 끌어들인 겁니까?”

“쿠데타를 반대하는 쪽의 감시가 워낙 심했어야지. 그냥 우리끼리만 오면 의심할 게 뻔해서 저쪽 의심을 받지 않을 사람들도 선발해야 했어.”

“구조팀이 온다고 하던데요?”

“그 구조팀이 사실은 혁명군 지도부야. 구조 신호가 바로 혁명의 시작을 알리는 신호였지. 여긴 연료 보급 기지이기도 하고 사령부 역할도 할 거야.”

“3팀이랑 유 하사는요?”

"모두 안전한 비트에 있어. 그 친구들도 내가 설득해 혁명에 가담하기로 했지. 어차피 선발대의 피해가 많아야지 구조헬기를 띄울 수 있으니까 잠깐 몸을 숨기는 것도 나쁘진 않지."

"어제 지하실에서 쏜 친구는 쿠데타에 반대했습니까?"

"맞아. 그리고 자넨 너무 고지식해서 애초부터 포기했고, 장중사랑 조 하사도 자네랑 가까워서 손을 쓰지 않았지."

"그래서 생사를 함께한 팀원들을 죽인 겁니까?"

"더 많은 사람들을 살리기 위해서는 어쩔 수 없는 일이었어. 검은 새벽을 끝내려면 이 방법밖에는 없어."

우혁은 노 상사의 목소리가 착 가라앉는 것을 느끼는 순간 몸을 돌려서 공격하려고 했다. 하지만 먼저 낌새를 챈 노 상사가 다리를 걸어 넘어뜨리는 바람에 쓰러지고 말았다. K-3 기관총을 겨눈 노 상사가 고개를 저었다.

"한 시간이야. 한 시간이면 기갑부대가 기름을 보충 받고, 서울로 갈 거야. 그때까지 얌전히 있는다면 옛 정을 봐서 살려주지."

멀리서 헬기 로터 소리가 들려왔다. 고개를 들자 햇빛을 등진 채 열심히 날아오고 있는 수리온 헬기 두 대가 보였다.

"근데 텅 빈 서울을 점령해서 뭘 어쩌게요?"

"왜 관심 있어?"

노 상사가 미소를 띠며 물었다.

"미안하지만 뒤에 있는 친구가 물어봐 달라고 해서요."

우혁이 대답하는 사이 지하실에서 빠져나온 레이밴의 동료가 노 상사에게 매달렸다. 노 상사가 레이밴의 동료를 밀어서 넘어뜨리고 K-3 기관총을 발사했다. 그사이 몸을 일으킨 우혁이 발목에 차고 있던 나이프를 노 상사의 목에 갖다 댔다. 노 상사가 쓰러진 레이밴의 동료를 쳐다보다가 우혁에게 물었다.

"뭐냐?"

"장난질 좀 쳤습니다. 지난번에 다 쓴 모르핀 주사기에 물을 채워 넣은 적 있잖습니까."

"그걸 좀비 피라고 뻥쳤군."

"제가 한 연기 하잖습니까."

"미안하지만 이제 내가 할 수 있는 건 없다. 여기 있는 우리들을 다 죽여도 계획은 시간표대로 진행될 거야."

"제가 지하에 있는 기름 탱크에 구멍을 좀 뚫어놨다고 말씀 안 드렸나요?

"얘기 들었다. 하지만 절반 정도만 건져도 서울까지 가는 건 별 무리 없어. 지금이라도 늦지 않았다. 우리와 손잡자."

"제가 왜 혁명 같은 걸 안 믿는지 아십니까?"

우혁은 지하실 입구 곁에서 오들오들 떨고 있는 두 여자아이를 가리키면서 말했다.

"저 작자들이 오히려 민간인들을 학살했거든요. 전 거짓말쟁이들은 딱 질색입니다. 귀 막으십시오."

"뭐라고?"

"귀 막으라고요."

노 상사가 들고 있던 K-3를 낚아챈 우혁이 이제 막 착륙하려는 헬기를 겨누고 방아쇠를 당겼다. 안 된다는 노 상사의 절규 위로 탄피들이 비처럼 떨어졌다. 한낮의 열기를 뚫고 날아간 탄환들이 명중하자 균형을 잃은 헬기는 경비실에 처박혀서 폭발하고 말았다. 나란히 내려오던 두 번째 헬기도 쏟아지는 탄을 피해 고도를 높였지만 엔진 부위에서 검은 연기를 토해내며 마을 쪽으로 사라졌다. 경비실 부근에 서서 헬기를 기다리던 레이밴이 괴성을 지르며 달려왔다.

"죽여버리겠어!"

레이밴이 쏜 권총의 탄환이 우혁의 머리 위를 스쳐 지나갔다. 우혁은 연기가 무럭무럭 피어오르는 K-3 기관총의 방향을 바꿔 방아쇠를 당겼지만 탄이 다 떨어졌는지 빈 총소리만 났다. 당황한 우혁에게 노 상사가 소리쳤다.

"임마, 지난번에 준 탄창은 엿 바꿔 먹었냐?"

그때서야 예전에 받은 30발 탄창을 떠올린 우혁이 잡낭에 든 탄창을 삽탄시켰다. 그러고는 다가오는 레이밴을 겨눴다.

"이건 장 중사 몫!"

단발로 당기면서 날아간 탄환이 레이밴의 어깨에 맞았다. 피가 튀면서 권총이 떨어졌다.

"그리고 이건 조 하사 꺼!"

우혁이 소리를 지르면서 쏜 다음 탄환은 레이밴의 무릎을 박살 냈다. 무릎을 꿇은 레이밴이 입으로 피를 토했다. 가까이 다가간 우혁이 머리를 겨누고는 외쳤다.

"이건 여기서 죽은 사람들 몫이다!"

방아쇠를 길게 당기자 남은 탄환들이 레이밴의 머리부터 온몸을 박살 냈다. 산산조각 난 레이밴이 우혁의 발 앞에 털썩 쓰러졌다. 쓰러진 레이밴을 내려다보던 우혁에게 노 상사가 물었다.

"새끼야! 이제 속 시원하냐?"

"그럴 줄 알았는데 별로네요."

"씨팔."

짧게 욕설을 내뱉은 노 상사의 가슴에서 피가 번져 나왔다. 놀란 우혁이 물었다.

"뭡니까?"

"뭐긴, 레이밴이 쏜 거잖아."

바닥에 쓰러진 노 상사가 부축하려는 우혁에게 말했다.

"노란색 조명탄을 쏴라."

"그게 무슨 신혼데요?"

"작전 실패, 철수."

"그럼 기갑부대가 철수합니까?"

노 상사가 고개를 끄덕거렸다.

"내가 이 와중에 거짓말을 하겠냐? 조명탄 보면 얌전히 돌아갈 거니까 얼른 쏴."

힘없이 얘기한 노 상사의 가슴에서 피가 펑펑 쏟아졌다. 우혁이 부축해주려고 하자 손사래를 쳤다.

"애들 데리고 어서 피해. 너 때문에 일이 꼬인 걸 알면 3팀에서 갈아 마시려고 들 거다."

"말하지 마세요."

"요트 있는 데로 가. 요트 지하 창고에 보면 비상 발신기가 있다. 내가 죽인 녀석이 가지고 있던 건데 그걸로 연락하면 특급으로 모셔갈 거다."

"일단 치료부터 하고요."

"이 새끼야! 막판까지 열 받게 하지 말고 꺼져."

버럭 고함을 지른 노 상사가 허망한 표정으로 숨을 거뒀다. 한숨을 쉰 우혁이 노 상사의 부릅뜬 눈을 감겨주고는 아이들에게 말했다.

"아저씨랑 같이 사람들 있는 데로 갈래?"

"잠깐만요. 엄마 아빠한테 작별 인사 좀 하고 올게요."

큰아이와 작은아이가 나란히 손을 잡고 뒷문 쪽으로 갔다. 평평한 땅 위에 무릎을 꿇은 아이들이 두 손을 꼭 잡고 기도를 하고는 우혁에게 뛰어왔다.

†

큰아이를 앞장세우고 작은 여자아이는 안은 채 풀숲을 헤쳐

나온 우혁은 자유로를 보고 한숨을 돌렸다.

"이제 조금만 더 가면 되니까 힘들어도 참아. 알았지?"

품에 안긴 작은아이가 고개를 끄덕였다. 녹이 잔뜩 슨 가드레일을 넘어가던 우혁은 며칠 전 지나갈 때 봤던 차 안의 좀비가 여전히 창가에 머리를 쿵쿵 찧고 있는 걸 봤다. 몇 발자국 지나쳐 가던 우혁이 품에 안고 있던 아이를 내려놨다.

"언니한테 가서 잠깐 귀 막고 있을래?"

좀비가 갇혀 있는 차로 돌아온 우혁은 백미러에 매달린 가족사진을 흘끔 보고는 좀비에게 말했다.

"가족들 보고 싶죠?"

으르렁거리던 좀비는 그 얘기를 알아듣기라도 한 듯 창가에 머리를 갖다 댔다. 유리창에 산탄총의 총구를 갖다 댄 우혁은 방아쇠를 당겼다. 유리창과 함께 머리통이 산산조각 난 좀비가 조수석 쪽으로 쓰러졌다. 한숨을 쉰 우혁은 산탄총을 어깨에 둘러메고 아이들이 있는 곳으로 뛰어갔다.